KB174212

인생은

내 안의 모험 유전자를 깨워라

탐험이다

인생은

내 안의 모험 유전자를 깨워라

탐험이다

강동석 지음

작가와비평

단독 요트 세계 일주를 한 선구자 2호.
이 배에서 4년 동안 살았다.

나는 한국인 최초 단독 요트 세계 일주 기록을 보유한 강동석이다. 미국 캘리포니아대학교 로스앤젤레스(이하 UCLA)에서 평범한 대학 생활을 하던 21세의 나는 우연히 요트 관련 책을 읽고, 요트를 배운 지 몇 개월 만에 태평양을 횡단했다. 그 후 길이 9.2미터짜리 중고 요트 '선구자 2호'에 몸을 싣고 세계 일주에 도전하여 3년 5개월 만에 요트로 세계 일주를 한 최초의 한국인이 되었다. 이후에도 나의 도전과 모험은 계속되었다. 세계 12봉인 히말라야 브로드피크(해발 8,047미터)에 도전했고, 고 박영석 대장과 함께 북극점 탐험에 참여하기도 했다. 길지도 짧지도 않은 시간이었으나 나는 매 순간 떨림의 연장선 위에 있었다.

시작은 누구에게나 두려운 것, 어려움을 무릅쓰고 시도한 탐험 끝에는 언제나 처음 무언가를 꿈꾸었을 때의 순수한 떨림이 찾아오곤 했다. 스물한 살의 평범한 대학생이던 내가 우연히 요트에 관한 책을 읽고 3년 5개월의 대장정에 올랐던 때처럼, 나의 삶의 모든 순간이 도전과 결정의 나날이었다.

폭풍이 불고 있는 바다

새로운 도전을 꿈꿀 때마다 나는 내게 주어진 인생이 단 하루뿐이라는 가정하에 자문해 보곤 한다.

'그렇다면 진정 내가 하고 싶은 일은 무엇일까?'

언제나 답은 지금 이 자리가 아닌 다른 곳에 있었다. 브로드피크 도전과 북극점 탐험은 그렇게 이루어졌다. 엄연히 주어진 현실을 박차고 나가야 하는 길인 만큼 망설임의 시간이 있었고 그만큼 고뇌도 깊었다. 그때마다 내 안에서 떨려 나오는 단 하나의 속삭임이 줄기차게 내 등을 떠밀곤 했다.

'지금이 아니면 기회는 다시 오지 않아. 네가 진짜로 하고 싶은 걸 해!'

현재 나는 회계사가 되어 미국 연방준비은행(Federal Reserve Bank, 이하 연준) 감사팀에서 일하고 있다. 역사를 전공했던 내가 이 길에 들어선 것 또한 남들이 보기엔 무모한 도전이었을지도 모른다. 하지만 나는 과감히 이 길을 택했고, 회사에서는 나의 독특한 이력을 높게 평가해 주었다. 돌아보면 목숨 걸고 뛰어들었던 도전과 모험이 나를 생각 이상으로 강하게 만들었다는 것을 느낀다. 모두가 무모하다고 말렸지만, 그때의 고난과 경험을 통해 조금은 성장한 지금의 내가 될 수 있었다.

나는 군부대와 교육기관, 기업체 등 여러 곳에서 강연을 하고 있다. 고국의 젊은이들과 나의 경험을 나누고 싶어서이다. 나의 무모한 도전을 그저 신기하게 바라보던 그들의 눈빛이 어느덧 순수한 열정으로 바뀌는 것을 보면 덩달아 내 가슴도 뜨거워진다.

대학생들은 종종 나의 이야기를 독특한 스펙을 통한 취업 성공담쯤으로 오해하곤 한다. 하지만 나는 이력서에 적을 한 줄 스펙을 만들기 위해 모험을 선택한 것은 아니었다. 연준과는 아무런 상관이 없는 경험들이었지만, 인사 면접관들은 나 스스로 터득한 도전 정신, 극복 의지, 위기관리 능력 등을 높이 사주었다.

대자연 속에서 내가 겪었던 시련, 그 속에서 배운 경험과 소통, 이런 것들이 사회에서 직장 생활을 하는 데 남다른 플러스 요인으로 작용한 결과였다. 젊음이 좋은 건 실패해도 다시 도전할 수 있기 때문이다. 나는 나의 이야기가 취업 성공담이 아닌, 주도적인 삶의 방법에 관한 이야기로 전해지길 바란다. 사회가 정해 놓은 틀에 따르기보다, 자신만의 기준으로 삶을 개척하고자 했던 한 사람의 이야기 말이다.

이 책을 쓰는 것도 같은 맥락에서다. 자연과 사투를 벌였던 나의 모험 이야기가 어쩌면 오늘날을 살아가는 독자들에게 신선한 자극이 될 수도 있겠다고 생각했다. 그래서 단독 요트 세계 일주 후 출간했던 『그래 나는 바다에 미쳤다』에 덧붙여 히말라야와 북극 탐험, 사회생활을 하면서 배우고 느낀 점들을 한데 엮었다. 글솜씨 부족한 내가 이렇게 책을 내는 것도 나에게는 모험에 견줄 만큼 커다란 도전이었다. 이런 나의 이야기가 고국의 젊은이들에게 용기를 주는 하나의 계기가 될 수 있다면 더 이상 바랄 것이 없겠다.

내가 이 책을 준비하던 2020년 초, 코로나바이러스라는 최악의 이변이 우리의 삶을 송두리째 바꿔 버렸다. 하루아침에 사람과의 만남이 끊기고 다니던 회사, 학교, 교회는 모두 온라인 대면으로 전환되었다. 갑작스러운 변화에 여행사나 외식업 같은 수많은 업종이 타격을 입었다. 누가 이런 터무니없는 재앙을 예상할 수 있었을까. 나는 아직도 이 상황이 비현실적으로 받아들여질 때가 있다.

판도라의 상자에서 나온 코로나는 안타깝게도 감기처럼 오래도록 우리의 일상을 지배할 거라고 한다. 살아남기 위해 마스크도 쓰고 백신도 개발했지만 점차 다른 모습으로 변이하는 코로나에 우리도 끊임없이 적응할 수밖에 없다. 폭풍처럼 암울한 현실과 미래가 계속해서 우리 생활을 옭아맬 수도 있다. 폭풍이 지나가면 순풍이 다가온다는 희망마저 잃어버리면 힘든 시기를 버텨 내기 어려울 것이다. 나의 이야기가 코로나로 지친 분들에게 순풍이 온다는 희망을 조금이나마 줄 수 있다면 좋겠다.

이 책을 내기까지 많은 분의 도움을 받았다. 수차례의 탐험을 통해 얻은 제일 큰 수확이 뭐냐고 많이들 물어본다. 그러면 나는 서슴지 않고

북극점 원정 중 썰매를 끌고 가는 대원들

'소중한 인연'이라고 답한다. 만약 내가 탐험을 떠나지 않았다면 이렇게 고마운 분들을 만나지 못했을 것이다. 한 어리숙한 청년의 무모한 도전을 오직 그 열정과 패기만을 믿고 지지해 줬던 이분들이 아니었다면 그 도전은 결코 성공하지 못했을 것이다.

우선 배성한 이사님께 진심으로 감사드린다. 한국일보 후원으로 세계 일주를 할 때 기업 스폰서를 찾아 주시고, 세계 일주 동안 행사 총괄 책임자 역할을 하셨다. 지금도 나를 한국에 초청해, 강연할 수 있도록 모든 일을 봐주고 계신다. 책 쓰는 작업을 미루고 나태해진 나를 책상 앞에 다시 앉게 한 건 그분의 끊임없는 격려 덕분이다. 무엇보다 해군사관학교에서 멋진 결혼식을 할 수 있도록 해주셨는데, 나는 이런 배성한 이사님을 아버지처럼 생각하고 있다.

세계 일주 중 강동석 후원회를 만들어 주신 LA 신남철 회장님께도 진

강연할 수 있도록 섭외 등
모든 일을 봐주고 계시는
배성한 이사님(왼쪽)과
김용환 해양대 군사대 학장님(오른쪽)

심으로 감사드린다. 희망을 잃고 좌절한 나에게 생명줄을 던져 주셨다.
대한민국 해군에게도 감사드린다. 태평양 횡단 후, 선구자 1호를 해군사
관학교에 기증함으로써 인연을 맺은 해군은 그 당시 나에게 너무 과분한
대한민국 '명예해군 1호'라는 칭호를 주셨다. 그 당시 만난 김용환 해양
대 군사대학장님(예비역 해군 준장)께서는 아직까지도 많은 행사와 강연
에 초청해 주셔서 대한민국 해군과 소중한 인연을 이어갈 수 있도록 배
려해 주셨다. '명예해군' 타이틀을 주신 김종호 해군참모총장님, 세계 일
주 후 특별히 많은 신경을 써주신 유삼남, 이수용, 정호섭 역대 해군참모

총장님께도 감사드린다. 한국일보 장재구 회장님과 임직원분들, 연세산악회 회원 모두에게도 진심으로 감사의 인사를 드린다.

초고를 보고 책의 메시지와 방향을 제시해 주신 배정상 연세대 국문과 교수님에게도 감사의 인사를 드린다. 배 교수님은 이 책이 머리가 아니라 가슴으로 쓴 책이라면서 많은 격려를 해주셨다. 그리고 정성 들여 책을 만들어 주신 글로벌콘텐츠 홍정표 대표님, 하선연 에디터님께도 감사드린다. 그 외에도 많은 분이 있지만 일일이 이름을 적을 수 없어 죄송할 따름이다.

그리고 무엇보다 가족들에게 감사하다. 별난 아들로 인해 마음고생이 심하셨던 아버지, 어머니. 이 책을 쓰는 동안 두 분의 은혜와 사랑이 무척이나 그리웠다. 희생과 헌신으로 모든 걸 가능케 해주신 부모님께 이 책을 바친다. 산악부 후배로 만난 내 아내 김남희는 날 전적으로 믿어 주는 동지요, 동반자이다. 아내의 사랑과 응원으로 나는 계속 또 다른 도전을 꿈꿀 수 있었다. 사랑스러운 보물 수림이와 제구는 그 존재 자체로 나의 꿈이 되었다. 이 책이 앞으로 아이들이 도전할 모험에 대한 지지와 응원의 메시지가 되길 간절히 바란다.

2022년 6월 미국 샌프란시스코에서
저자 강동석

선구자 2호 세계 일주 항해 경로

1997. 6. 8.
부산항 도착

1994. 1. 14.
LA 출발

하와이

오키나와

코스라에섬

사모아

피지

그레나다

파나마 운하

세인트
헬레나섬

코코스
제도

다윈

모리셔스

브리즈번

케이프타운   더반

▲ 항해 경로(7만 3,000킬로미터)

제1부

인생은
탐험이다

키를 잡고 항해하는 모습

01

실패에
두려워 말라

인생에서 진정한 성공이란 무엇인가? 열 명에게 물으면 전부 다른 열 개의 대답이 나올 수도 있다. 사람마다 성공의 기준이 다르다는 것이다. 누군가에겐 돈이고, 누군가에겐 인맥, 또 누군가에겐 사회에서 인정받는 것일 수 있다.

남들이 선망하는 위치에 선다고 해서 과연 성공한 삶이라 할 수 있을까. 나는 그것이 누군가의 목표가 될 수는 있을지언정 결코 인생 그 자체는 아니라고 생각한다. 어떤 환경에서든 자신이 원하는 삶을 사는 것, 그것이 삶의 진정한 가치가 아닐까. 나는 내게 주어진 인생이 단 하루뿐이라는 가정하에서 진지하게 자문해 보았다. 그렇다면 진정 내가 하고 싶은 일은 무엇일까?

무얼 하든 성공은 본인의 기준과 관점에서 봐야 한다. 최고의 학생, 최고의 직장인, 최고의 부모, 최고의 자식이라는 타이틀이 과연 본인을 행복하게 만들어 줄 수 있을까?

나는 평범하지 않은 삶을 살았다. 20대 대부분을 바다에서 보냈고 히말라야와 북극도 갔었다. 그리고 다시 일상생활로 돌아왔다. 다른 사람들처럼 대학 공부도 해보고 싶었고, 졸업 후 직장 생활이라는 것도 해보고 싶었기 때문이다. 난 많은 강연을 통해 젊은이들에게 자신만의 목표를 찾으라고 이야기한다.

내 경우에는 목표가 탐험이었다. 바다와 히말라야 그리고 북극이 내 목표였다. 젊은 날의 내게 그 이상의 목표는 존재하지 않았다. 그리하여 기회가 닿으면 이미 내게 주어진 것들을 과감하게 버리고 목표를 향해 달려가곤 했다. 여러분도 관심 분야가 무엇이든 목표를 설정해 도전하길 바란다.

도전은 외롭고 힘든 자신과의 싸움이다. 하지만 그렇게 해서 얻어진 결실은 삶의 기름진 밑거름이 된다. 취업이나 현실적인 성공보다 꿈을 향해 나아갈 기회를 스스로 만들어야 한다. 누구나 꿈과 희망을 말하면서 책과 TV 등을 통해 간접 체험을 하게 되지만 그것을 오롯이 내 것이라 말하기는 어렵다. 꿈을 실현하기 위한 실천과 그 과정에서 겪게 되는 온갖 어려움을 이겨 내면서 터득한 무형의 자산은 세상을 살면서 부닥치는 역경을 지혜롭게 극복할 수 있는 원동력이 된다.

진정한 성공이란, 누가 뭐라고 하든 본인이 가지고 있는 모든 것을 바쳐서 후회 없는 삶을 살아가는 것이 아닐까 싶다. 물론 돈도 중요하다. 하지만 돈은 우리가 하고 싶은 것을 할 수 있게 해주는 도구일 뿐이다. 그 훌륭한 도구를 잘 사용하면 더 행복해질 수도 있고 좋은 일도 많이 할 수 있다. 아쉽게도 그 도구를 제대로 사용할 줄 모르는 사람도 많다. 돈은 인생에서 의미 있는 일을 할 수 있게 해주는 수단이어야 한다. 여행을 좋아하면 열심히 구경하러 다니면 되고, 남을 돕고 싶으면 자원봉사나 선교활동, 기부를 해도 된다.

한 번 사는 인생인데 정말 하고 싶은 일, 가슴 뛰는 일에 도전해 보는 게 젊은이의 특권이라 생각한다. 도전하지 않으면 아무것도 얻을 수 없다. 필자가 딜로이트와 연방준비은행 둘 다 지원했을 당시, 이력서가 너무 특이해서 보고 싶다는 연락이 왔다. 만약 내가 단지 취업용 스펙 쌓기에만 매진했다면 그런 연락은 오지 않았을 것이다.

사람들은 종종 주변 환경을 지나치게 의식한 나머지 부정적인 영향을 받곤 한다. 이를테면 외모라든가 직장 내 위치, 집 크기, 자동차 종류, 배우자와 자녀의 직업, 출신 대학교의 명성 따위로 다른 사람들과 끊임없이 비교한다. 죽는 순간 이것들은 그다지 중요하지 않을 것이다. 그러나 우리 삶을 살아가는 순간, 이러한 것들이 관심사가 된다. 사소한 것에 쉽게 흔들리고 여러 사람의 영향을 받는다. 목적 있는 삶을 살아 보려고 노력해야 한다. 더 큰 집이나 큰 차가 필요하다고 말하는 사람들을 피할 수 있으면 피해라. 만약 어쩔 수 없이 그런 사람들과 어울려야 한다면, 그들의 말을 귀담아듣지 말아라.

세상에는 IT, 디자인, 미디어, 건설, 생산, 교육, 세무회계, 의료, 패션, 미용 등등 수많은 분야의 직업이 있다. 하지만 많은 학생이 같은 과목을 공부하고 같은 학교에 진학하기를 원하며 같은 직업을 갖기를 원한다. 고등학교와 대학에서 머리 싸고 공부해서 얻은 지식은 대부분 현재 직업에서 쓰임새가 별로 없다. 난 대학에서 미적분을 공부했지만, 현재 직업에서 전혀 사용되지 않는다. 세계적인 기업은 다른 시각과 다양한 경험을 가진 사람들을 찾고 있다.

목표를 세워라. 도전하라. 그리고 실패에 두려워하지 마라. 처음 항해를 시작했을 때, 난 요트 초보자였고 많은 실수를 했다. 이 돛도 올려 보고 저 돛도 올려 봤다. 요트학교에서 배운 기초는 있었으나 실습 항해 경험이 없었다. 이런저런 실수 만발로 요트 기술을 하나씩 배워 나갔다. 처음부터 실수하지 않는 사람은 없다. 중요한 건 실수로부터 배움을 얻는 것이다.

인생은 바다의 날씨와 비슷하다. 바다와 마찬가지로 인생에는 폭풍과 무풍지대, 무역풍이 있다. 우리는 사회생활을 하면서도 그와 비슷한 폭

바람과 돛의 힘으로 힘차게 항해하는 선구자 1호.
어떤 돛이 맞는지 이 돛 저 돛 올려 봤다.

풍에 직면한다. 바다에서 폭풍이 지나가면 순풍을 만나는 것처럼, 살면서 종종 겪기 마련인 어려운 시기를 극복하면 평온함이 온다. 인생은 폭풍, 무풍지대, 순풍의 끝없는 순환이다.

난 살면서 여러 번의 폭풍을 겪었다. 아버지의 죽음은 오랫동안 날 옴짝달싹 못 하게 만든 큰 폭풍이었다. 몇 달 동안 슬픔과 눈물로 지내고 나서야 겨우 마음을 다잡고 항해를 계속할 수 있었다. 히말라야에서 불의의 사고로 아끼는 후배를 잃었을 때도 그와 같은 아픔을 겪었다. 하나님은 왜 그를 데려가셨는지, 많이 울었고 자책도 많이 했다. 슬픔을 가슴에 묻고 살아오는 동안 그리움은 내 삶의 일부가 되었다.

직장에서도 바다에서처럼 자주 스트레스를 받는다. 나는 수많은 상사 밑에서 일해 봤다. 새 상사가 올 때마다 다른 직무 스타일과 성격 차이로 인한 갈등은 피할 도리가 없다. 어떤 상사는 편한 스타일인데 어떤 상사는 깐깐하면서 까다롭다. 하지만 그 순간순간을 잘 견디고 극복한 덕에 20년 가까이 직장에 몸담을 수 있게 되었다.

변화는 항상 일어나게 되어 있고 그에 적응하기란 쉽지 않을 수 있다. 하지만 우리는 변화에 맞게 적응해야 살아남는다. 바닷바람에 따라 돛 크기를 조절해야 하고 배 방향을 우회하거나 선회할 필요가 있는 것처럼, 우리는 항상 변화에 대비할 준비를 해야 한다. 영원히 가는 폭풍은 없다. 고난의 순간 뒤에는 순풍이 기다릴 것이다.

폭풍 후 순항을 하고 있는 선구자 1호

02

13년 동안 다닌
UCLA

"어떻게 하면 좋은 대학에 갈 수 있습니까?"

중학교나 고등학교 강연에서 제일 많이 듣는 질문이다. 학생들과 학부모의 주된 관심사는 입시에 관련된 것들이다. 난 미국 대학 입시 전문가는 아니지만, 직접 체험하고 주변에서 들은 이야기를 들려주곤 한다.

난 로스엔젤레스(이하 LA)에서 똑똑한 친구들이 수두룩했던 일반 고등학교를 졸업했다. 뛰어난 성적은 받지 못했지만, 열심히 공부하여 상위권은 어떻게든 유지할 수가 있었다. 열심히 공부한다고 해서 모두 상위권에 들어갈 순 없다. 같은 목표를 가진 학생들이 모두 다 열심히 공부를 하니, 긴 시간 동안 공부할 수 있는 체력이 경쟁력을 좌우한다.

미국의 대학들은 독특하고 특이한 경력을 가진 학생을 좋아한다. 면접관들이 주목하는 건 학업 성적 이외의 요소들에 있다. 물론 성적만 보고 뽑는 대학도 있겠지만, 대부분의 대학은 자라난 환경과 배경, 관심 분야, 과외 활동 등을 종합적으로 고려해 선발한다. 운동 같은 특기나 다른 재능이 있으면 성적이 좀 떨어지더라도 유리할 수가 있다. 또한 특이한 경험이나 역경을 극복한 사례를 자기소개서에 기재하면 플러스 요인이 될 수 있다.

공부를 잘하면 계속해서 좋은 성적을 받는 게 유리하다. 만약 성적이 좀 부족하면, 그걸 보충하기 위해 다른 과외 활동을 해야 한다. 그게 거창한 활동이 아니더라도 괜찮다. 양로원이나 병원에서의 봉사활동, 환경단체에 가입해 환경운동에 동참하기, 가난한 이웃에게 식량 나눠주기, 교회를 통한 단기 선교활동 등도 여기에 포함된다. 내 경우 고등학교 때 한국 학생 동아리 클럽 활동에서부터 학생회까지 활발한 활동을 했던 게 큰 도움이 되었다. 학점이 그렇게 높지는 않았지만, 과외 활동을 높게 평가해 준 덕분에 UCLA에 입학할 수가 있었다.

중요한 건 이런 활동들이 책으로 배울 수 없는 평생의 교훈을 깨우치게 한다는 점이다. 빈민촌에서의 봉사 활동 경험은 빈부격차에 대한 사회적 관점을 일깨우는 계기가 될 수도 있다. 또 이를 통해 본인이 얼마나 축복받았는지 알게 될 거다.

양로원에서 만난 할머니, 할아버지와의 대화를 통해 그분들의 경험에서 우러난 삶의 지혜가 조금이나마 전달될 수 있을 것이다. 또 환경운동을 하면서 지구 온난화가 얼마나 심각한지, 본인은 어떻게 친환경적인 삶을 살아가야 할지 생각하게 될 것이다. 10대에 이런 경험을 할 수 있다는 건 아주 값진 선물이다. 그 깨우침은 인생의 나침반이 된다. 그러면서 사회와 더불어 살아가는 지혜를 배우게 된다. 이런 이유로 미국의 많은 대학에서는 과외활동 경력을 중시하며 공부만 잘하는 학생보다 다재다능한 특기를 가진 학생을 선호하는 경향이 강하다.

1988년 UCLA에 입학한 나는 2001년에 졸업했다. 기간으로 따지면 무려 13년이나 걸린 셈이다. 계속 학교에 있었던 게 아니라 모험을 위해 네 번이나 휴학했기 때문에 졸업이 늦어진 것이었다. UCLA에는 학점이 2.0 이상이면 여러 번 휴학할 수 있는 제도가 있다. 학생들이 갑작스러운 개인 사정으로 학업을 이어 가기 힘든 점을 감안해 만들어진 정책이다. 덕분에 난 13년 동안 학생 신분을 유지할 수 있었지만, 나처럼 휴학을 빈번히 하는 학생은 본 적이 없다. 한두 번 정도 휴학하는 건 봤지만 네 번이나 휴학계를 낸 건 아마도 내가 유일하지 않을까 싶다.

내게는 13년 동안의 대학생이라는 신분이 탐험에 매달릴 수 있는 시간과 여유를 마련해 주었다. 어떤 대학생들은 빠른 사회에 진출을 위해 서둘러 대학을 졸업해 경력을 쌓으려고 한다. 그것이 본인의 뜻이라면 괜찮다. 중·고등학교 시절부터 오로지 대학 입시만을 위해 앞만 보고 열심히 달려온 학생들에게는 대학 시절이야말로 태어나 처음으로 느껴 본 자유 시간일 것이다.

이 시기는 우리에게 책에서 배우는 것뿐만 아니라 세상을 여러 시각에서 접해 볼 좋은 기회를 제공해 준다. 일반 직장인보다는 비교적 시간이 많다는 점을 활용하여 다른 일도 시도해 보는 가운데 본인의 정체성을 찾아보는 것도 좋다. 그러므로 나는 대학교에 최대한 오래 있는 것도 나쁘지 않다고 생각한다. 물론 등록금이 부담되겠지만, 감당할 수 있다면 대학에 오래 다니면서 많은 걸 체험해 보라고 권유하고 싶다.

히말라야 원정을 마친 1999년, 대학교 3학년으로 복학하고 나서 보니 난 다른 학생들보다 나이가 10살이나 더 많았다. 역사학 전공이었던 나의 관심 분야는 20세기 초의 나치 독일 역사였다. 당시 교육 수준이 세계에서 가장 높았던 독일 국민들이 왜 나치의 야만적인 행위와 정책에 굴복했는지 궁금했었다. 정권을 장악한 나치와 히틀러는 군중심리를 악용해, 이민자와 외부인에 대한 공포심을 부채질했다.

이민자, 소수민족, 유대인, 공산주의자, 장애인 등의 나약한 집단을 선동적으로 공격했으며, 그들을 희생양으로 삼았다. 독일 국민은 지도자 히틀러가 이 모든 외부 세력으로부터 자신들을 보호해 줄 구세주라고 철석같이 믿은 것이다. 독일은 중요한 시기에 지도자 복이 없었던 것이다. 만약 그때 히틀러 대신 링컨 대통령 같은 지도자가 선출됐다면 세계 역사가 많이 바뀌었을 것이다.

졸업을 앞둔 난, 여느 평범한 젊은이들처럼 구직이라는 현실에 맞서게 되었다. 다른 사람들처럼 버젓이 일하면서 직장인으로서 월급을 받아 보고 싶었다. 하지만 역사 전공만을 가지고는 직업을 구하기란 쉽지 않았다. 고민 끝에 차라리 1년 더 남아 좀 더 현실적인 분야를 공부하기로 결심했다.

어떤 사람은 왜 내가 해양 분야에서 일자리를 얻지 못했는지 궁금해한다. 요트로 세계 대양을 누비고 다녔으니 해양 쪽을 찾아보면 일자리가 많을 텐데, 왜 하필이면 완전히 다른 분야인 회계와 감사를 선택했냐는 것이다. 아마 내가 바다에서 선택할 수 있는 직업이 있다면 요트학교 지도자, 선장, 요트 수리공, 요트 배달 등일 것이다. 그러나 난 사무직으로 사회생활을 해보고 싶었고, 대형 조직의 회사원으로서 업무 경험을 쌓

13년 동안 다닌 UCLA를
방문한 필자 가족

고도 싶었다. 탐험을 통해 바다와 산의 매력에 푹 빠져 살았지만, 그곳에
서 일하기는 싫었다.

난 UCLA에서 컴퓨터 언어 수업을 수강한 적이 있다. 컴퓨터 분야에
고액 일자리가 많다고 해서 혹시 내 정서에 맞으면 그쪽에서 일자리를
찾기 위해서였다. 그런데 아무리 공부를 해도 이해가 안 되는 부분들이
있었다. 나는 두 시간 동안 열심히 공부해 겨우 내용을 이해할까 말까
하는데 내 옆에 있는 친구는 5분 만에 터득하는 걸 보고, 아무리 노력해
도 내 머리로는 안 되는 게 있다는 걸 느꼈다.

반대로 새로 수강 신청한 회계 과목은 금방 이해할 수가 있었다. 웃긴

건 5분 만에 컴퓨터 문제를 푼 친구가 회계는 도저히 못 하겠다면서 수강 취소를 했다는 것이다. 사람마다 각자의 길이 있는 것처럼 학문 취향도 다르다는 걸 이때 깨달았다.

03

회계법인 딜로이트와 연방준비은행

2001년, 졸업을 앞둔 나는 회계 분야 쪽에서 일자리를 얻을 수 있을지도 모른다는 기대로 크고 작은 큰 회계법인에 전부 지원해 봤다. 대형 회계법인은 보통 경제학, 경영학 또는 회계학을 전공한 최상위권 학생들만 받아 준다. 대형 국제 회계법인은 그간 수많은 합병을 거쳐 현재 네 개만 남아 있다.

딜로이트(Deloitte), 프라이스워터하우스쿠퍼스(PwC), 언스트영(EY), KPMG인데, 혹시나 해서 지원서를 넣어 보긴 했지만 세계에서 제일 큰 회계법인인 딜로이트에서 연락이 왔을 때는 깜짝 놀랐다. '내 전공이 회계학도 아니고 뛰어난 성적이 있는 것도 아닌데 그쪽에서 실수를 했나?'라는 생각과 함께 약간 어리둥절한 기분이 들기도 했지만 UCLA 구직센터의 도움으로 열심히 면접 준비를 했다.

면접 시작할 때, 면접관들은 내 이력이 너무 특이해서 보고 싶었다며 이렇게 물었다.

딜로이트 회계법인 동료들과 함께
맨 오른쪽에 있는 필자

"요트로 혼자 세계 일주를 한 사람이 어떻게 생겼는지 보고 싶었어요. 정말 혼자서 세계 일주 한 거 맞아요?"

그들은 내가 고난을 어떻게 극복했는지에 대해 많은 질문을 했다. 나는 바다에서의 외로움, 폭풍과의 싸움, 스폰서들과의 협력에 관한 이야기를 해줬다. 인터뷰가 끝날 무렵, 그들은 내가 앞으로 강행할지도 모를 모험에 대한 우려를 드러냈다.

"취직되면 일 조금 하다가 그만두고, 또 다른 모험 하러 가는 거 아니에요?"

나는 자신 있게 대답했다.

"저에게 기회를 주시면 제가 할 수 있는 한 열심히 일하고 최선을 다할 것입니다. 이미 바다와 산에서 많은 모험을 했고 당분간 다른 모험을 안 할 계획입니다."

면접 일주일 후, 합격했다는 연락을 받았을 때 구름에 붕 뜬 것처럼 기뻤다. 같이 수강하고 있던 회계학과 학생들에게 합격했다고 말해 주니

다들 깜짝 놀라는 기색이었다.

"당신이 회계학 전공도 아닌데, 어떻게 딜로이트에 들어갈 수가 있어요? 우리는 회계학을 전공해도 겨우 들어갈까 말까 하는데요."

사실 그것은 의도한 결과는 아니었지만 우연히 얻어걸린 행운은 더욱 아니었다. 물론 내가 회계사가 되려고 죽음을 무릅쓰며 탐험에 나선 건 아니었다. 단지 나는 간절히 바다 탐험을 해보고 싶었고, 히말라야에

샌프란시스코 금문교에서
여동생 가족과 함께

가고 싶어서 떠난 것뿐이다. 바다에서 보는 돌고래는 어떤지, 히말라야의 풍경은 어떤지, 그런 게 궁금해서 탐험을 떠났을 뿐이었다. 사회에 돌아와 보니 많은 사람과 단체들이 나의 독특한 이력을 높게 평가해 주었다. 내가 직면했던 모든 순간의 어려움이 나의 자산이 되었고, 사회에서 기회를 열어 주는 열쇠가 되었다.

연준에 입사한 건 그로부터 3년 후, 고 박영석 대장의 제안으로 북극점 탐험에 합류하고 돌아온 뒤였다. 나는 아내가 패션 디자이너로 근무하는 샌프란시스코 노스페이스 본사 근처 작은 아파트에 신혼살림을 차리고 일자리를 알아보던 중 구직 광고에 나온 샌프란시스코 연준 서부지점 내부 감사관 자리에 지원했다. 뜻밖에도 바로 연락이 왔다.

인터뷰가 시작됐을 때, 면접관들은 예전에 딜로이트 면접과 비슷한 이야기를 했다. 내 이력서가 다른 사람들과 너무 달라서 만나 보고 싶었다는 것이었다.

"도대체 어떤 사람이 북극에 가고 혼자서 요트로 세계 일주를 하는지 두 눈으로 직접 확인해 보고 싶었습니다."

면접관은 날 빤히 쳐다보면서 고개를 갸웃거렸다.

"아주 평범하게 생겼는데요."

칭찬인지 실망인지 몰라 그냥 방긋 웃었다. 그들은 북극점 탐험 과정에 대해 강한 흥미를 드러냈다. 난 원정 매니저로 탐험에 참여하게 된 계기와 역할 그리고 우리 팀이 어떻게 협력해 가며 시련을 함께 극복했는지 등 묻는 말에 상세하게 답해 주었다. 그들 역시 걱정스럽다는 듯 물었다.

"일 조금 하다가 그만두고 다른 모험하러 나가는 거 아니에요?"

나는 딜로이트 면접 때와 마찬가지로 이렇게 대답했다.

"저는 산, 바다, 북극에도 갔고 이제 결혼도 했습니다. 지금부터는 직장과 가정에만 충실할 겁니다. 기회만 주시면 열심히 하겠습니다."

합격했다는 연락을 받았을 때 딜로이트 입사 때와 마찬가지로 주변에선 하나같이 놀라운 반응을 보였다. 방랑자인 내가 어떻게 연준 같은 곳에 취직이 가능한지 의아해했다. 사실 연준같이 권위 있는 기관에서 일할 기회를 얻은 것은 특권이자 영예이다.

탐험을 통해 배운 교훈과 역량은 사회생활하는 데 큰 도움이 되고 있다. 연준이 날 고용한 건 많은 역경과 고난을 이긴 사람이라면 그 경험을

연방준비은행 샌프란시스코 내부 감사부 회사 동료들과 함께.
맨 오른쪽에 있는 필자.

바탕으로 직무 수행도 잘할 거라고 생각했기 때문이다. 팀워크, 위기관리 능력, 변화에 대처하는 능력, 선택 기량, 원활한 소통, 이 모든 것이 세계 굴지의 기업이 요구하는 역량이다. 나는 그것을 대자연에서 배웠다는 게 무엇보다 기쁘고 자랑스럽다.

04

탐험가에서
도전 전도사로

세계 일주를 마쳤을 때부터 강연 요청이 많이 들어왔다. 하지만 그 당시 대중 연설에 대한 자신감 부족으로 주저할 수 밖에 없었기에 좋은 사람들을 만날 기회를 놓쳤다. 연준 입사 후 회사 동료들이 내 탐험 이야기를 듣고 싶어 했다. 나는 팀장의 권유로 회사 토스트마스터즈(Toastmasters) 웅변클럽에 가입했다. 감사 업무상 고객들에게 자주 발표를 해야 하는 나에게 웅변클럽은 많은 도움이 되었다. 덕분에 지금은 대중 연설에 상당히 익숙해져 탐험 강연 요청이 들어오면 기꺼이 응한다.

웅변클럽에서 얻은 자신감으로 난 최근에 많은 강연을 하고 다닌다. 배성한 이사님과 김용환 해양대 군사대 학장님께서는 자주 날 한국에 초청해, 교육 단체와 군부대에서 강연할 수 있도록 섭외 등 모든 일을 봐 주고 계신다. 수많은 고등학교, 대학교, 교회, 회사 및 군사 기지에서도 강연을 했다. 할 때마다 점점 더 나아지는 내 모습이 보인다. 이제는 대

국립해양대학교에서 강연 중인 필자

상에 맞게 강연을 하는 방법을 배워 학생들에게는 목표 설정, 도전 정신
과 인내심에 초점을 맞추고 있다. 교회에서는 신앙과 믿음이 어떻게 내
인생의 나침반 역할을 했는지 이야기해 준다. 회사에서는 탐험에서 배운
교훈이 직무 수행에 얼마나 큰 도움이 되는지에 대해 말한다.

　중요한 건 기회가 올 때마다 "네."라고 말할 수 있는 자세이다. 만약 내
가 주저하고 주춤하는 태도를 보이면 기회를 잃을 것이다. 그리고 그런
기회는 다시 오지 않을 수도 있다.

　최근에 우리 회사 고위직 임원들 앞에서 강연할 기회가 있었다. 매년

미국 연방준비은행 회사 직원들에게 강연하는 모습

열리는 리더십 콘퍼런스에서 임원들을 상대로 한 강연 제의가 들어온 것이다. 예전에도 여러 번 의뢰가 있었으나 워낙 높은 위치에 있는 분들이라서 쉽게 용기가 나지 않았다. '만약 그분들 앞에서 입이 얼어붙기라도 한다면? 너무 떨려 실수하면 어떡하지?' 하는 두려움이 앞섰다. 하지만 이번에 제의가 들어왔을 때는 용기를 내 이렇게 대답했다.

"회사 임원들 앞에서 말할 수 있는 것은 엄청난 영광입니다. 최선을 다하겠습니다."

담당자는 강연에 대해 더 자세한 내용을 알려왔다. 약 100명의 임원 앞에서 한 시간 동안 강연을 하는 것이었다. 콘퍼런스 일주일 전부터 연습하고 또 연습했지만 날이 갈수록 긴장감이 나를 조여 왔고, 하겠다고 응한 것에 대한 후회까지 들기 시작했다.

'왜 한다고 해서 이런 마음고생을 하지? 그날 내가 뭘 잘못 먹었나?'

콘퍼런스가 열리는 날, 강연 직전까지 나는 매우 긴장해 있었다. 오후 2시, 그 순간이 다가왔을 때 사회자 제프 토마스 씨의 멋진 소개가 있었다.

"우리 감사관 중 아주 특이한 인생 경험을 한 사람이 있습니다. 예전에도 여러 번의 강의 요청을 했었는데, 여건상 못 모셨습니다만 금년에는 흔쾌히 맡아 주셨습니다. 여러분에게 이분의 이력을 알려 드리면 깜짝 놀랄 겁니다. 이분은 총 네 번의 탐험을 했는데, 첫 번째는 혼자서 요트로 태평양 횡단…"

소개가 끝나고 임원들은 박수로 날 반겨 줬다. 드디어 내가 입을 열 차례였다. 100명의 시선이 날 보고 있던 처음 몇 분이 영원처럼 느껴졌다. 폭풍과 무풍지대만큼 무서웠다. 하지만 수많은 연습 덕분에 강의는 큰 무리 없이 이어갈 수 있었다. 한 시간은 아주 빨리 지나갔고, 질문이 쏟아지기 시작했다.

"비디오에 출연한 미스 코리아와 결혼했습니까?"

누군가 진지하게 물어봤다. 강의 도중 보여 준 동영상에는 세계 일주를 마치고 부산에 도착했을 때 그 당시 미스코리아 선 조혜영 씨가 꽃다발을 목에 걸어 주는 장면이 나온다.

"미스코리아를 본 건 그때가 처음이자 마지막이었습니다."

"동영상에 나온 버드와이저 맥주는 얼마나 가지고 갔습니까?"

배에 저장된 깡통 맥주를 보고 누가 농담 삼아 물었다.

"아, 예. 그 맥주는 식수가 떨어질 경우를 대비해 비상용으로 싣고 다녔습니다."라고 하니 웃음바다가 됐다.

"자녀분이 이런 모험을 하겠다면 보내 줄 겁니까?"

"흠, 생각을 좀 해봐야겠는데요. 먼저 아빠하고 같이 횡단하자고 제의할 거 같습니다."

그 밖에도 다양한 질문이 있었다.

"혼자 그렇게 오랫동안 있으면 정신상태가 어떻게 되나요?"

"외로움이 너무 힘들었습니다. 전 혼자 있는 게 너무 싫었어요. 제가 사회적이고 사람을 좋아한다는 걸 바다에서 깨달았어요. 혼자 있다는 걸 잊으려고 바다에서 바쁘게 지냈습니다."

"혹시 계획하고 있는 다음 탐험은 뭐예요?"

나는 연세대 산악회와 함께 요세미티의 거벽 하프돔을 암벽 등반한 이야기를 들려주며, 세계 3대 트레일의 하나인 JMT 트레일을 트레킹할 계획임을 밝혔다.

강연이 끝난 후 메시지가 매우 인상적이었다며 많은 분이 칭찬해 주었다. 그분들의 추천으로 연준에서 두 번 더 강연을 할 수 있었다. 첫 번째는 회사 사원 100명 앞에서, 두 번째는 연준 애틀랜타에 초청받아 130명의 금융감사관을 상대로 한 강연이었다. 평범한 내부 감사관이었던 내가 갑자기 사내 유명 인사가 된 기분이었다.

신앙은 도전으로 헤쳐 온 내 삶의 버팀목이었다. 바다 탐험에 나설 때, 다니고 있던 교회에서 많은 도움을 받았다. 그리고 내가 기독교인이라는 걸 널리 알리기 위해, 선구자 2호 양면에 기독교 상징인 물고기 그림을 붙이고 다녔다. 세계 일주를 할 때 그 물고기 그림을 보고 내가 기독교인이라는 걸 알아본 이들은 집으로 데려가 맛있는 음식을 대접해 주는 등 따뜻한 마음을 베풀어 주곤 했다.

우리 가족은 샌프란시스코 인근에 위치한 한인교회 미션포인트교회를 다닌다. 몇 년 전 교회에서 강연 의뢰가 왔을 땐 영어와 한국어로 간증을 했다. 영어에 익숙한 청년 그룹과는 별도로 어르신들을 위한 한국어 간증 시간을 따로 가졌다. 나는 폭풍우에서 하나님이 어떻게 지켜 주시는지, 무풍지대에 갇혀 절박할 때마다 하나님께서 얼마나 큰 용기를 주셨는지에 대해 이야기했다. 폭풍과 무풍지대, 히말라야와 북극, 일상적인 삶을 사는 지금까지, 하나님은 항상 내 옆에 계셨다. 고석진 담임 목사님과 많은 교인이 가능한 한 많은 사람이 이런 간증을 들어야 한다며 격려해 주셨다. 주님께서 허락하신다면, 계속해서 하나님의 간증을 전할 계획이다.

내가 이 세상에 주고 싶은 메시지는 꿈을 갖고 도전하고 포기하지 말라는 것이다. 특히 앞으로 젊은이들이 스스로 삶을 개척하고 끊임없이 꿈꿀 수 있도록 도전 바이러스를 널리 퍼뜨릴 수 있기를 바란다.

이제부터 나의 꿈과 도전에 관한 이야기를 하려 한다.

제2부

젊은
시절의
꿈

짙은 안개 때문에 가까이 접근한 배를 뒤늦게 발견하기도 한다.

01

사투 끝의
귀환

한 치 앞도 분간할 수 없을 만큼 짙은 안개.

나는 지금 어디쯤 떠 있는 것일까. 캄캄한 바다. 안개에 박혀 아무것도 보이지 않는다. 익숙하다 못해 이제는 생활의 일부분이 돼버린 파도 소리만이 내가 살아 있다는 것을 실감 나게 해주는 새벽녘이다.

5톤급 소형 요트에 몸을 싣고 험한 파도를 헤쳐 온 지 이제 3년 5개월, 세계 일주의 종착점인 부산항을 향해 일본 오키나와현 도마리항을 떠난 지 7일째. 항시 태풍의 위험이 도사리고 있는 태평양을 건너오는 동안 줄곧 긴장 상태로 지내야 했던 탓인지 자꾸만 눈이 감긴다. 하루에 겨우 한 시간이나 눈을 붙일 수 있었을까. 바다를 향해 온몸의 신경을 열어 놓은 채 간간이 조각 잠으로 피로를 달래야 했던 시간들.

이번 항해의 마지막 걸림돌은 제주도 남쪽 해상에서부터 시작된 짙은 안개였다. 시야가 막힌 상태에서는 언제 어떻게 암초나 상선들과 충돌할지 모르기 때문에 안개는 항해 도중 언제나 부담스러운 죽음의 복병이었다.

'비 오는 날 무모하게 출항을 서두르는 게 아니었는데…'

한국에서의 행사 일정을 맞추느라 기상 상태가 좋지 않음에도 도마리 항을 떠났던 일을 뒤늦게 후회해 봤자 소용없는 일이었다. 그동안의 항해 경험을 통해 자연의 뜻을 역행한 대가가 얼마나 혹독한 것인지 이미 알고 있지 않았던가. 그럼에도 나는 바다가 아직 제 길을 내주고 싶어 하지 않을 때 출항을 결행했고, 그 결과 순탄치 못한 항해를 자초하고 말았던 것이다.

항해자를 향해 마음을 활짝 열어 놓은 바다는 더없이 자애롭지만, 그 반대의 경우 바다는 죽음의 또 다른 이름이다. 바다는 결코 자만에 빠진 인간을 용서하지 않는다. 감히 목숨을 건 무모한 도전만큼 바다를 성나게 하는 건 없다. 그것이 곧 자연의 순리를 역행하는 일이기 때문일 거다.

지금 내 앞길을 위협하고 있는 희뿌연 안개는, 무리한 약속인 줄 알면서도 정오까지 부산항에 도착하겠다고 장담했던 내 교만한 행동에 대한 바다의 준엄한 경고였다.

나와 동고동락해 온 요트 '선구자 2호'는 소형인 데다 일반 상선이나 어선들처럼 밝은 빛을 내는 조명 시설도 갖춰져 있지 않기 때문에 밤중에 항해하는 일이 보통 위험한 게 아니다. 주변을 지나던 다른 배들이 이쪽을 발견하지 못하고 스쳐 지나가기라도 하면 꼼짝없이 뒤집히게 됨은 물론 캄캄한 바다에서 암초에 걸려 좌초당할 수도 있다. 그런데 이렇게 짙은 안개라니!

'항상 항구를 출발할 때와 닿기 직전의 마지막 순간을 경계하라.'

그동안 세계 곳곳에서 만난 선배 요트인들의 경험담을 통해서, 또 나 자신의 생생한 경험을 통해 가슴 깊이 새겨 두었던 항해 수칙이 새삼 뇌리에 스쳤다.

파도 소리에 묻혀 혹 지나가는 상선의 엔진 소리를 못 듣게 되는 건 아닐까? 나는 온몸의 신경을 바짝 곤두세워 바다의 동정에 귀를 기울였다. 무심한 파도 소리, 일찍부터 먹이를 찾아 헤매는 바닷새 소리 그리고 또 무슨 소리가 있는가….

안개는 지독하다 못해 잔인하게 느껴질 정도로 앞을 가로막고 있고, 험난한 파도를 헤치고 지구를 한 바퀴 반이나 돌아 마지막 기착지를 앞두고 있는 나는 잔뜩 겁에 질린 모습으로 바다 한가운데에 떠 있다.

요트 세계 일주의 꿈. 오직 그 한 가지 목적만을 가지고 그동안 수없이 많은 난관을 헤쳐 나갔다. 인간이라는 존재가 자연 앞에는 한 점 티끌만도 못한 약하고 무능한 존재라는 걸 뼈저리게 느껴야 했던 그 무시무시한 태풍과 악천후, 험난한 조류, 굶주림과 갈증 그리고 고독, 게다가 그 고역스러웠던 뱃멀미의 기억들까지… 문득 지나온 여정들이 빠른 속도로 돌리는 영화의 장면들처럼 스치고 지나갔다.

과연 살아서 돌아갈 수 있을까. 어쩌면 이대로 모든 게 끝나는 것은 아닐까. 그 순간, 생전에 아들이 배 타는 걸 그토록 싫어했던 아버지의 모습이 더더욱 가슴에 사무쳤다.

"네가 기어이 그 위험한 일을 하겠다면 배에 구멍이라도 내서 못하게 할 테다!"

하나밖에 없는 아들이 배를 타고 태평양을 횡단하겠다고 했을 때 아버지는 한사코 만류하셨다. 아버지의 입장에서 보면 철부지 어린아이에 불과한 스무 살짜리 외아들. 그 아들이 조그만 요트 한 조각에 몸을 의지해 망망대해로 나가겠다는데 어찌 흔쾌히 찬성할 수 있었겠는가. 그러나 나는 또 나대로 아버지가 배에 구멍을 낸다면 헤엄을 쳐서라도 기어이 태평양을 건너고 마침내 세계 일주 항해의 꿈까지 이뤄 보겠노라고 막무가내로 고집을 피웠다.

하지만 그렇듯 고집불통인 자식이 기어코 LA를 떠나 무사히 태평양을 횡단했다는 소식을 듣고 가장 기뻐했던 사람도 바로 아버지였다.

"장하다, 내 아들! 이렇게 보니 네가 참으로 자랑스럽구나!"

눈물을 글썽이며 자식을 안아 주던 아버지의 따뜻한 손길 안에서 나 또한 목이 메었다.

"아버지, 여태껏 그랬듯이 저에게 용기를 주세요."

선실 바닥에 무릎을 꿇고 아버지, 그 서러운 이름을 불러 본다. 힘든 고비가 닥칠 때마다 늘 내게 용기를 주며 마음속의 동반자로 항해를 함께해 왔던 아버지는 끝내 자식이 꿈을 이루는 모습을 보지 못한 채 눈을 감았다.

"내 아들 석아! 꼭 돌아와야 한다!"

두 번째 항해인 세계 일주를 위해 LA를 떠나던 날, 마치 당신의 운명을 예감이라도 한 듯 마리나 델레이 부둣가에서 배를 타고 따라 나오며 목 놓아 울부짖던 아버지. 그 피맺힌 절규가 아직도 귓전에 생생하건만….

반드시 살아서 돌아가리라. 살아서 세계 일주의 꿈을 이루어야 한다. 그것만이 돌아가신 아버지 앞에 떳떳하게 서는 길이다. 내 청춘의 모든 열정을 바다에 쏟아부었다. 때로는 보기만 해도 징그러웠던 바다. 항해

하와이에 도착했을 때 무척 기뻐하셨던 아버지.
그러나 세계 일주를 마쳤을 땐 그 자리에 안 계셨다.

도중에 아버지를 잃었고, 이젠 그 바다가 내 목숨을 옥죄고 있다.

　HAM 라디오에서는 현재 부산에 비가 내리고 있다는 소식이 들렸다. 나는 자꾸만 약해지려는 마음을 추스르고 정신을 바짝 차렸다. 짙은 안개 속이지만 다행히 바람이 적당히 불어 준 덕분에 배는 조금씩 조금씩 앞으로 나아가고 있었다.

　새벽 4시 10분. 저만치서 섬이 보이기 시작했다. 그리고 얼마 지나지 않아 멀리 마을의 불빛이 하나둘 눈에 들어오기 시작했다. 해도를 보니 배는 어느덧 남해안 50킬로미터 전방까지 들어와 있었다.

　작은 집들이 옹기종기 이마를 맞대고 선 마을, 사람 냄새가 갑판까지 물씬 풍겨 오는 것 같다. 어느 틈엔가 새벽 출어길에 나선 어선들이 엔진

소리를 내며 하나둘씩 바다로 들어오고 있다. 마치 반가운 친구라도 만난 듯 손을 흔들어 주는 어부들의 순박한 미소, 해풍에 그을리고 바닷물에 찌든 그들의 검게 탄 얼굴은 지구촌 어디에서든 한눈에 알아볼 수 있을 만큼 정겨운 핏줄의 기억을 상기시켜 주었다.

'저 얼굴들! 나는 저 얼굴을 보기 위해 그토록 먼 길을 돌아왔던 걸까?'

뜨거운 눈물이 양 볼을 타고 흘러내렸다.

잠시 후 교신을 듣고 마중 나온 대한민국 해군 여수함이 요트 주위로 다가오는 모습이 보였다. 이제 위험한 고비는 다 지나갔고 예인선이 인도하는 대로 부산항으로 들어가기만 하면 된다. 이로써 직선거리 5만 킬로미터, 항해 거리 7만 킬로미터, 항해 기간 3년 5개월이라는 길고도 고독한 나의 여행은 막을 내리게 되었다.

단독 요트 세계 일주. 몇몇 언론에서는 '자랑스러운 인간 승리'라고 다소 쑥스러운 극찬을 아끼지 않았던 이번 여행의 기쁨을 나의 조국에 돌려주고자 부산항으로 향하고 있다. 만약 누군가 내게 그 소감을 묻는다면 이렇게 말하리라. 나는 내 꿈을 이루기 위해 최선을 다했고, 많은 어려움이 있었지만 마침내 그 꿈을 이루었다고.

맨 처음 태평양을 횡단할 때 스물한 살이었던 나는 20대의 대부분을 바다에서 보냈다. 그토록 귀중한 청춘을 바쳐 가며 내가 진정으로 확인하고 싶었던 것은 나 자신의 가능성이었다. 마음속으로만 간직하고 있는 꿈, 입으로만 떠벌려지는 꿈이 아니라 내가 진심으로 원하는 것을 이루기 위해 하나하나 준비하고 목숨을 바쳐 그것을 이루어 냈을 때 가질 수 있는 가슴 벅찬 떨림. 나는 바로 그것을 느끼고 싶었다.

02

바다에 대한 기억

바다에 대한 나의 첫 번째 추억은 어린 시절로 거슬러 올라간다. 돌이켜 보면 무척 오랜 세월이 흘렀음에도 그것은 수채화처럼 선명한 이미지로 내 마음속에 남아 있었고, 어쩌면 그 추억 때문에 그토록 항해를 열망하게 되었는지도 모른다.

초등학교 4학년 시절이던 1978년, 나는 여동생 애리선과 함께 부산의 이모 댁으로 옮겨 갔다. 아버지는 일자리를 찾기 위해 미국으로 떠났고, 어머니 또한 우리 남매를 이모에게 맡기고 뒤늦게 아버지가 있는 미국으로 향했다.

가난이 곧 생활이던 그 시절, 월남전 참전 용사였던 아버지는 평생 군인의 길을 가고자 했으나, 육사 출신이 아니라는 이유로 이런저런 부당한 대우를 당하다 끝내 군복을 벗어야 했다. 그러다 퇴역 후 경험도 없이 사회생활에 뛰어들어 믿었던 사람에게 사기를 당해 전 재산을 몽땅 날렸다. 믿었던 사람인 만큼 그 배신감과 충격이 컸고, 한 집안의 장남으로서

아버지는 참전 용사로
2년 동안 월남에 계셨다.

부모 형제를 제대로 돌보지 못했다는 죄책감과 그로 인한 가족 간의 불화 등 여러 가지 심적 고통으로 이 땅에 진저리를 치며 미국으로 떠났다. 먼저 그곳으로 이민 간 친구분의 주선으로 LA의 주유소에 일자리를 얻게 된 것이다.

"그 나라에서는 뭐든 열심히만 하면 성공할 수 있다더군. 적어도 사기는 안 당하겠지…."

서울 수색동 어디쯤 낡은 집에 우리 남매와 어머니를 남겨 두고 옷 가방 하나만 달랑 든 채로 힘없이 대문을 나선 아버지는 그 후 1년 만에 어머니를 불러들였다.

"아버지가 그곳에서 자리를 잡으셨나 보다. 이제 엄마랑 같이 일하면 돈도 두 배는 벌게 될 거고, 너희들도 금방 데려갈 수 있을 테니 조금만 기다려라, 응?"

수색동 집을 정리하고 우리 남매를 부산으로 데려가던 날, 어머니는 그 큰 눈에서 하염없이 눈물을 떨어뜨렸다.

　결혼 전까지는 고생이 뭔지도 모르고 살았던 어머니. 당시 동네에 하나밖에 없던 전화를 비롯해 냉장고며 텔레비전 등 전자 제품들을 항상 그 일대에서 제일 먼저 구입했었다는 어린 시절의 이야기를 과거의 훈장처럼 품고 살았던 어머니. 그런 분이 결혼해서 자식들 키우며 살림에 쪼들리고, 이제는 일자리를 찾아 그 낯선 나라에까지 가야 할 형편이었으니 얼마나 마음고생이 심하셨을까.

　그때만 해도 아직 어린 우리 두 남매는 어머니가 우는 모습을 물끄러미 쳐다보기만 할 뿐, 아무런 위안도 되어 드리지 못했다. 어머니는 그런 자식들 보기가 더욱 처연했던지 나와 여동생의 양 볼을 번갈아 어루만지며 서럽게 우셨다. 어머니가 우는 모습을 보고 애리선이 따라 울기 시작

부모님이 이민 가시기 전
살았던 서울 수색동 집에서

했다. 나도 그때 눈물을 흘렸던가. 어머니의 품에서 숨이 막힐 지경인데도 차마 뿌리치지 못했던 건 눈물 때문이었던가.

그로부터 며칠 후, 어머니는 떠났고 이제 남은 건 나와 여동생뿐이었다. 한 살 터울인 우리 남매는 병아리들처럼 어디를 가나 꼭 붙어 다녔다. 부모님이 데리러 올 때까지 여동생을 잘 돌봐야 한다는 어머니의 당부가 아니더라도 그 무렵 세상에는 우리 남매 단둘뿐인 것 같았다.

이모 집에서 좀 떨어진 곳에 작은 바닷가 마을이 있었다. 우리 남매는 학교에서 돌아오면 종종 손잡고 바닷가로 향하곤 했다. 당시 초등학교 3학년이던 애리선은 백사장에서 조약돌을 줍거나 인형 놀이를 하며 놀았고, 나는 대개 멍하니 앉아 수평선을 바라보는 게 고작이었다. 그때까지만 해도 우리는 바닷가에 살면서 수영도 할 줄 모르는 '서울 촌뜨기' 신세였다.

바다! 어린 소년의 눈에 그것은 분명 하나의 거대한 생명체였다. 초가을의 청명한 오후, 백사장에 오도카니 앉아 실눈을 뜨고 바라보는 바다의 빛깔은 한마디로 형언하기가 어려웠다. 어느 때는 한없이 푸른빛이다가도 또 어느 때는 검기도 하고, 포말로 부서지는 파도는 늘 흰색이었다. 가까이 가서 들여다보면 갈색 혹은 노란빛의 모래색을 닮았고, 더 깊이 들어가 보면 어느새 초록색이 되었다가 수평선으로 노을이 지기라도 할 때면 온통 불이라도 난 것처럼 붉게 물들어 있었다.

가끔 그 바다를 향해 돌을 던지며 분풀이를 하기도 했던 나는 그것도 무료해지면 여동생이 애써 만들어 놓은 모래성을 무너뜨리며 심술을 부렸다. 그러면 화사한 드레스 차림으로 모래성 안에 누워 있던 여동생의

어린 시절
부산 바닷가에서 놀고 있는
여동생 애리선과 나

아기 인형과 불쌍한 백설 공주는 그 즉시 모래투성이가 되어 버렸고 애리선은 훌쩍훌쩍 울기 시작했다.

"너 자꾸 울면 다음부턴 안 데리고 다닐 테야!"

매번 으름장을 놓아 동생을 달래던 나를 꾸짖기라도 하듯 바다는 큰 파도를 밀어 보냈다.

그렇게 가을이 가고, 겨울 지나 다시 이듬해 겨울쯤 어머니가 우리 남매를 데리러 나왔다. 그동안 두 분이 열심히 일한 결과, 아버지는 미국 LA에 주유소를 직접 차리게 되었고 집안 형편도 어느 정도 안정되었다. 1년 반 동안 생활하던 이모 집을 떠나 미국행 비행기에 오르던 날, 이상하게 아쉬울 건 아무것도 없는데도 내가 끝내 바다와 친해지지 못했다는 사실만 마음속에 한 점 그늘로 남았다.

03

죽음의
문턱에 서다

사람은 과연 몇 살까지 살 수 있을까? 대학
1학년이 될 때까지 죽음에 대한 나의 인식은 거의 초보적인 수준이었다.
현대 의학의 발달로 평균 수명이 길어진 덕에 특별한 질병이 없는 한 인
간은 80년 이상 수명을 유지할 수 있게 되었다. 죽음이라니, 그 무슨 고
리타분한 개똥철학인가. 사실 고백하자면 그때까지도 나는 생에 대한 막
연한 환상으로 청춘을 허비하는 것이나 다름없었다. 그러던 내가 조금이
나마 철들기 시작한 것은 뜻하지 않은 교통사고를 경험하고 난 뒤였다.

전치 2개월의 치료를 요했던 교통사고는 고교 동창인 필립과 함께 캘
리포니아 북쪽 시에라네바다산맥으로 주말 캠핑을 하러 가던 중에 일어
났다. 끝없이 펼쳐진 광활한 사막, 지평선 너머 붉게 번지는 저녁노을, 자
동차 스테레오에서 흘러나오는 밥 딜런의 장난기 넘치는 목소리와 그의
독특한 하모니카 선율……. 'Don't think twice, it's all right…' 두 번
다시 생각하지 말아요. 괜찮아요. 그대 모든 게 잘 될 거예요….

밥 딜런의 음악에는 언제나 사람의 마음을 편안하게 하는 낙천적인 아름다움이 있다. 음악에 도취된 상태로 차를 모는 동안에 어느덧 나는 조금씩 긴장을 잃어 가고 있었다.

대학이라기보다는 교직원 포함 6만여 명의 각국 젊은이들이 모인 큰 사회집단이라는 표현이 더 어울릴 듯한 UCLA 교정의 생경하기만 한 분위기를 벗어났다는 해방감 때문이었을까. 마음이 맞는 친구와의 여행, 좋아하는 음악, 게다가 눈앞에 펼쳐진 장대한 자연의 모습에 그만 압도되어 넋을 잃을 지경이었다.

나는 전속력으로 차를 몰았다. UCLA 대학 입학 기념으로 아버지가

부모님이 사주신 차로 광활한 사막을 겁 없이 질주했다.

사주신 중형차는 사막을 여행하기에 조금의 부족함도 없었다. 창밖으로는 거센 모래바람이 회오리치고 있었다. 이대로 영원히 달리고 싶었다. 거칠 것 없는 사막의 모래바람을 가르며 어디 한번 저 먼 지구의 끝자락까지 달려보고 싶었다. 그 순간만큼은 시간도, 공간도 모두 나의 것이었다.

그렇게 얼마를 달려갔을까. 갑자기 거대한 바윗덩어리 하나가 시야를 가로막았다. 너무 급작스러운 상황이라 핸들을 꺾거나 브레이크를 밟을 여유조차 없었다. 엄청난 굉음과 함께 내 몸이 어딘가로 사정없이 튕겨나간다고 생각되던 순간, 나는 정신을 잃었다. 가물가물 멀어지려는 의식 속으로 시커먼 어둠 자체의 형상으로 다가온 죽음의 모습을 언뜻 보았던 것도 같았다.

아, 이렇게 죽는 건가 보다. 턱뼈가 부서지고 몸 여기저기가 찢겨나가는 중상을 입고 서른다섯 바늘이나 꿰매는 수술 끝에 겨우 의식을 회복했을 때는 한밤중이었다.

"필립은요?"

혼미한 기억을 더듬어 사고 당시를 떠올린 내가 어머니한테 처음으로 꺼낸 말이었다. 수심에 가득 찬 얼굴로 병상을 지키고 섰던 어머니의 눈에서 하염없이 눈물이 흘러내리고 있었다.

"걱정 마라. 필립은 무사하단다."

어머니는 다행히 필립은 나처럼 중상은 아니었다며 한숨을 내쉬셨다.

며칠 후 필립이 문병이랍시고 왔는데, 팔다리는 꼬이고 입까지 돌아가 마치 중풍 환자 같은 모습이었다. 사고 당시의 충격으로 잠시 마비 증상이 온 듯했다.

"마이 아후이(많이 아프냐)?"

혁가 굳어 말을 제대로 하지 못하는데도 필립의 표정은 나에 대한 걱정으로 가득 차 있었다. 어쨌거나 그의 안부를 확인하고 조금이나마 마음이 놓였던 탓인지 나는 다시금 깊은 잠 속으로 빠져들었다.

난생처음 당해 본 큰 사고였다. 당시의 기억은 몇몇 단편적인 장면들로 희미하게 남아 있을 뿐이다. 유리 파편과 쇳조각들을 날려 올리며 차갑게 몰아치던 모래바람, 오렌지빛 황혼을 몰아내고 불길한 징조처럼 하늘을 뒤덮은 먹구름, 그리고 서서히 온몸을 관통하는 듯한 매서운 한기, 누군가의 울음소리처럼 기괴하게 울려 퍼지던 사막의 황량한 바람 소리….

사람 목숨이란 게 이렇게 간단히 끝날 수도 있다니. 그때 내가 경험한 죽음은 영화나 드라마에서처럼 장렬하지도, 품위 있게 유언을 남길 만큼 여유롭지도 않았다. 조용히 자신의 일생을 뒤돌아보며 유서를 쓰거나 죽기 전에 사랑하는 사람들과 그럴싸한 작별 인사를 나눈다거나 하는 것은 다만 인간이 바라는 죽음의 형식에 불과한 것이었다.

어느 한순간, 숨이 끊어지는지도 모르고 사그라져 버리는 게 인간의 목숨인 것을… 비몽사몽간에 참 많은 생각을 했던 것 같다. 내 나이에도 죽음은 현실이 될 수 있다는 것을 그때 처음으로 깨달았던 것이다.

04

스무 살의
꿈

"만약 자신에게 주어진 인생이 단 하루뿐이
라면, 당신은 무엇으로 그 시간을 채울 것인가?"

평소에 즐겨 듣던 라디오 프로그램의 DJ가 던진 이 단순한 질문은 오
랫동안 내 마음에 남았다. 교통사고로 휴학 중이던 나는 LA의 집에서
이 방송을 들었다.

아마도 그때가 나로서는 스무 해를 살아오는 동안 가장 한가로운 시절
이었던 것 같다. 초등학교를 졸업할 때까지야 한가롭고 말고 할 것도 없
이 천방지축 뛰놀기에 바빴고, 중·고등학교 시절에는 대부분 명문 대학
이라는 관문을 꼭 통과해야만 한다고 믿었었다. 어렸을 때 부모님을 따
라 미국으로 건너갔지만, 나 역시 한국의 관습과 전통을 그대로 물려받
은 토종 한국인이었기 때문이었다.

고등학교 때까지는 그럭저럭 수재 소리도 들어가며 우쭐해하던 나
는 버클리대학을 꿈꾸었다. 그러나 부모님의 기대는 내 뜻과 달랐다. 내

가 LA에서 통학이 불가능한 샌프란시스코의 버클리로 진학한다면 4년간 집을 떠나 있어야 한다는 사실 때문에 한사코 UCLA를 고집하셨다. UCLA도 버클리 못지않은 서부의 명문 대학인데 굳이 부모 걱정시키며 객지 생활할 게 뭐 있냐고 서운해하시던 부모님은 내가 결국 마음을 바꿨다는 걸 아시고는 뛸 듯이 기뻐하셨다.

"네가 잘돼야 우리 집안이 일어서는 거다. 훗날 판검사나 변호사 같은 남들한테 존경받는 인물이 되어야 한다."

틈만 나면 아들의 장래를 설계하고 그 뒷바라지에 모든 노고를 아끼지 않으셨던 부모님들은 오로지 자식들을 위해서만 사는 분들 같았다. 두 분의 사랑이 자식에겐 너무나 큰 짐이 되어 버렸는데도 말이다. 하지만 난 스무 살이 되면… 그렇다, 스무 살이 되면 뭔가 다른 인생을 살아 보고 싶었다.

내 인생에 대한 부모님의 설계는 대학 진학까지로 충분했다. 그다음은 마땅히 내 몫이 되어야 했다. 졸업 후의 진로라든가 기타 장래 문제는 당연히 부모님과의 의논 단계는 거쳐야겠지만, 그것이 그분들에 대한 존경의 표시 이상은 되지 말아야 한다는 게 내 생각이었다. 그런데 막상 대망의 스무 살이 된 지금, 나는 어떤 모습인가. 고등학교나 대학교나 마찬가지인 치열한 순위 다툼으로 교양서적 한 권 제대로 읽을 만한 시간도 내지 못하는 데다가 장래 문제 같은 건 아예 계획해 볼 여유조차 없는 게 현실 아닌가. 단 하루뿐이라는 가정하에서 진지하게 자문해 보았다.

'그렇다면 진정 내가 하고 싶은 일은 무엇일까?'

아쉽게도 너무나 오랜 세월 그것을 방치해 두고 나중으로 미뤄 오며 살았던 까닭에 당장은 답을 찾을 수 없었다. 그 정도로 나는 인생에 대해서 무책임하게 나 자신을 소외시켜 왔던 건지도 모른다. 단 하루뿐인 인생을 산다 해도 마지막으로 꼭 해보고 싶은 일이 무엇인지를 말할 수 없을 만큼 계획 없이 살아왔다니 서글프기 그지없었다. 나는 그러한 자신을 다그치기라도 하듯 무작정 독서에 매달렸다. 덕분에 학교에서 숨돌릴 틈도 없이 받아 채운 온갖 잡다한 공식들로 삭막해져 버린 내 영혼에도 맑은 공기가 조금씩 스며 들어오는 것 같았다.

그러던 어느 날 우연히 손에 쥐게 된 조지프 콘래드(Joseph Conrad)의 『바다의 거울*The Mirror of the Sea*』이라는 책 한 구절이 불현듯 내 마음을 사로잡았다.

'그대 정녕 지구의 나이를 알고 싶다면, 폭풍이 휘몰아치는 바다의 얼굴을 보라!'

바다. 그렇다! 그 순간, 어떤 강렬한 전율 같은 게 전신을 훑고 지나가는 것 같았다. 열한 살 어린 소년의 가슴을 온통 뒤흔들어 놓았던 부산 앞바다의 추억이 마치 한 폭의 그림처럼 되살아나고 있었다. 어쩌면 그것은, 이루지 못한 첫사랑의 기억처럼 아릿한 그리움으로 남아 있었던 건지도 모른다.

UCLA에서 도서관을 드나들면서 항해에 관한 책을 찾아 읽기 시작했다. 그 이야기에 빠져들며 내 가슴속에는 이미 무엇인가가 용솟음치고 있었다. 그러면서 한편으로는 바다에 도전한 수많은 사람이 왜 대부분

백인인지 의문이 들었다. 아주 드물게 일본인이 요트를 타고 세계 일주를 했다는 기록은 찾아볼 수 있었지만, 우리나라 사람은 한 명도 없었다. 백인들의 독무대인 바다에 뛰어들어 한국인도 할 수 있다는 것을 보여주고 싶다는 생각에 가슴이 들끓었다.

며칠을 심사숙고한 끝에 마침내 결심은 굳어졌다. 내가 가진 모든 것을 바쳐서 하고 싶은 일, 그것을 혼자서 배를 타고 지구를 한 바퀴 도는 일로 정했다. 그리고 그 첫 단계로 잡은 목표가 바로 태평양을 건너 고국으로 간다는 계획이었다. 태평양 횡단은, 이를테면 훗날 내가 요트 단독 세계 일주 모험을 떠나기 전에 치러야 했던 전초전인 셈이었다.

물론 그 일에 상당한 위험이 따른다는 것은 알고 있었다. 하지만 그 어떤 위험도 바다를 향한 내 지극한 갈망을 잠재울 수는 없었다. 어차피 사람은 누구나 한 번 죽는다. 또 그날이 언제인지는 아무도 모른다. 이미 한 번의 교통사고로 죽음의 문턱을 경험한 나였다. 어쩌면 그때 나는 죽을 수도 있었는데 운 좋게 살아남았던 건지도 모른다. 나머지 인생을 보너스로 받게 되었다고 생각한다면 두려울 것도 없었다. 죽을 때 죽더라도 뭔가 한 가지쯤 뜻있는 일을 해보고 싶다는 열정이 나를 한없이 들뜨게 만들었다.

가자, 바다로! 그리운 내 고향, 바다로! 이렇게 내 청춘의 가장 찬란한 모험의 첫 장이 펼쳐지게 된 것이다.

05

찬란한
청춘의 도전

정말 오랜만에 첫사랑을 다시 만나는 설렘!

어린 여동생과 둘이서 어머니를 기다리며 꿈을 키우던 바다. 끝없이 펼쳐진 수평선 너머로 늘 반가운 소식처럼 갈매기가 날던 곳, 그 무한한 가능성과 신비의 세계가 나를 향해 손짓하고 있다.

어쩌면 그것이 바다에 대한 나의 첫사랑이었을까. 나는 그 첫사랑을 10년 만에 만난다는 설렘을 가지고 항해 준비를 해나가기 시작했다. 가장 먼저 한 일은 요트학교에 등록하는 일이었다. 그곳에서 수영과 수구로 몸을 단련시키며 항해술을 배우는 틈틈이 아마추어 무선사(이하 HAM) 자격증을 땄고, 기상학 교양 과목도 수강했다.

그러는 중에도 선배 요트인들을 찾아다니며 조언을 구하는 것도 잊지 않았다. 선배 요트인들의 한결같은 충고는 떠나기 전 체력 단련을 착실히 해야 한다는 것이었다. 그동안 한 푼 두 푼 모아 둔 용돈과 아버지의 주유소에서 아르바이트를 하며 번 돈이 모두 이 준비 과정에서 쓰였다.

이제 남은 건 요트를 구입하는 일. 수중에 남은 돈 1만 달러 가지고는 웬만한 중고 제품 하나 사기도 어려운 형편이었다. 그렇다고 해서 부모님께 도움을 요청할 수도 없었다. 사실 그때까지도 부모님은 내가 취미로 요트를 배우는 줄로만 아셨지 요트로 태평양을 횡단할 꿈까지 꾸고 있다는 건 상상도 못 하셨기 때문이다.

나는 부모님의 반대를 예상하고 있었기에 준비가 다 될 때까지는 말씀드리지 않기로 마음먹었다. 결국 부모님께서 그 일을 알게 된 것은 내가 몇 달 동안 수소문한 끝에 CAL사의 78년식 29피트(8.7미터)형 중고 요트를 구입하고 난 뒤였다. 1만 달러에 구입한 이 크루저급 요트는 당시 미국 경제가 불황을 겪고 있던 탓에 시가보다 훨씬 싸게 내놓은 제품이었다.

아르바이트해서 모은 돈으로 구입한 중고 요트 선구자 1호

그날 밤 나는 좀처럼 잠을 이룰 수가 없었다. 처음으로 내 힘으로 그렇게 큰 물건을 샀다는 자부심과 항해에 대한 설렘, 장차 부모님을 설득해야 할 일 등 머릿속이 온통 흥분과 걱정으로 가득 찼다. 중고 제품이나마 요트를 구입하긴 했지만 구명보트, 통신 장비 등등 그에 필요한 장비 부족도 큰 문제였다.

준비 때문에 항해를 계속 미뤘다가는 결국 내 꿈을 포기하게 될 것만 같았다. 나는 일단 항해에 필요한 최소한의 장비만 갖춘 상태에서 떠나기로 하고 부모님의 승낙을 받으려 했다. 예상했던 대로 완강한 반대, 부모님의 눈물 어린 설득이 몇 날 며칠이고 이어졌다. 아직 학생 신분인 내가, 그것도 혼자서 요트를 타고 1만 3,000킬로미터나 되는 태평양 항해 길에 나선다니 두 분이 펄쩍 뛰실 만도 했다.

"대체 네가 뭐가 부족해서 그 비렁뱅이나 다름없는 생활을 하려고 한단 말이냐?"

바다낚시가 유일한 취미였던 아버지는 부두 근처에서 흔히 만나게 되는 미국 '요트 거지'들 이야기를 하며 땅이 꺼져라 한숨을 내쉬셨다. 미국에는 한국의 서울역 지하도에서처럼 집도 절도 없이 떠돌아다니며 허름한 요트 안에서 생활하는 이른바 요트 거지들이 있는데, 아버지는 내가 그들처럼 될까 봐 걱정하는 눈치셨다.

"걱정 마세요, 아버지. 전 거지가 되겠다고 하는 게 아니라 제힘으로 뭔가를 해보고 싶은 것뿐입니다."

"그렇다면 왜 하필 요트로 태평양 건너는 일이냐, 응? 그게 죽으러 가는 거지, 사람이 미치지 않고서야 어떻게 그런 일을 할 수 있단 말이냐?"

"아버지! 전 죽으러 가는 게 아니고 자립하기 위해 가는 겁니다."

어느새 다 컸다고 끝내 고집을 꺾지 않는 자식을 힘없이 바라보던 아버지는 며칠 동안 집에도 들어오지 않았다.

"제발 절 좀 이해해 주세요. 아버지! 제가 얼마나 버클리를 원했는 줄 아시죠? 그런데도 전 부모님 뜻에 따라 UCLA를 선택했어요. 절 잠시라도 멀리 떠나보내기 싫어하시는 부모님의 마음을 아프게 해드리고 싶지 않아서였어요. 하지만 지금은 달라요. 이번에도 제가 말 잘 듣는 어린애처럼 부모님 뜻에만 의존한다면, 전 아마 평생 어른이 될 수 없을지도 모릅니다. 그러니 아버지! 제발 집으로 돌아가시고 절 좀 믿어 주세요."

떠나기 전날, 나는 주유소로 아버지를 찾아가 간절히 설득했다. 그러나 그날 밤에도 아버지는 끝내 집으로 돌아오길 거부하셨다. 완강히 돌아앉은 아버지의 등을 보며 주유소를 나올 수밖에 없었다. 물론 쉽사리 승낙을 받아 내리라고는 생각하지 않았지만, 당장 내일 출항을 앞두고 있는데 끝내 아버지의 격려를 받지 못하고 떠나야 한다는 아쉬움에 발걸음이 무거웠다.

한순간 그냥 아버지 말씀에 따를까 하는 생각을 안 해본 건 아니지만 아무리 생각해도 그렇게 포기할 수는 없었다. 태어나 처음으로 스스로 선택했고 정말 간절히 원하는 꿈, 누구의 도움도 없이 혼자서 하나하나 준비해 왔던 그 일을 시작도 못 해보고 이대로 끝낼 수는 없었다

'시간이 지나면 아버지도 이해해 주실 것이다. 당신의 아들이 완전한 성인이 되어 돌아오는 날 흔쾌히 어깨를 두드려 주시리라.'

그렇게 나 자신을 위로하며 출항 전날 밤을 보냈다.

다음 날, 아직 잠 속에서 빠져나오지 못한 내 귀에 노크 소리가 들렸다. 난 어머니나 여동생이려니 싶어 눈도 뜨지 않고 대답을 했다. 그러나 대답을 듣고도 방문은 쉽사리 열리지 않았다. 무슨 일인가 싶어 침대에서 몸을 일으키는 내 앞에 조금은 겸연쩍은 표정으로 방문을 열고 들어온 사람은 바로 아버지셨다.

밤새 무슨 생각을 하셨는지 아버지의 손에는 구명조끼가 들려 있었다. 울컥 치솟는 눈물에 난 잠시 고개를 숙이고 있을 수밖에 없었다. 그날 아버지는 내가 친구들과 상의해서 지은 '코리아 빠삐용'이라는 다소 반항적인 요트 이름을 '선구자 1호'로 바꾸면 어떻겠느냐는 제안을 하셨다. 자식이 감옥에서 탈출하는 영화 주인공 빠삐용보다는 어떤 의미에서든 선구자가 되기를 바랐던 아버지의 마음… 부모의 사랑이란 바로 그런 것인가 보다.

제3부

다시
바다로

태평양으로 떠나는 선구자 1호를 지켜보고 계시는 부모님과 취재진

01

태평양의
두 얼굴

16세기 초의 탐험가이며 바다의 폭군으로 불리기도 했던 페르디난드 마젤란(Ferdinand Magellan)은 자신이 처음 발견한 육지나 항로에 많은 이름을 붙여 주었다. 그중 걸작으로 꼽히는 것이 태평양(Pacific Ocean)인데, 맨 처음 해협으로 들어선 그가 마침 바람이 잦아들어 파도가 잔잔한 바다를 보고 즉석에서 만들어 낸 이름이라고 한다.

그러나 만약 그가 한 달쯤, 아니 적어도 일주일만이라도 항해를 한 후에 이름을 지었다면 태평양은 지금의 이름으로 전해지지 않았을 것이다. 물론 인도양, 대서양과 함께 세계 3대양으로 꼽히는 큰 바다임에는 틀림없으나 태평양은 그 이름처럼 평화롭지만은 않다. 내가 경험한 태평양의 모습이 바로 그러했다.

내 나이 스물한 살 때, 마침내 태평양 횡단이라는 모험을 향해 돛을 올렸다. 출발 당시 설렘을 기록한 일기의 한 부분이다.

11월 7일. 아침 일찍 눈을 떴다. 나도 모르게 긴장이 됐던 것일까. 모든 준비를 마치고 오전 9시 요트가 정박해 있는 샌피드로항으로 나갔다. 친지들과 목사님, 기자들이 나와서 격려해 주었다. 그러나 어느 누구도 내가 정말 태평양을 횡단하리라고 믿는 사람은 없는 것 같았다. 10시가 되자 난 선구자 1호에 올랐다. 요트 옆에 있던 미국인 선원들이 선구자 1호를 바다 위로 힘껏 밀어 줬다. 드디어 1만 3,000킬로미터에 달하는 태평양 횡단이 시작된 것이다. 어쩌면 이것이 부모님을 보는 마지막 순간이 될지도 모른다는 생각에 마음이 아팠다.

LA 샌피드로항을 출발한 지 5시간 만에 내가 느낀 태평양의 첫인상은 한마디로 '미친 바다'였다. 1년 동안 준비했다고 해야 고작 요트학교에서 몇 번 LA 항구 연안 바다를 항해한 경험이 전부였던 나에게 바다는 처음부터 호락호락한 상대가 되어 주지 않았다.

바다에 심상찮은 조류가 나타나기 시작한 것은 오후 3시경이었다. 갑자기 불어닥치는 바람에 선구자 1호는 가랑잎처럼 흔들리기 시작했다. 좁은 선실 안의 물건들이 우르르 쏟아져 내리고 내 몸의 중심조차 가눌 수 없을 정도로 요트는 흔들렸다. 태풍철도 아닌데 난데없는 강풍을 만난 것이다.

온갖 불길한 생각들이 엄습해 왔다. 마치 살아 있는 아들의 장례식이라도 치르러 나온 듯 침울해하시던 부모님의 얼굴이 떠올랐다. 정말 내가 죽게 되는 건 아닐까. 떠나기 전의 그 당찬 용기는 간데없었고, 오직 두려움과 후회만이 나 자신을 옴짝달싹 못 하게 만들고 있었다. 근방에 육지도 보이지 않았다. 내가 어디쯤 왔는지도 파악할 수 없었다. 태양과 천측(별의 위치로 항로를 측정하는 것)에 의지해서만 항로를 이어 가던 그때, 모든 게 절망적이었다. '차라리 포기해 버릴까' 하는 생각도 들었다.

정신없이 몰아치는 강풍 속에서 아무 대책도 세우지 못한 채 내가 할 수 있는 일이라곤 선실 안에서 고양이처럼 웅크린 채로 쓴 물을 토해 내는 일뿐이었다. 물 한 모금 남아 있지 않을 정도로 내장의 음식물을 다 비워 낸 후에도 구토는 계속되었다. 헛구역질과 두통, 나중엔 옆구리며 팔, 다리, 목, 등까지 누군가에게 흠씬 얻어맞은 것처럼 쑤시고 아팠다.

사실 내가 구입한 CAL사의 78년식 요트는 일반적으로 대양 항해에 부적합한 모델이라는 지적이 있었는데, 경제적 여건상 내게는 다른 선택의 여지가 없었다. 사정이 그러하다면 보다 많은 장비로 결점을 보완하

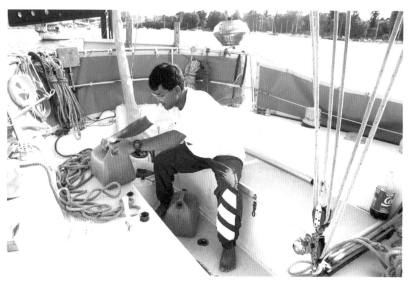

엔진 탱크에 기름을 넣고 있다.

는 방법도 있었는데, 나는 별다른 준비 없이 항해를 결행하고 말았던 것이다.

한동안 요동치는 배 안에서 어쩔 줄을 모르던 나는 겨우 한 가지 생각을 해내고 단거리 초단파(VHF) 라디오로 교신을 시도해 보았다. 선실 침대에서 라디오가 있는 책상까지는 불과 두어 걸음밖에 안 되는 거리였지만 나는 거의 기어가다시피 하고 있었다. LA 항만 무선국에서는 교신을 통해 인근 카타리나섬의 위치를 알려 주며 어서 대피하라고 했다. 나는 혼신의 힘을 다해 기수를 카타리나섬 쪽으로 돌렸다.

'이럴 때 엔진을 쓴다면 좀 더 빨리 갈 수 있을 텐데…'

선구자 1호는 13마력짜리 디젤엔진을 갖추고 있긴 했지만 대양을 항해하기에는 동력이 약한 편이고, 자칫하면 떨어지는 원료로 항해 도중 동력이 끊길 위험이 있기 때문에 정말 다급할 때 이외에는 사용하지 않았다. 즉, 동력으로 움직이는 일반 상선이 아닌 항해용 요트는 엔진을 비상용으로 써야 해서 사용에 최대한 신중을 기해야 했다.

전에 그런 주의사항을 충분히 들어 두었으므로 나는 결국 엔진은 사용하지 않았다. 차라리 항로를 변경하여 강풍의 반대편으로 배를 몰아가기로 한 것이다. 어서 빨리 강풍이 멎어 주기만을 기다리며 거의 표류하다시피 카타리나섬에 도착했을 때는 밤 9시가 넘은 시간이었다. 오전 10시에 샌피드로항을 출발하여 12시간 가까이 항해하면서 바로 옆 동네로 옮겨온 꼴이었다.

그러나 우선은 바다와의 첫 면접시험을 무사히 치르고 강풍을 뚫고 나왔다는 사실만으로도 다행이라고 생각하는 수밖에 없었다. 그 순간,

헤어진 지 하루도 되지 않은 가족들 얼굴이 맨 먼저 떠올랐다. 비록 말로 다 표현할 수 없을지라도 내가 처음부터 모험의 대가를 얼마나 톡톡히 치렀는지 알게 된다면 부모님도 자랑스러워하실까? 하지만 막상 전화를 걸어 어머니의 음성을 듣는 순간, 내가 할 수 있는 말은 무사히 잘 있다는 말뿐이었다.

"동석아, 지금이라도 다시 돌아와라, 응? 아버지도 널 기다리고 계셔."

"걱정 마세요. 전 잘 해낼 수 있어요."

수화기를 내려놓기 전부터 나는 이미 마음속으로 울고 있었다.

'어머니, 저도 두려워요. 좀 전에 겪었던 그 어마어마한 파도 속으로 다시 들어갈 생각을 하면 자꾸만 용기가 없어져요. 하지만 결코 돌아갈 수는 없어요. 그렇게 되면 전 평생 자기 자신과의 약속 하나 지키지 못했다는 자책감 속에서 살게 될 거예요. 어머니! 전 그렇게 살고 싶지는 않습니다….'

카타리나섬에서 강풍이 멎기를 기다리는 이틀 동안 나는 속으로 수없이 많은 다짐을 했다. 괜찮아. 잘 해낼 수 있을 거야. 그 정도의 바람은 예상했었잖아. 난 해낼 수 있어. 주문을 외듯 중얼거렸다. 두려움 때문에 내 꿈을 포기하고 싶지는 않았다.

태평양아, 기다려라! 내가 간다.

02

하와이를
향하여

이틀 뒤, 나는 약해지려는 마음을 다잡고 카타리나섬을 떠났다. 그로부터 일주일 동안 바다는 마치 내게 화해 신청이라도 하려는 것처럼 잔잔해졌고 바람도 적당히 불어 주었다. 요트 항해에 있어서 바람은 미묘한 친구이다. 바람이 너무 세게 불면 파도가 거세지기 때문에 배가 뒤집힐 위험이 있지만, 바람이 조금도 불지 않으면 배는 대양 한복판에서 오도 가도 못하고 갇혀 버리게 된다. 그래서 바람은 항해자에게 있어 생명과 죽음의 양면성을 띠게 되는 것이다.

항해 첫날의 지독한 경험과는 달리 중간 기착지인 하와이로 향하는 동안 배는 시속 7~8킬로미터씩 비교적 순탄하게 움직였다. 잔잔한 파도와 적당한 바람, 이대로 간다면 하와이까지 한 달이면 충분히 도착할 수 있을 것 같았다. 다소 아쉬운 건 카타리나섬을 출발한 지 5일 동안 하루도 해를 보지 못했다는 사실이었다. 그러나 정작 문제는 바람이나 햇빛이 아닌 나 자신의 부주의로 빚어졌다.

카타리나섬을 뒤로하고 태평양으로 향하고 있다.

섬을 떠난 지 이틀째 되던 날, 밥을 짓기 위해 물을 틀었는데 냄새가
좀 이상했다. 얼른 바깥에 있는 물탱크를 확인해 보았다. 탱크 안에서는
물이 썩어 악취가 진동했다. 탱크 안에 저장해 놓은 물을 정화시키기 위
해서는 필히 클로락스를 넣어 두어야 한다는 걸 깜빡 잊어버린 것이다.
할 수 없이 바닷물로 밥을 지었더니 소금 알갱이를 씹어먹는 게 차라리
나을 정도였다. 덕분에 하루를 꼬박 과일 통조림으로 때웠다. 뱃멀미가
다시 시작되었다.

바다 한가운데서 식수가 떨어지다니! 생각할수록 기가 막힌 노릇이었

다. 당장 마실 물이 없으니 갑자기 더 갈증이 나는 것 같았다. 허탈해진 마음으로 하늘만 바라보던 나는 비라도 내려 주길 마음속으로 간절히 빌었다.

추측건대 현재 내가 있는 위치는 LA에서 450해리(대략 830킬로미터)쯤 떨어진 태평양상이다. 하와이까지는 아직도 1,800해리(대략 3,330킬로미터)나 남았다. 그런데 엎친 데 덮친 격으로 사흘 후에는 가스레인지마저 고장 나버렸다. 이젠 음식을 조리해 먹을 수도 없게 된 것이다. 식수난에 가스레인지까지! 잠깐의 실수가 심각한 재난으로 돌변해 있었다.

"오, 하나님!"

난 기도를 했다. 인간이 재난 앞에서는 하나님을 찾게 된다더니 내 경우가 꼭 그랬다. 가스레인지가 고장 나버린 그날 저녁부터 기도 덕택이었

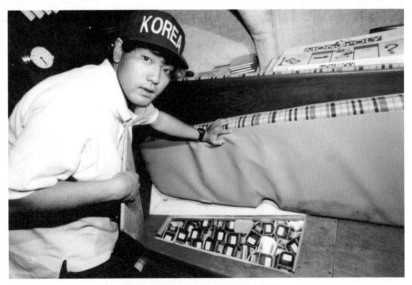

가득 실은 깡통 음식. 냉장고가 없어 깡통이나 건조 음식을 주로 먹었다.

는지 조금씩 비가 내리기 시작했다. 일단 마실 물이라도 생겼다는 게 천만다행이었다.

물탱크를 말끔히 청소하고 대신 빗물을 받아 두었다. 배에 오른 지 거의 일주일 만에 처음으로 빗물에 샤워도 했다. 오염되지 않은 바다에서 시원한 빗물을 받아 마시고 나니 비로소 살 것 같았다. 하지만 그러한 자연의 혜택도 잠시뿐이었다. 받아 놓은 빗물은 겨우 이틀 만에 동이 나버렸다. 무더위 속에서 갈증을 이기지 못해 음료수는 벌써 바닥난 지 오래였고 나는 옥수수나 과일 통조림 바닥에 조금 남은 수분을 핥아 먹으며 목을 축여야 했다. 또 식사라고 해야 생라면이나 참치 통조림, 과자, 꽁치 통조림 등으로 허기를 때우는 것이 전부였다.

그렇게 며칠을 보내고 나니 눈을 뜨고 있으나 감고 있으나 오로지 먹을 것밖에 생각나지 않았다. 어머니가 만들어 주시던 구수한 된장찌개, 시원한 냉면… 하다못해 익은 쌀밥 한 공기만 생각해도 군침이 넘어갔다. 사소한 부주의가 인간의 목숨을 위태롭게 할 수도 있다는 걸 그때 처음 깨닫게 되었다. 이제 겨우 항해 시작 일주일밖에 안 되었는데도 나는 앞으로 있을 87일간의 태평양 횡단은 물론, 그 후 3년 5개월간의 세계 일주 여행에 필요한 항해 수칙의 대부분을 몸으로 체험했다고 해도 좋을 만큼 많은 것을 배웠다. 지식보다는 행동이, 말보다는 실천이 인간의 미래를 가능케 한다는 단순한 진리를 뼈저리게 느끼는 동안에 나는 어느덧 조금씩 마음의 키를 키워 가고 있었던 건지도 모른다.

본격적인 항해가 시작되면서 피로가 쌓여 가기 시작했다. 우선은 두세 시간씩 조각 잠을 자야 하기 때문에 항상 피곤했고, 또 선실 안에서 혼자 음식을 해 먹는 데에 익숙지 않기 때문에 대부분 깡통 음식에 의존하여 영양 섭취도 어려웠다.

거기다 긴장이 계속되었다. 주변을 지나는 큰 상선들과 부딪치지 않을까, 암초에 걸리지 않을까 하는 걱정이 계속되어 편히 쉴 수 있는 시간이 많지 않았다. 가도 가도 끝이 없는 망망대해의 연속이었다. 날씨가 좋을 때면 돌고래가 잠시 친구가 되어 주기도 했으나 그렇게 한가한 시간은 잠시뿐이었다. 어느 날은 배의 위치를 알려 주기 위해 10미터 높이의 돛대에 달려 있는 레이더 반사경이 강풍에 느슨해져 엄청난 소음을 냈다. 처음엔 다음 기착지까지 그럭저럭 참고 갈 생각이었으나 소음이 점점 커져 도저히 잠을 잘 수 없는 지경이었다.

할 수 없이 조심스럽게 돛을 타고 올라가기 시작했다. 사실 움직이는 요트에서 돛대를 타고 올라간다는 것은 보통 위험한 게 아니다. 그대로 바다에 빠질 수도 있고, 돛대가 무게를 못 이겨 쓰러질 수도 있으니 말이다. 입에 칼을 물고 올라가는데 등줄기로 식은땀이 흘렀다. 겨우겨우 레이더 반사경을 고친 뒤 내려오자 온몸에 힘이 빠져 잠시 그대로 누워 있었다.

그렇게 위험한 상황이 지날 때마다 난 스스로에게 물었다.

'편안한 비행기를 두고 왜 이렇게 어렵게 요트로 고국에 가려 하는가?'

대답은 한 가지였다. 내가 하고 싶은 일이고, 또 이 일을 통해 한국인도 요트로 태평양을 횡단할 수 있다는 것을 보여 주기 위해서라고. 그리고 내가 이 모험에 성공함으로써 나 같은 처지의 젊은이들에게 자신도 무엇인가를 해낼 수 있다는 용기를 줄 수 있다면 더없이 좋을 것이다.

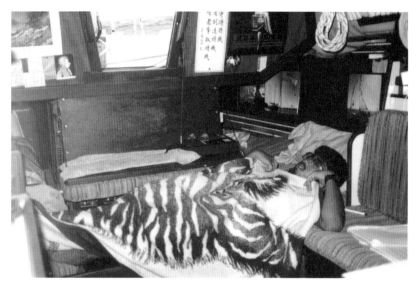
선실 안에서 자는 모습. 조각 잠을 자야 했기 때문에 항상 피곤했다.

하루 종일 비가 내리기도 하고 또 며칠씩 강풍이 몰아닥치기도 하는 등 태평양은 내 기운을 모두 빼 먹으려는 듯 속을 썩였다. 날씨가 나쁠 때면 잠시 눈을 붙이는 것조차 어렵고 음식도 해 먹을 수 없어, 나는 완전히 탈진 상태에 빠졌고 뱃멀미도 심해졌다. 며칠간 계속되던 강풍이 서서히 가라앉았다.

선상에 가만히 앉아 바다 구경을 하다가 배에 싣고 온 낚시 도구가 생각났다. 이제까지 험한 바다를 뚫고 나오기 급급하여 낚시는 꿈도 꾸지 못했는데 지금 정도의 바다라면 한번 해볼 수 있을 것도 같았다. 낚싯줄을 드리우고 얼마쯤 지났을까. 묵직한 느낌이 손에 전해졌다. 가까스로 끌어당긴 낚싯줄 끝에는 4킬로그램은 넘을 듯한 만새기가 매달려 있었다. 살아 펄떡거리는 그놈을 어떻게 잡아야 할지 몰라 잠시 망설이다가

낚시로 잡은 만새기.
1미터 길이에 무게가
4킬로그램 정도 됐다.

좀 잔인하긴 했지만 망치로 머리를 내리쳤다. 물고기에게도 그렇게 많은
피가 있었나 할 정도로 많은 양의 피가 배 위로 쏟아져 내렸다.

그놈이 더 이상 움직이지 않는 것을 확인하고, 서툴지만 회를 떠서 고
추장에 찍어 먹었다. 맨날 깡통 음식에 의존하고 있다가 얼마 만에 먹는
신선한 생선회인가. 험한 파도를 뚫고 나온 내게 바다가 주는 선물인 것
같았다. 생선이 너무 커서 한 번에 다 먹을 수는 없고 어떻게 할까 망설
이다 크게 포를 떠서 말리기로 했다. 바닷바람에 잘 마르면 당분간 저장
할 수 있을 것이다.

상쾌한 햇살과 적당한 바람, 이 날씨가 며칠만 계속된다면 하와이까지
항해하는 데 큰 어려움은 없을 듯했다. 오랜만에 포식도 했고 날씨가 좋
으니 다시 자신감이 생기고 마음도 편안해졌다. 그러나 내일이면 날씨가
또 어떻게 변덕을 부릴지 아무도 모른다. 다행히 큰 어려움 없이 선구자
1호는 하와이 해안 가까이 다가가고 있었다. 멀리 하와이가 보이자 눈물
이 왈칵 솟았다.

1990년 12월 8일, 수많은 요트인의 환영을 받으며 하와이 호놀룰루
에 입성했다. 일단 1차 관문은 넘어선 것이다.

03

기다리는
아버지

아버지를 따라 LA에 첫발을 들여놓은 이래 우리 가족은 집에서만큼은 항상 모국어를 쓰기로 약속했다. 먼저 이민 온 교포 가정 중에 부모 세대와 자식 세대가 의사소통 문제로 고충을 겪는 모습을 종종 보았기 때문이다.

부모 세대는 모국어가 몸에 배었기 때문에 이민 생활을 오래 했어도 언어 습득 능력이 자식 세대에 비해 뒤처질 수밖에 없다. 반면, 한창 지적 감수성이 발달할 나이에 영어권에 들어온 자식 세대들은 새로운 말을 배우는 속도도 훨씬 빠르고 적응 과정이 무척 자연스럽다. 학교에서나 또래 집단들과의 어울림을 통해서도 영어를 자주 쓰기 때문에 차츰 모국어를 잊어 가는 대신에 하루가 다르게 혀가 돌아가는 것이다.

낯선 타국 땅에서 그러잖아도 영어를 몰라 촌뜨기 취급을 받기 십상인 부모 세대에게는 자식의 그럴듯한 영어 발음만으로도 처음에는 마음이 놓이는 법이다.

'내 자식만큼은 서양 사람들하고 똑같이 만들어야지!'

말로는 자유와 평등을 부르짖으면서도 속으로는 엄연히 뿌리 깊은 우월의식과 유색인종에 대한 편견이 남아 있는 미국 땅에서 사람대접이라도 받기 위해서는 무엇보다도 언어가 절실했다. 우리 교포들에게 그것은 어쩌면 당연한 바람이었는지도 모른다.

그러다 보니 자연히 영어가 서투른 부모 세대와 모국어를 잊어버린 자식 세대 간에 언어장벽이 생기기 시작했다. 부모가 자식을 타이르려 해도 말이 통하지 않고, 자식이 부모를 설득하려 해도 사정은 마찬가지였다. 그리하여 간혹 부모 자식 간에 의견 충돌이라도 생기면 양측이 서로

하와이 요트장에 도착하는 선구자 1호. 많은 교민이 나와 환영해 주었다.

다른 언어로 속마음을 표현하느라 곤욕을 치르는 광경을 보아야만 했던 아버지는, 어린 나이에 이민 생활을 시작한 우리 남매에게 집안에서만큼은 반드시 한국말을 쓰도록 당부하셨다.

덕분에 다른 교포 친구들보다 영어를 익히는 속도는 좀 떨어졌지만, 훗날 생각해 보니 아버지의 그 깊은 마음을 이해할 수 있을 것 같았다. 비록 조국을 등지고 떠나온 아버지였지만, 자식들만은 한국인의 뿌리를 잊지 않기를 바랐을 그 마음, 가슴속에 조국을 향한 애증과 그리움의 흉터를 간직한 채 살아야 했던 아버지의 모진 아픔과 설움의 세월을 느낄 수 있었다.

한국의 젊은이가 요트를 타고 태평양 횡단에 나섰다는 소식을 듣고 마중 나온 100여 명의 교민 얼굴에서 읽을 수 있었던 이민 생활의 외로움, 고국에 대한 진한 향수…. 시작부터 순조롭지 못했던 태평양 항해의 중간 기착지인 하와이에서 내가 만난 수많은 한국인은 바로 아버지의 또 다른 모습이었다.

구한말, 몇 해째 계속되는 흉년으로 굶주림과 병마에 시달리던 우리 선조들이 오로지 살기 위해 이민선을 타고 떠나왔던 만리타국, 우리나라 역사의 뼈아픈 기록으로 남아 있는 하와이 이민사의 잔재가 아직 아물지 않은 상처로 곳곳에 배어 있는 듯한 그 땅에서 아버지는 우리 교민들과 함께 나를 기다리고 있었다.

'강동석! 하와이 입성을 환영합니다.'

하와이 호놀룰루항에 도착한 순간, 교민들이 나를 위해 준비해 준 낯익은 글자들이 왠지 가슴을 뭉클하게 만들었다. 물론 LA에서도 한글 간

하와이 도착 후
부모님과 함께

판을 심심찮게 볼 수 있었고, 한국인들도 많이 살고 있어서 그다지 새로울 것도 없었지만, 이날만큼은 한글 현수막을 들고 교민들과 함께 서 있는 아버지의 모습이 그렇게 눈물겹게 느껴질 수가 없었다.

아들의 항해를 끝까지 못마땅해하셨으면서도 하와이까지 날아와 까치발로 자식을 기다리고 서 있는 아버지. 한국 사람들은 돈밖에 모르고, 젊은이들도 학교에서 1등만 하려고 할 뿐 용기도 없고 모험심도 없는 겁쟁이들뿐이라고 헐뜯는 서양인에게 우리도 뭔가 보여 주자며 주먹을 불끈 쥐던 또 다른 아버지들…. 어느덧 내 아버지 또한 그들과 한 편이 되어 있었다.

"석아! 이왕 하기로 한 일, 모쪼록 잘 해내거라!"

LA를 떠난 지 한 달 만에 만난 아버지는 분명 많이 달라져 있었다. 고단한 이민 사회에서 소수민족이라면 누구나 느낄 수 있었던 편견과 차별, 10년 넘게 미국에 살면서도 결코 그들과 섞이지 못했던 나름대로 응어리진 한이 아버지로 하여금 고국을 다시 돌아보게 만들었는지도 모른다.

아무리 싫어서 떠난 조국이라 한들 남의 나라에서 겪는 설움만이야 하겠는가. 가끔은 자신이 한국인이라는 사실마저도 부정하고 싶어 했던 아버지셨지만 하와이에서 우리 교민들이 나에게 베풀어 준 온정을 확인하고는 끝내 눈물을 떨구셨다. 같은 한국인이라는 이유만으로 내 자식 네 자식 가리지 않고 무사 귀환을 빌어 주던 그 수많은 얼굴과 항해자에게는 생명선이나 다름없는 구명보트며 일체의 장비를 마련해 주기 위해 모금 운동까지 해주신 한국일보 정광원 국장님과 권동균 씨의 뜨거운 격려에 나 또한 눈물을 흘리지 않을 수 없었다.

잠시도 나를 불편하게 하지 않으려 식사와 심지어는 잠자리 걱정까지 해주느라 여기저기서 찾아오는 교민들, 창피스러워 거절하는데도 아들 같은데 뭐 어떠냐며 속옷 빨래까지 챙겨 가곤 하던 아주머니들 덕분에 나는 그곳에서 항해를 떠나기 전에는 상상도 할 수 없었던 동포애를 느끼며 달콤한 휴식을 취할 수 있었다.

용기를 넘어선 사명감 같은 것이 내게 또 다른 힘을 주었다. 이제 나의 모험은 혼자만의 것이 아니었다. 남의 땅에 붙박여 살고 있는 모든 교민의 한을 풀어 주는 것이라는 결연한 의지가 다시금 나를 일어서게 했다.

많은 도움을 준 하와이 교민들과 함께

04

밤바다를 지나
고국으로

이상하게도 바다에 혼자 있는 것보다 육지에서 여러 사람과 섞여 지내는 동안에 외로움을 많이 느꼈다. 한낮이 되면 와이키키 해변에 수많은 연인이 몰려들어, 어디를 가나 다정하게 팔짱을 끼거나 사랑이 가득한 눈길로 서로를 응시하는 연인들을 볼 수 있지만 그들 사이에서 나는 혼자였다.

물론 가족처럼 나를 대해 주는 교민들의 따뜻한 마음씨가 그나마 외로움을 덜어 주고는 있었지만, 항상 어딘가 마음 한구석이 비어 있는 느낌은 어쩔 수가 없었다. 어느 때는 무섭고 끔찍하기만 했던 그 바다가 나를 부르고 있는 것이다. 진정 내가 있어야 할 곳은 이토록 편안한 육지가 아니라 저 험난한 바다 한가운데라는 생각이 자꾸만 나를 초조하게 만들고 있었다. 그렇다고 해서 태풍철에 바다로 떠난다는 것은 자살행위나 다름없었다.

나는 틈나는 대로 기상청에 문의하여 언제쯤 떠날 수 있는지를 체크하

하와이 알라와이 요트 계류장에 정박된 요트들의 모습

며 하루빨리 바다로 나가게 되기만을 손꼽아 기다렸다. 바다는 아무래도 내 가장 좋은 친구였던 모양이었다. 아옹다옹하면서도 잠시만 떨어져 있으면 못내 안부가 궁금해지는 오랜 친구처럼….

"학생, 바다에 나가지 마! 가면 죽게 돼."

교포 할머니의 불길한 예언이 맞아떨어지는 걸까. 하와이를 떠나 부산으로 가기 위해 준비를 하면서 왠지 마음 한구석이 편치 않았다. 내가 죽는 모습을 봤다며 일부러 찾아와 출항을 만류하던 교포 할머니의 스산한 표정이 불현듯 떠올랐다.

왜 하필 잘 알지도 못하는 교포 할머니의 꿈에 내가 나타난 걸까. 그것도 죽은 모습으로. 교민 환영 행사장에서 인사 한번 나눴을 뿐인 그 할

하와이 출항 때 나와 준 교민들과 함께

머니는 내가 고국에 두고 온 자신의 외손자를 닮았다며 몇 번이고 얼굴을 쓰다듬어 보곤 하셨다. 그런 남다른 관심 때문이었는지 나에 대한 꿈까지 꾸었다는 할머니를 다시 만난 건 공교롭게도 때아닌 태풍으로 출발 직후 기수를 원점으로 돌려야 했던 때였다.

"할머니! 걱정해 주시는 건 고맙지만 전 꿈 같은 건 안 믿어요."

설마 할머니의 꿈이 맞는다 해도 출발을 미룰 수는 없었다. 그렇게 될 운명이라면 바다에 나가지 않아도 죽음은 피할 수 없는 게 아닌가. 얄궂은 운명 같은 건 육지에서도 얼마든지 일어날 수 있다. 기분 좋게 흘려보내고 떠날 수 있는 말은 아니었지만 나를 친자식처럼 염려해 주는 할머니의 노파심 때문이려니 생각하고 출발한 지 채 10분도 못 돼 하늘이 새

까맣게 흐려졌다. 예보에도 없던 먹구름이 잔뜩 몰려오면서 폭풍의 조짐이 나타나기 시작했다. 결국 뱃머리를 항구 쪽으로 돌리는 수밖에 없었다. 그날 회항 이후 다시 얼마간의 준비를 하여 시도한 두 번째 출발 역시 실패로 돌아갔다.

폭풍이 무사히 지나가고 바다가 잠잠해졌다 싶어 다시 출항을 시도한 3월 중순경, 항구에서 불과 6킬로미터쯤 나아가기 시작했을 때 갑자기 배의 움직임이 느리게 느껴졌다. 순간적으로 불길한 예감이 들어 확인해 보니 로프가 물에 잠겨 디젤엔진을 칭칭 휘감고 있었다. 이대로 있다가는 배가 언제 침몰할지 모르는 상황이다.

나는 서둘러 VHF 교신을 통해 해양경비대 측에 구조 요청을 했다. 다행히 항구 근처에서 사고가 발견되었기에 망정이지 만약 바다 한가운데서 그런 일이 생겼더라면 영락없이 물귀신 신세가 될 뻔했다고 생각하니 등골이 오싹해졌다.

"바다를 두려워하지 않는 사람은 머지않아 익사하고 만다. 나가서는 안 되는 날에 바다로 가기 때문이다. 그러나 우리는 바다를 두려워한다. 그래서 조금 덜 익사한다."

- 존 밀링턴 싱(John Millington Synge)

대양 항해의 대선배 격인 존 밀링턴 싱의 말은 아무리 강조해도 지나치지 않은 명언이다.

이후 나는 가급적 출발만큼은 최대한 안전한 시점을 택한다는 대원

칙 아래 상황이 좋아지기만을 기다렸다. 그러다 보니 어느덧 4월, 더 이상 지체하다간 곧 태풍철이 시작될 때였다. 사실 하와이에 머무는 기간이 너무 길어지다 보니 교민 사회에서도 말이 많았다. '강동석이 용기를 잃었다.', '항해를 포기해 버렸다.' 등등 나를 둘러싼 무성한 추측들이 4만여 교민사회에 실망감을 안겨 주고 있다는 것쯤 모를 내가 아니었다. 하지만 어쩌겠는가. 이미 떠날 준비를 마쳐 놓고도 번번이 되돌아와야만 했던 내 마음도 조급하긴 마찬가지였다.

마침내 기다리던 때가 왔다. 그동안 정들었던 교민들이 베풀어 준 조촐한 환송 파티를 마치고 배에 몸을 싣는 순간, 나도 모르게 할머니의 꿈 이야기가 또다시 생각난 것이다. 이번에도 실패하게 되는 건 아닐까. 기상청에서는 조만간 태풍 '월트'의 상륙을 예보하고 있었지만, 당장은 출발에 무리가 없다는 설명이었기에 그다지 심각한 위험은 느껴지지 않는 상황이었다. 나는 출항하면서 다시 한번 마음을 다져 먹었다. 겁낼 것 없다. 이미 나에게는 27일간의 항해 경험이 있지 않은가.

미국인으로서는 최초로 단독 세계 일주를 두 번씩이나 한 경험이 있는 해리 피전(Harry Pidgeon)이라는 사람은, 누구나 단 하루만 요트를 타 본 경험이 있으면 세계 일주도 가능하다고 말했다. 오늘 하루 항해를 한 사람이 내일 또 배를 탄다면 이틀 동안의 경험이 쌓이는 것이고, 또 그렇게 해서 한 달 혹은 1년 이상의 오랜 항해 경험을 쌓게 된다는 것이다.

모든 경험의 시작은 첫날 한 시간부터라는 뜻인데, 요트학교에 다니며 고작 50시간의 근해 경험이 전부였던 내가 선뜻 대양 횡단의 모험에 뛰어들게 된 용기도 그 첫날 한 시간의 모험을 통해서 얻어졌다. 이제 나는

LA에서 하와이까지, 그 27일간의 항해 경험을 바탕으로 장장 5,300해리(9,540킬로미터)나 떨어진 부산항까지 모험을 이어 가고 있는 것이다.

바다 한가운데로 나아갈수록 더 크고 총총한 별들! 카시오페이아, 오리온, 전갈자리, 저 멀리 보이는 북극성…. 도시에 살면서 잊고 있었던 별자리들을 하나하나 되짚어 보았다. 달빛을 받아 나의 작은 돛단배는 하얀 몸체를 더욱 뽐내듯 파도를 타고 바람이 밀어 주는 대로 며칠간 순항

망망대해의 모습. 사람의 그림자도 구경해 보지 못한 채 항해를 해야 한다.

을 계속했다.

밤 항해의 묘미, 그것은 대자연이 주는 고요함에 있다. 물소리, 바람 소리, 떼 지어 노는 돌고래 소리, 투명하고 커다란 보석처럼 빛나는 별들의 속삭임. 밤바다에는 분명 많은 소리가 있지만 그 소리들은 다만 자연의 장대함을 일깨워 주는 고요 속의 하모니로 나그네의 갈 길을 인도해 주는 항해등 역할을 한다.

어느 때는 그 고요함이 너무도 낯설어 당황스러웠던 적도 있었다. 대양 한복판에 철저히 혼자 버려진 듯한 느낌, 그럴 때의 고독은 차라리 두려움이라고 해야 옳았다. 배는 하염없이 앞으로 나아가고 있는데 가도 가도 똑같은 망망대해뿐. 때로는 사람 그림자도 구경해 보지 못한 채 항해를 해야 할 때도 있었다.

그럴 때면 마약에 취하듯 단파 라디오로 주파수가 잡히는 대로 세계 여러 나라의 방송을 청취하거나 아무 데나 교신을 청해 보기도 하면서 가까스로 졸음을 참아야만 했다. 항해자에게 있어 졸음은 최대의 적이다. 어느 한순간 깜빡 조는 동안에 배가 뒤집힐 위험이 어디에나 도사리고 있기 때문이었다.

행여 지나가는 배들을 발견하지 못해 충돌이라도 하지 않을까, 주변에 암초나 상어 떼 같은 게 출몰하지는 않을까, 갑자기 높은 파도가 덮쳐 오지는 않을까 하는 걱정에 거의 24시간을 뜬눈으로 새워야 했던 나로서는 잠도 편안한 선실이 아닌 갑판 위에서 자야 마음이 놓였다.

언제 닥쳐올지 모르는 위험에 대비하기 위해 나 스스로 모든 감각의 안테나를 열어 놓고 밤을 낮 삼아 항해하는 게 벌써 23일째였다. 근접해

태평양 한가운데 높은 파도가 불고 있다.

있는 괌 기상청에 날씨 상태를 문의해 보았다. 태풍 월트가 인접해 있다는 좋지 않은 소식이 겹쳤다. 불운은 항상 또 다른 불운을 동반한다. 태풍 직전의 무더위로 디젤엔진까지 고장 난 상태에서 배는 겨우 시속 1.2킬로미터나 갈까 말까였고, 무풍지대에 갇혀 온종일 제자리를 맴돌고 있었다. 태풍은 점점 가까이 오고 있는데 바람 한 점 불어 주지 않았다.

어떻게 해야 하나. 이대로 주저앉아 태풍이 나를 피해 가기만을 기다릴 것인가. 아니면 천 리 길도 한 걸음부터라고 조금씩이라도 태풍을 앞서가야 할 것인가. 결국 나는 정면돌파 쪽으로 마음을 정했다. 마치 찜질방에라도 갇힌 듯 땀이 비 오듯 쏟아지는 무풍지대를 필사적으로 탈출하기 위하여 북서쪽으로 배를 몰아가기를 꼬박 이틀 동안이나 했다.

가까스로 태풍 중심권을 벗어나는 동안에 시속 60킬로미터의 강풍과 함께 쏟아붓는 거대한 장대비 속에 휘말려 버렸다.

새벽 1시부터 두 시간 동안 폭포수처럼 쏟아져 내리는 장대비를 고스란히 맞으며 갑판을 지키고 있자니 문득문득 하와이 교포 할머니의 목소리가 마치 운명처럼 귓전에 울려 퍼졌다. 온몸이 비에 젖어 물에 빠진 생쥐 꼴을 한 주인의 무력한 몸뚱어리를 실은 내 가엾은 돛단배는 사정없이 파도에 휩쓸리고 있었다. 별 하나 보이지 않는 시커먼 하늘, 사방이 어두워 금방이라도 발을 헛딛고 배 밑으로 추락해 버릴 것만 같은 바다… 이 넓은 바다에 과연 나 혼자뿐이란 말인가.

"나는 죽지 않는다! 반드시 살아서 부산까지 가고 말 테다!"

마음속의 두려움을 떨쳐 내려 미친 듯이 소리도 질러 보았다. 그 간절한 외침조차 삽시간에 삼켜 버리고 이내 바다는 죽음의 검은 이빨을 드러내며 비웃는 듯했다. 이제 바다는 어린아이에게 쉴 새 없이 싸움을 걸어오며 힘자랑이나 하는 못된 녀석처럼 나를 괴롭히고 있었다.

하지만 내게는 그 녀석 말고도 '용기'라는 이름의 또 다른 친구가 있었다. 호랑이에게 잡혀가도 정신만 바짝 차리면 살아날 수 있다고 했다. 나는 이를 악물고 폭우 속을 뚫고 나갔다. 강풍이 조금이나마 잠잠해지기를 기다렸다가 돛을 모두 내리고 바람을 뒤로한 채로 배를 파도타기 하듯 몰아가는 방법으로 진군을 계속했다.

얼마나 시간이 흘렀을까. 힘겨운 사투 끝에 잠 한숨 자지 못하고 벌겋게 충혈된 눈으로 사방을 둘러보니 바다는 어느덧 거짓말처럼 잠잠해진 뒤였다. 날짜를 보니 1991년 5월 25일. 스물한 번째 맞이하는 내 생일이었다. 이제 열흘 남짓한 항해를 계속하면 부산에 닿을 수 있을 것이다.

현재의 위치는 부산에서 불과 500해리(900킬로미터) 떨어진 일본 열도 근해였다.

나는 바다 한가운데서 맞이하는 생일을 자축하며 캔맥주를 마셨다. 그동안 힘든 항해에도 불평 한마디 없이 견뎌 준 나의 사랑스러운 돛단배 선구자 1호에게도 한 잔. 그리고 썩 사이좋은 관계는 아니었지만 내 쪽에선 한사코 마음이 끌리는 성질 고약한 친구 바다에게도 한 잔….

그렇게 혼자서 생일 파티를 즐기며 LA에 있는 HAM 동호회 친구를 통해 부모님께 안부를 전하는 순간 문득 목이 메었다. 이제 며칠 후면 부산에 당도하실 부모님의 그리운 얼굴이 밤바다를 훤히 비추는 저 달 속에 있었다.

05

그곳에
가기 위하여

태평양 횡단 80일째. 제주도를 바로 눈앞에
두고 대한해협으로 접어들면서 맨 처음 나를 반겨 준 것은 영어로 '올카'
라고 불리는 식인 범고래였다. 범고래는 일단 행동을 개시했다 하면 웬
만한 어선 하나쯤은 침몰시킬 수 있는 위력을 가졌다.

내가 그 녀석을 발견한 것은 선체 밑부분을 점검하기 위해 로프를 허
리에 감고 바닷물에 잠수해 들어갔을 때였다. 물안경을 쓰고 엔진 근처
에 달라붙은 해초며 조개껍질 등을 대충 떼어내고 있는데, 물살을 통해
무언가가 다가오는 게 느껴졌다.

무심결에 천천히 고개를 돌려본 순간, 하마터면 나는 바닷속이라는 것
도 잊고 비명을 지를 뻔했다. 어마어마한 크기의 올카가 천천히 헤엄을
쳐 가까이 다가오고 있는 게 아닌가.

나는 최대한 움직임을 적게 하여 뱃전으로 기어 올라왔다. 올카에게 내
모습을 들켜 버린다면 끝장이었다. 상어나 고래 등 위험한 어류가 출몰

선체 밑부분을 점검하고 배밑에 붙는 해초와 조개를 떼어내기 위해 자주 바다에 들어갔다.

하는 지역에서는 가급적 물에 들어가는 일을 삼가야 한다는 걸 알고 있었지만 방심한 상태에서 그 지역을 안전지대로 착각했던 게 잘못이었다. 바다에서는 그 어떤 경우에든 안전지대가 있을 수 없는데도 말이다.

가까스로 녀석을 피해 뱃전에 올라서긴 했어도 위험은 여전히 가시지 않은 채였다. 어느 순간 녀석이 그 거대한 몸뚱이로 배를 들이받을지도 모르기 때문이었다. 속도를 빨리해 도망치자니 오히려 녀석의 신경을 자극할까 두렵고, 가만히 있자니 그것도 못 할 노릇이었다. 결국 궁리 끝에 모든 걸 운명에 맡기고 일정한 속도를 유지한 채 가던 길을 계속 가기로 했다.

'바다에는 나보다 더 맛있는 물고기들이 많으니 제발 네 갈 길이나 가라, 응?'

조마조마한 상태로 서서히 배를 몰아가기를 10여 분, 동정을 살펴보니 녀석은 다행히 다른 길로 비껴가고 있었다. 그제야 비로소 살았다는 안도감이 들었지만 그것도 잠시뿐이었다. 육지가 점점 가까워지고 있는데 바람은 한 점도 불지 않고 비상시에 대비한 디젤엔진의 연료도 거의 바닥난 상태여서 난감하기만 했다.

계속되는 무풍과 역풍의 연속으로 초조해진 나는 육지가 가까워졌다는 표시로 바닷물이 초록색으로 변하는 걸 보고 주위 선박들에게 교신으로 도움을 청하려 했다. 하와이에서부터 50일이 넘도록 하루도 쉬지 않고 항해하다 보니 연료는 물론 식수도 점점 고갈돼 가고 있는 상황이었다.

우리나라 사람들에게는 아직 생소한 요트를 타고 팔자 좋게 여행이나 하고 다니는 것 같은 거부감 때문이었을까. 안타깝게도 주변을 지나는

바다에서 만난 식인 범고래 올카. 거대한 몸뚱이로 배를 들이받을까 봐 두려웠다.

선박들 가운데 내가 의지할 수 있겠다 싶어서 도움을 청해 본 우리나라 선박들은 슬금슬금 피해 가기만 할 뿐 좀처럼 호의적인 반응을 보여 주지 않았다.

'우린 밤낮없이 바다에 나가 고기라도 잡아 오지. 넌 대체 뭐 하는 놈이기에 젊은 놈이 할 일 없이 요트나 타고 돌아다니면서 민폐를 끼치는 것이냐?'

간혹 옆으로 지나가는 고기잡이 어선의 내 또래 젊은이들조차 그런 곱지 않은 눈으로 내 배를 쳐다보는 것만 같았다.

할 수 없이 이번에는 외국 상선들과 교신을 시도해 보았다. 이번에도 상황은 마찬가지였다. 항해 시작 후 처음으로 인간적인 섭섭함을 느껴야 했던 것도 바로 그 순간이었다. 저들 눈에는 내가 그저 팔자 좋은 여행객으로밖에 보이지 않는 걸까.

소금기와 해풍에 찌들 대로 찌들어 버린 몰골, 헝클어진 머릿결, 덥수룩하게 자란 수염, 새카맣게 그을린 피부…. 겉모습으로 치자면야 그들이나 나나 다를 게 없지만, 고기 한 마리 잡지 않은 채 진로 방해나 하고 다니는 내 모습이 열심히 일하는 사람 입장에서는 꼴사납게 보일 수도 있을 터였다.

더욱이 요트라는 게 일반 사람들의 생활과는 거리가 먼 엄청난 사치품 정도로만 인식돼 온 우리나라에서는 그런 선입견을 가질 수도 있었다.

'그래도 나는 고국이라고 그 먼 길을 달려 여기까지 왔는데…'

마음 한편에서는 고국 땅 근해에서 첫 번째로 받게 되는 그런 오해가 섭섭한 것도 사실이었다. 하지만 어느 사회에서나 그 정도의 오해나 편견은 있을 수 있는 법이라 생각하고 마음을 추슬렀다.

나는 되도록 마음을 여유 있게 가지려 애쓰며 계속해서 주위 선박들에게 교신을 시도해 보았다. 얼마 후, 길이 100미터쯤 되어 보이는 소련 선박 한 척이 신호를 보내왔다. 뜻밖에도 나를 도와주겠다고 하는 선박이 공산국가인 소련 선박이라는 걸 안 순간, 왠지 묘한 기분이 들었다. 그 기분을 뭐라 꼬집어 말하긴 어렵지만, 일종의 두려움 같은 게 섞여 있는 생경함이라 해도 좋을 것 같다. 아무튼 나는 지푸라기라도 잡는 심정으로 그들에게 경유와 식수를 요청하는 교신을 했는데, 그들도 처음에는 다소 곤혹스러워하는 기색이었다.

"이 배는 승객 100여 명을 태우고 베트남에서 출발하여 지금 블라디

러시아 승객선이 경유와 식량을 보급해 줬다. 승객들이 신기한 듯 계속 지켜봤다.

보스토크로 가는 중이라 남한테 도움을 줄 형편이 못 된다."

영어로 대충 전해 온 그쪽의 교신 내용은 이런 것이었다. 나는 할 수 없이 다른 배를 찾아보기로 했다. 그런데 잠시 후 다시 교신이 왔다. 소련 사람들도 마음이 약했던지 부탁한 대로 경유를 나눠 주겠다는 내용이었다. 이렇게 고마울 수가! 안전거리를 유지하며 다가온 그들이 내 배에 경유와 식수는 물론 빵과 커피를 비롯한 음식물들을 보내 주었을 때, 나는 감격한 나머지 고향의 친지들에게 주려고 가져온 미국산 최고급 육포 한 꾸러미를 선물로 내주었다.

육포를 받고 고마워하기는 그들도 마찬가지였다. 나이가 한 50세쯤 되었을까. 인심 좋게 생긴 선장이 육포 맛이 일품이라는 뜻으로 엄지손가락을 치켜올리는 모습을 보고 나도 모르게 꾸벅 고개를 숙였다. 부족한 경유와 식수를 공급받고 기운을 되찾은 나는 부지런히 배를 몰아 제주

한국 바다 인근에서 만난 해군 함정 대전호가 부산까지 에스코트해 줬다.

부산 태종대가 왼쪽에 보인다. 드디어 한국에 도착했다!

도 근해를 벗어나기 시작했다. 마침 인근을 지나던 해군 함정 대전호가 나를 발견한 것은 1991년 5월 31일 새벽녘이었다. 대전호의 에스코트를 받으며 부산으로 항진하려니 새삼 힘이 솟구치는 걸 느꼈다.

선구자 1호가 87일간의 태평양 횡단을 무사히 마치고 고국에 돌아오고 있다는 소식을 듣고 각지에서 아마추어 무선 교신사들의 격려가 빗발쳤다. 그중 몇몇 고국의 HAM 동호인들은 국내 상황이 좋지 않다며 도착 일정을 하루 이틀 늦추는 게 현명하리라는 충고를 보내왔다. 내용인즉, 당시 국무총리가 외국어대학에서 학생들에게 계란 세례를 당한 일로 나라 안이 온통 들끓고 있다는 것이었다.

"공연히 이럴 때 들어왔다가 언론의 주목도 받지 못하고 초라하게 묻혀 버릴 수도 있으니 사태가 가라앉기를 기다렸다가 화려하게 부산항에 입성하는 게 낫지 않겠어?"

늦은 밤 부산에 도착하는 선구자 1호

교신으로 연락을 취해 온 분들도 같은 내용의 충고를 아끼지 않았다. 말하자면 내가 한 일을 세상에 부각시키기 위해 일종의 쇼맨십을 취하라는 충고였다. 나로서는 국내의 어수선한 상황으로 널리 알려지지 못하게 되는 걸 안타까워하는 그 마음도 충분히 이해할 수 있었다.

내 영혼의 탯줄이 묻혀 있는 땅, 한국. 누가 알아주지 않아도 이곳은 엄연한 내 조국이었다. 11년 만의 귀향. 그토록 오랜 세월과 그리움의 강을 건너 마침내 87일간의 피나는 노력으로 고향 땅을 밟게 되었는데 단 1초라도 지체하고 싶지 않았다. 나는 부산 수영만으로 들어와 부모님과 몇몇 친지들이 기다리고 있는 요트 정박장에 닻을 내렸다.

물씬한 고향 냄새! 나보다 더 오랜 세월 고국을 잊고 살았던 아버지와

부산 수영만 요트장에서 애타게 기다리는 부모님과 상봉하는 모습

어머니의 얼굴에는 온갖 감정이 드는 듯싶었다. 더 이상 무슨 영광이 필요하겠는가. 사랑하는 고국 땅에 부모님을 모시고 설 수 있다는 것만으로도 나는 충분히 행복했다.

'내가 한 일에 조금이라도 가치가 있다면, 그건 바로 그토록 오랜 세월 고국 땅을 등지고 살아야만 했던 부모님들을 이곳에 오게 한 일이야!'

돌이켜 보건대 내가 고국 땅에 첫발을 딛게 된 순간의 감동은 어쩌면 나를 위해서라기보다는 부모님을 위한 것이었는지도 모른다.

06

선구자 1호의
기증

나름대로 의미를 갖고 해낸 일이라고는 해도 워낙 고생을 많이 했던 탓인지 태평양 횡단을 마치고 난 다음에는 한동안 바다 근처에도 가기 싫었다. 10년 만에 그리던 고국에 돌아와 분에 넘치는 환대도 받았고 여러 고마운 분들의 격려에 힘입어 연세대학교 교환학생으로 남아 장학금을 받으며 공부도 계속할 수 있었다.

태평양 횡단을 마친 뒤 온갖 고난을 함께한 동반자 선구자 1호를 해군사관학교에 기증하는 것을 끝으로 나는 다시 평범한 대학생으로 돌아왔다. 당분간은 배도, 바다도 모두 잊은 채 학교생활에만 열중하고 싶었다.

가끔씩 선구자 1호의 안부가 궁금하지 않은 건 아니었다. 바다에서 고생시킬 때는 언제고, 이제 와서 주인이란 작자가 거들떠보지도 않으니 녀석도 화가 단단히 났으리라. 하지만 자기가 지금 얼마나 대단한 대접을 받고 있는지 안다면 녀석도 끝까지 주인만 탓하지는 않을 터였다.

선구자 1호를 기증한 건 너무 잘한 일이었지만 당장 돈이 필요했던 나로서는 쉽지 않은 결정이었다. 대양 항해를 꿈꾸고 있던 어떤 요트인이 수영만 요트장에 계류한 선구자 1호를 갖고 싶어 했다. 태양열 충전기와 오토파일럿(autopilot) 등 많은 대양 항해 장비가 갖춰진 선구자 1호는 태평양을 건넌 '입증된' 요트였기 때문이다. 3,000만 원이란 거금을 주 겠다고 했을 때 돈이 궁한 나는 천만다행이라고 생각했다.

그때 해군사관학교 측에서 연락이 왔다. 크루즈급 요트가 귀한 그 시 절, 선구자 1호를 기증받아 사관학교 생도들을 훈련시키는 실습선으로 쓰고 싶다고 했다. 나로선 3,000만 원이란 거금을 포기하기는 쉽지 않 다. 3,000만 원이면 미국에 가서 세계 일주 할 요트를 살 수 있는 금액이 었다.

아버지는 "석아, 돈은 나중에 또 벌면 되잖아. 해군사관학교에 기증하 는 건 아주 영광스러운 일이야."라고 말씀하시며 기증할 걸 권고하셨다. 그래서 기증을 결심했고 대한민국 해군 측은 나에게 '명예해군 1호'라는 칭호를 주셨다. 선구자 1호는 대한민국 바다를 지킬 사관학교 생도들의 실습선 역할을 다한 후, 해군사관학교 안에 있는 해사박물관에 도전과 모험의 상징으로 생도들은 물론 박물관을 찾는 일반 관람객들의 사랑을 듬뿍 받고 있다.

짧은 기간이었지만 나의 분신처럼 소중했던 선구자 1호였기에 항해 가 끝났다고 방치해 두거나 함부로 팔아넘기고 싶지는 않았다. 고민 끝 에 해군사관학교에 기증하기로 한 것은 녀석의 품위와 자존심을 최대한 지켜 주기 위한 나름의 선택이었는데, 지금 생각해 봐도 정말 잘한 일 같 다. 녀석에게도 이젠 좀 휴식이 필요할 터이므로.

해군사관학교에 전시되어 있는 선구자 1호

아버지의 권고 덕분에 난 올바른 선택을 할 수 있었다. 아버지는 어떻게 미리 알고 계셨을까? 그 인연으로 대한민국 해군 측은 과분할 정도의 관심과 도움을 주고 계신다. 만약 그때 기증을 안 했으면 돈은 좀 얻었겠지만 대한민국 해군과의 소중한 인연은 맺지 못했을 것이다. 이것도 아버지께서 주신 아주 큰 선물일지 모른다.

그렇게 한동안은 바다 생각조차 하기 싫어하며 평범하게 살아가던 나에게 다시금 역마살이 낀 것처럼 '바다 병'이 도지기 시작한 것은 서울에서 반년 정도를 보낸 후부터였다. 육지 멀미, 그랬다. 그건 분명 육지 생활에서 오는 멀미와도 같은 것이었다. 하루가 다르게 숨 가쁘게 돌아가는 도시 생활의 복잡다단함이 점점 힘겹게 느껴지면서 자꾸만 바다가 그리워졌다.

사람들은 무엇을 위하여 저렇듯 바쁘게 움직이는 것일까. 도로를 가득 메운 차들, 조금만 방심해도 앞뒤 사람에 밀려 넘어지기 일쑤인 도심의 수많은 인파, 아무 목적도 없는 것처럼 흐느적거리며 거리를 오가는 그 많은 사람의 얼굴에서 바로 나 자신의 모습을 보았다. 그럴 때면 왜 그리도 숨이 막혀 왔던지···. 무작정 열차를 타고 인천 앞바다로 향하곤 하던 게 어느새 일상이 되다시피 한 그때, 아마도 나는 마음의 열병을 앓고 있었는지도 모른다.

바다 앞에서 그 푸른 물결을 바라보며 짜고 비릿한 바다 냄새를 맡아야 가슴 한편이 톡 터지는 것 같은 해방감을 맛볼 수 있었다. 바다를 향해 자꾸만 달려가는 나 자신을 감당하기 어려웠다. 바다가 날 부르고 있었다. 어서 내 품으로 돌아와 아직 남아 있는 꿈, 세계 일주를 하라고 나를 부르고 있었다. 나는 더 이상 머뭇거리지 말라는 바다의 유혹을 떨쳐 버릴 수가 없었다.

07

연세대학교 산악회

한국에서 1년간 공부할 수 있는 장학금을 마련해 준 한국일보와 연세대학교에 너무 감사했다. 기숙사에서 생활하며 주어진 1년 동안 한국 대학생들과 섞여 많은 걸 경험할 수 있었다.

기억에 남는 과목은 고 마광수 교수가 가르친 현대 문학이었다. 마 교수는 당시 도발적인 소설인 『나는 야한 여자가 좋다』 출간으로 화제와 비판을 한창 받을 때였다. 강의 도중 줄담배를 피우며 뛰어난 화술로 배설의 즐거움에 관해 서슴지 않고 이야기했던 마 교수님, 그의 강의는 나에게 신선한 충격이었다.

대학에서 동아리 활동도 해보고 싶었다. 평소 등반에 관심이 있었던 나는 연세대 산악회 동아리방에 찾아가 봤다. 1920년대에 시작한 연세 산악회는 회원 수만 200명 이상의 한국에서 제일 전통 있고 오래된 산악회였다. 사실 산악회에 찾아가기 전 요트부를 찾아갔더니 회원들은 날 금방 알아봤다. 그들은 대부분 그 당시 유행하던 '압구정동 오렌지족'

1년 동안 교환학생으로 다닌 연세대학교 교정에서

처럼 부티가 잘잘 흐르는 부잣집 자녀들이었다. 요트를 좋아서 타는 친구들도 있겠지만, 뽐내려고 타는 친구도 많은 것 같았다.

그다음 찾아간 산악회 친구들은 옷차림부터 행동과 말투가 훨씬 더 소탈하면서 호의적이었다. 우리는 매주 동아리방에 모여 산악 기술을 배우고 저녁과 술을 같이하면서 급격히 친해져 갔다. 주머니 사정이 여의치 않는 재학생에게 산악회 선배들이 사주는 삼겹살과 소주는 가족과 멀리 떨어져 지내는 나와 지방 출신 동기들에게 큰 위로가 되어 줬다. 그때 산악부 대장이었던 김명기, 김찬구 선배의 배려로 산악회를 잘 다닐 수 있었다. 동기인 박혜정, 전정호, 구본길, 권성운과도 형제처럼 지내며 즐거운 나날을 보냈다. 주말마다 북한산 인수봉과 도봉산 선인봉을 번갈아

다니며 등산과 암벽 등반의 짜릿함에 빠져든 나는 산악부 선후배들과 돈독한 우정을 굳혀 나갔다.

몇백 미터나 되는 높은 바위에 로프 하나로 매달리는 암벽 등반은 솔직히 많이 두려웠다. '줄이 끊어지면 어떡하지?'라는 생각에 나도 모르게 온몸이 떨렸다. 로프를 확보해 주며 내 생명을 지켜준 회원들은 평생 친구가 되었다. 겨울에는 2주간 설악산에 들어가 빙벽등반과 동계 산악 기술을 배웠다. 하지만 3일 걸려 천화대를 종주하다 하마터면 큰 사고가 날 뻔했다. 종주 중 폭설이 심하게 내리면서 너무 춥고 힘들어 '이러다 동상 걸리는 거 아닌가?'라는 생각이 들었다.

우리는 해가 지기 전, 심한 눈과 바람을 맞아 가며 천화대 절벽 위에

연세산악회 대원들(왼쪽부터 권성운, 필자, 구본길)과 무거운 베낭을 메고 설악산에서 동계 훈련하는 모습

2019년 여름, 요세미티에서 모인 연세산악회 회원들

어렵게 텐트를 쳤다. 모두 다 지칠 대로 지쳐 있었다. 식사 후, 꽁꽁 얼어
버린 옷과 등산화를 말리려 버너 주변에 동그랗게 앉아 있을 때였다. 갑
자기 몸이 뜨거워지는 듯한 느낌이 들어 봤더니, 빠른 속도로 옷에 불이
붙고 있었다. "뭐지…?"라고 무심코 중얼대고 있는데 누군가 큰소리로 고
함을 질렀다.

"불이야. 불!"

잽싸게 누가 텐트를 열고, 내 옆에 있던 찬구 형이 내 목을 잡아 텐트

조슈아 트리 국립공원에서 암벽 등반을 하는 필자

밖으로 있는 힘을 다해 던졌다. 텐트 밖으로 나오면서 누가 내 엉덩이를
치는 느낌이 들었다. 누군가 불타고 있는 기름통을 밖으로 던졌는데, 내
엉덩이를 맞고 다시 텐트 안으로 들어간 것이다.

캄캄한 밖에 던져진 나는 경사로 인해 여러 번 굴려졌다 멈췄는데, 정
신을 차려 보니 바로 절벽 앞이었다. 아찔했다. 조금만 더 갔다면 절벽
아래로 떨어져 죽었을 것이다. 갑작스러운 상황에 다들 걱정이 됐는지
나와서 한마디씩 건넸다.

"괜찮아?"

"네, 괜찮은 거 같은데요."

실수로 플라스틱 기름통에 앉은 게 잘못이었다. 기름이 줄줄 새어 버너에 손을 말린다고 가까이 대면서 바로 불이 붙은 것이다. 다행히 폭설로 텐트와 옷이 모두 다 젖어 있어서 불이 옮겨붙지는 않았다. 천만다행이었다. 최악에 경우 치명적인 화상을 입을 수도 있었다. 텐트에 다시 모인 우린 십년감수한 표정이었다.

"너 때문에 모두 다 얼어 죽을 뻔했잖아."

"기름통은 왜 깔고 앉아?"

그날 밤, 밤새도록 눈바람이 심하게 불었다. 만약 텐트가 불에 타기라도 했다면 꼼짝없이 얼어 죽을 뻔한 것이다.

연세대학교 산악회에 합류한 건 너무 잘한 일이었다. 무엇보다 감사한 건 평생의 친구들을 만날 수 있었다는 점이다. 더불어서 이들과 함께한 산악 활동을 통해 히말라야, 요세미티, 로키산맥, 샤모니 같은 자연에 도전할 수 있었던 것도 내겐 행운 중의 행운이었다.

제4부

단독
세계 일주에
나서다

세계 일주를 한 선구자 2호가
오키나와 앞바다에 도착한 모습

01

LA 폭동,
그래도 희망은 있다

　　　　　　　　　LA 흑인 폭동으로 한인사회가 온통 폐허가
되어 버렸다는 소식이 들려온 건, 바로 그해 4월 29일이었다. 무심코 텔
레비전 화면을 들여다보던 중 불길한 예감을 떨쳐 버릴 수 없었던 나는
곧바로 LA에 계신 부모님께 전화를 걸었다.

"여긴 괜찮다. 식구들 걱정하지 말고 하던 공부나 열심히 하거라."

수화기를 통해 들려오는 아버지의 음성은 언제나처럼 차분하게 가라앉
아 있었다.

"정말이에요, 아버지? 다들 무사하신 거죠?"

몇 번을 되물어 봐도 대답은 마찬가지였다. 당장 미국으로 달려가고 싶
지만 학교 때문에 그럴 수도 없고, 당시로써는 별일 없다는 아버지의 말을
믿는 수밖에 없었다.

아침저녁으로 조마조마하게 귀 기울여 본 뉴스에서는 여전히 절망적인
소식뿐이었고, 가족들은 한사코 나를 안심시키려는 듯 괜찮다는 말만

전해 오는 답답한 상황 속에서 곧 여름방학이 다가왔다. 여름방학의 시작과 함께 난 LA행 비행기에 몸을 실었다.

1년 만에 돌아온 LA는 믿기지 않을 만큼 폐허가 되어 있었다. 잿더미가 되어 버린 도시 곳곳에서는 파괴와 약탈의 피 냄새가 배어 있었고, 아직도 어디선가 아메리칸드림이라는 보랏빛 환상에 처참히 유린당한 교민들의 피맺힌 절규가 흘러나오는 것만 같았다.

"왜 진작 연락하지 않으셨어요?"

15년간 아버지의 피와 땀이 밴 주유소도 완전히 철거되어 버린 뒤였다. 그곳에 언제 우리 가족의 꿈과 희망이 있었느냐는 듯 폐허가 된 삭막한 광경 앞에서 내가 할 수 있는 말이란 고작 그것뿐이었다.

"넌 아직 학생이다. 아무 걱정 말거라. 아버지는, 다시 일어설 수 있어."

경영하시던 주유소에서의
아버지 모습

온 가족의 생계 수단이던 주유소마저 잃고, 허리띠를 졸라매 가며 겨우 장만한 몇 에이커의 땅마저 흑인 밀집 지역에 있다는 이유로 가격이 무서운 속도로 폭락해 버리자 아버지는 완전히 빈털터리가 되고 말았다.

그러나 아버지는 묵묵히 재기를 꿈꾸셨다. 맨 처음 미국 땅에 발을 들여놓았을 때처럼 남의 주유소에 취직을 하고, 살던 집을 팔아 월세 아파트로 옮기는 등 흑인 폭동의 여파로 떠안게 된 은행 빚을 청산하느라 온갖 고생도 마다하지 않았지만 형편은 좀처럼 나아지지 않았다.

여름방학이 끝난 뒤 서울로 나왔다가 이듬해, 나는 다시 LA로 돌아갔다. 어쨌거나 학교는 마쳐야 한다는 부모님의 뜻에 따라 UCLA에 복학을 하고, 조금이나마 학비에 보태려고 동네 주유소에서 아르바이트를 했으나 좀처럼 마음의 갈피를 잡을 수 없었다.

지금 내가 할 수 있는 게 과연 이것뿐인가. 실의에 빠진 가족들, 흡사 전쟁의 참상을 방불케 하는 LA 곳곳에서 마주치게 되는 또 다른 나의 형제들. 수십 년간 피땀 흘려 일궈 온 생활의 터전을 빼앗기고도 미국 내 터줏대감을 자처하는 흑인 사회에서나 소수 이민자 사회에서는 남의 일자리나 빼앗고 돈 벌기에 급급한 '어글리 코리안'으로 낙인찍혀 버린 우리 교민들.

죄가 있다면 오로지 가난한 나라에서 태어나 한번 잘 살아 보겠다고 낯선 타국 땅까지 건너와 밤낮없이 열심히 일한 것밖에 없다. 누가 감히 우리의 꿈을 탓할 것인가. 그럼에도 불구하고 우리는 모든 걸 빼앗겨 버렸고, 남은 건 좌절과 실의뿐이었다. 내 안에서 무언가 알 수 없는 절규가 터져 나오고 있었다.

적어도 우리 한국인들에게는 그들과 다른 무엇이 있다는 걸 보여 주자! 온갖 수모와 질시 속에서도 우리는 끝내 쓰러지지 않는다는 것을 보여 주자! 다 빼앗기고 우리에게 남은 건 희망뿐이라는 사실을, 그 희망이 얼마나 가치 있고 소중한 자산인가를 우리 스스로에게도 확인시켜 주자!

마침내 나는 다시 바다로 나아갈 결심을 하게 되었다. 작게는 아직 다 이루지 못한 내 꿈을 위해, 그리고 더 크게는 이 일이 살아갈 용기조차 잃어버린 우리 교민들에게 자부심과 긍지를 심어 줄 수 있기를 간절히 바라는 마음으로. 비록 생사를 예측할 수 없는 험한 여정일지라도 내 한 몸 살아 돌아오는 것으로 우리 교민들에게 하루치의 희망, 하루치의 의욕이나마 심어 줄 수 있다면 기꺼이 모든 위험을 감수하리라.

서양에서는 미국인이 최초로 100년 전에 해낸 일, 동양에서는 유일하게 일본인이 요트 단독 세계 일주 기록을 세웠던 그 바다에, 나는 한국인의 이름으로 당당하게 도전해 볼 작정이었다. 부디 그것이 우리 한국인들에게 희망을 열어 주는 뱃길이 되기를 갈망하면서.

1994년 1월 14일, LA 마리나 델레이 선착장의 분위기는 3년 전 내가 태평양을 건너 부산으로 향할 때보다도 훨씬 더 침울한 분위기였다.

"석아, 빨리 돌아와야 한다, 응?"

전날 밤까지도 눈물을 보이지 않던 아버지가 기어코 울음을 터뜨리고 만 것은 선구자 2호가 막 선착장을 출발하려던 순간이었다.

"울지 마세요, 아버지! 전 꼭 돌아옵니다."

가세가 기울 대로 기울어 살던 집마저 팔아 버리고 이제는 월세 신세로 전락해 버린 집안의 장남이 요트 세계 일주라니 그게 무슨 소리냐며

안전 세계 일주 항해를 위해 기도해 주신 정해진 목사님과 교인들

나를 질책하던 주위 사람들과는 달리, 이번만큼은 아들의 선택을 말리지 않았던 아버지의 눈물이 떠나는 발길을 더욱 무겁게 했다.

"몸조심하고!"

아버지는 배가 항구를 떠나 바다 한가운데로 들어설 때까지도 작은 보트를 타고 뒤쫓아 오며 깃발처럼 팔을 흔들었다.

"제발 들어가세요, 아버지!"

자식을 망망대해로 내보내는 부모의 심정도 헤아리지 못하는 아들은 아버지의 약해진 모습이 부담스럽기만 해서 버럭 짜증을 내고 말았다.

이번 항해는 나로서도 마음 편하게 떠날 수 있는 상황이 아니었다. 실의에 빠져 있는 가족들을 곁에서 돌봐 주지 못하고 과연 이렇게 떠나도 되는 걸까, 하는 죄책감이 가장 나를 괴롭혔다. 매일매일을 눈물로 보내

다시피 하는 어머니, 좌절감을 이기지 못해 허전한 마음을 술로 달래곤 하는 아버지, 다니던 학교마저 휴학하고 생활 전선에 뛰어든 하나뿐인 여동생 애리선.

유교의 전통과 관습을 존중하는 한국인의 관점에서 보면 나는 분명 장남으로서의 의무를 팽개쳐 버린 현실 도피자요, 이기주의자였다. '내가 꼭 이 길을 가야 하는가?' 하는 마음속의 갈등은 괴로울 때마다 몇 번이고 되풀이해 본 물음이었다.

"식구들이 정 반대하신다면 저도 더 이상 고집 피우진 않겠습니다."

비록 나름대로는 원대한 뜻을 안고 계획한 일이었지만 이번만큼은 가족들 가슴에 상처를 주면서까지 떠나고 싶지는 않았다. 그런 내 마음을 읽어 냈던지 처음에는 왜 그토록 위험한 일을 또 하려고 하냐며 만류하

세계 일주 첫날 밧줄을 풀고 출항하는 모습

던 부모님도 끝내는 자식의 무사 귀환만을 빌어 주셨다.

"네가 집에 있다고 해서 집안 사정이 크게 달라지는 것도 아니니 굳이 반대는 않겠다만… 석아, 너 정말 잘 해낼 수 있지?"

그동안 눈가에 깊어진 잔주름만큼이나 마음고생이 심했을 부모님은 다만 내가 먼 길을 떠나는데 아무런 경제적 도움도 주지 못한다는 사실만을 안타깝게 여기는 눈치셨다.

사실 이번 항해는 거의 무일푼으로 떠나는 것이나 다름없었다. 내가 아르바이트를 해서 번 돈과 친구 필립의 통장에 들어 있던 적지 않은 액수의 용돈을 반강제로 빌려 선구자 1호와 같은 CAL사의 74년식 30피트(9.2미터)형 요트를 구입한 것 말고는 별다른 준비도 없었다.

그나마 이 요트는 배 주인이 2년 전부터 팔려고 내놓았던 물건으로 애물단지 취급을 받고 있던 중 시세의 반값 정도로 내게 돌아온 것이었다. 몇 년이 걸릴지 모르는 긴 항해 길에 나서며 내가 믿는 거라고는 신용카드 한 장뿐. 하지만 그런 게 무슨 상관인가. 나로서는 어렵게 결심한 이번 항해에 부모님의 동의를 얻었다는 사실만으로도 많은 힘이 되었다. 어쨌거나 모든 걸 하늘의 뜻에 맡기고 떠나기로 한 길 아닌가. 그런데 아버지는 이제 와서 왜 자꾸 우시는 걸까.

시야를 흐리며 점점 멀어지는 아버지의 슬픈 손짓을 뒤로한 채 어느덧 내 눈에도 뜨거운 눈물이 고였다.

"동석, 기운 내! 너희 부모님도 널 아주 자랑스러워하실 거야."

하와이까지 동행하기로 한 필립이 어깨를 툭 치며 빙그레 웃어 주었다. 그는 한 달간 친구들과 캠핑을 떠난다고 부모님을 속이고 이번 항해에

세계 일주 출항 모습을 애타게 지켜보고 계시는 아버지.
내가 본 아버지의 마지막 모습이었다.

동참했다. 그 때문에 선착장에 나올 때도 필립은 운동화에 배낭을 멘 영
락없는 캠핑족 차림이었다.

"우리 부모님도 내 걱정 많이 하시지만 한 달 후쯤에는 아마 태도가 확
바뀔걸! 저 꼬마 필립에게 언제 그런 용기가 있었나 하고 말이야."

대학을 졸업하고 미국 내에서 잘나가는 기업의 신입사원으로 발탁되
기까지 했던 필립은, 이번 항해를 위해 6개월간 취직도 미룬 채 나를 따
라나섰다.

전에 내가 태평양을 횡단하면서 겪은 모험담을 듣고는 항해의 매력에
반한 탓도 있었지만, 무엇보다도 여러 가지 좋지 않은 여건에도 불구하고
항해를 떠나는 날 위해 하와이까지 동반자로 나섰다는 것쯤 모를 내가
아니었다. 이를테면 그는 직선거리 5만여 킬로미터에 달하는 요트 세계

일주 단독 항해에 나서는 친구가 무사히 뜻을 이루고 돌아올 수 있도록 격려차 동행해 나선 것이다. 그러나 필립은 아직 모르고 있었다. 바다라는 괴물이 인간의 단순한 감상이나 기대감을 얼마나 무참히 짓밟아 버릴 수 있는지를.

02

최악의
폭풍

바람이 밤새도록 불었고 하늘은 전체적으로 흐렸다. 한 시간 전, 약 35노트(노트는 선박의 속력을 나타내는 단위로, 1노트는 대략 시속 1.8킬로미터이다)로 바람이 불었는데 돛 크기가 너무 컸다. 그렇기 때문에 배는 미친 듯이 7노트로 움직였다. 너무 빨라서 중심을 잃을 것 같았다. 돛의 크기를 줄이기 위해 선상 위로 올라갔다. 돛을 내리는 일은 쉽지 않았다. 강한 바람 때문에 30분 정도 걸려서 겨우 돛을 내릴 수 있었다.

"배 안에 들어가 있어!"

내가 잘하고 있는지 보려고 머리를 바깥에 내밀고 있는 필립에게 고함을 질렀다. 필립은 기가 죽어 있었다. 난 돛을 완전히 다 내리고 밑으로 내려갔다. 그리고 물이 들어오면 안 되니까 문을 꼭 닫았다. 필립은 눈물을 흘리고 있었다.

"내 앞에서 그런 용기 없는 모습 보이지 마, 필립. 제발 울지 마."

폭풍이 몰아치는 바다의 모습

"난 괜찮아. 그저… 그저 부모님 생각이 나서 그래."

"너무 걱정하지 마. 괜찮아질 거야."

내 말이 얼마간 위안을 주었는지 필립은 계속하던 딸꾹질을 멈췄다. 하지만 나도 속으로는 정말 괜찮아질지 확신이 없었다. 바람은 계속 높아졌고 파도는 거세어졌다. 필립과 나는 함께 기도를 했다.

"하나님. 우리는 죄를 많이 지었고 당신을 수도 없이 실망시켰습니다. 쉬운 길을 달라고 부탁하지 않겠습니다. 그저 우리에게 이 상황을 견딜 수 있는 용기를 주십시오. 우리의 영혼과 육지에 계시는 모든 분을 축복해 주십시오. 아멘."

기도 후 필립은 눈을 감고 누웠다.

그렇게 시작된 폭풍은 가라앉을 기미를 보이지 않았다. 집채만큼 몰아닥치는 파도, 금방이라도 요트를 뒤엎을 듯 흔들어대는 바람. 계속 강해지는 바람 때문에 걱정이 돼서 지난 3일 동안 잠을 편하게 잘 수 없었다. 필립은 발작하기 일보 직전인 것 같았다. 아마 필립에게는 내가 그렇게 보이지 않았을까.

"필립. 열흘만 더 가면 돼."

필립을 위로하려 했지만 사실 나도 필립만큼 겁이 났다. 앞으로 열흘 후 우리 둘이 무사하리라는 것을 어느 누가 보장할 수 있단 말인가. 그러나 나는 선장으로서 필립 앞에서 겁먹은 표정을 보이고 싶지는 않았다. 하지만 두렵고 피곤하기는 나도 마찬가지였다. 울고 싶었다. 해는 보이지 않고 조금씩 들어오는 물 때문에 옷도 축축하게 젖어 추웠다. 필립은 계속 뱃멀미를 했다. 우리는 이틀 동안 아무것도 먹지 못했다.

"필립, 뭐 좀 먹어야 해."

난 오렌지를 까서 필립에게 주었다. 그러나 필립은 곧바로 토해 냈다. 당시 내 일기에는 죽음에 대한 공포가 역력히 드러나 있다.

필립은 계속 누워서 신음만 한다. 바람은 45노트. 정말 폭풍이다. 밖에는 비가 쏟아진다. 바람이 점점 강해져 지금은 50노트. 바다, 파도, 하늘, 비... 모두 하나가 된 것 같다. 파도는 계속 배를 덮치고 있다. 이 산 같은 파도가 금방 배를 삼켜 버릴 것 같다. 선구자 2호는 마치 구명보트 같다. 더 이상 돛단배가 아니라 우리에게는 생명 보트다.

필립은 계속 신음만 하고 나도 죽을 지경이다. 해도 안 보인다. 우리는 어쩌면 영원히 해를 못 볼 수도 있다. 이불도 축축해져 춥다. 난 필립을 껴안아

온도를 유지하려고 한다. 그래도 다행히 배는 잘 견뎌 주고 있다. 아직 배가 멀쩡하니 어쩌면 괜찮아질지도 모른다.

바람은 더욱 강해졌다. 파도가 배를 옆으로 덮치면서 배가 부서지는 소리가 날 때마다 이게 마지막일지도 모른다는 생각이 들었다. 하지만 창문을 통해 밖을 보니 하늘의 반 정도가 밝다. 그래도 아직 바람은 약해질 조짐이 안 보인다. 책, 음식, 옷, 모두 뒤죽박죽 섞여 버렸다.

"이거 언제 끝나? 내가 도대체 여기서 뭘 하는 거지?"

상상해 본 적도 없는 폭풍의 위력 앞에서 속수무책인 필립은 짜증 날 정도로 똑같은 말만 되풀이했다. 기상예보에도 안 나온 폭풍. 아니 태풍의 위력을 가진 폭풍. 난 육지에 있는 기상 정보 전문가와 교신을 했다.

"그 지역에는 지금 20노트 정도로 바람이 부는 걸로 되어 있는데?"

그의 대답이 더 기운을 빠지게 했다.

"여긴 지금 60노트예요!"

소리를 지르고는 교신을 끊어 버렸다.

"동석, 우리 한 일주일 전까지만 해도 참 좋았었는데, 그치?"

두려움을 잊으려는 듯 필립은 자꾸만 내게 말을 걸어왔다. 그랬다. 일주일 전까지만 해도 우리는 둘 다 낭만적인 항해의 묘미를 만끽하고 있었다. 30~40마리씩 떼 지어 나타나 배 뒤를 졸졸 따라오곤 하던 돌고래 떼를 보며 필립은 얼마나 신기해했던가. 깜깜한 바다 한가운데서 그 녀석들이 재롱을 피우듯 불러주는 노랫소리에 취해 항해를 하노라면 마치 천지가 우리를 위해서만 존재하는 듯 마음이 포근해지곤 했었는데….

폭풍 후 지쳐서 밖에 나와 쉬고 있는 모습.
파도가 덮치면서 옷과 이불이 다 젖어 선상에서 말리고 있다.

밤이 깊어 가는데도 폭풍은 좀처럼 잦아들 기미가 보이지 않았다. 이 상황에서 내가 할 수 있는 건 아무것도 없었다. 오로지 목숨을 배에 의지하는 수밖에. 가족들 생각, 괜히 떠나왔다는 후회, 부모님에 대한 죄책감, 보장받을 길 없는 목숨의 위협에 대한 불안감 등으로 나와 필립은 밤새 한숨도 자지 못했다.

다음 날도 상황이 나아지지 않았다. 모든 걸 포기하고 누워서 20시간 동안이나 계속된 폭풍우를 견뎌 냈다. 그러던 중 바람이 서서히 가라앉기 시작했다. 돛을 올렸다. 배가 4~5노트로 잘 움직였다. 그러나 우리는 많이 기뻐하지 못했다. 그럴 힘이 없었다.

3일 만에 처음 먹는 음식은 라면이었다. 다른 음식을 할 기운도 없고 또 뱃멀미에 시달린 필립이 갑자기 많은 음식을 먹을 수도 없기 때문이었다. 내일은 밥을 하고 카레를 만들어 먹어야지 하고 생각하는 것만으로도 기운이 솟는 것 같았다. 뜨거운 물을 끓여 이틀 만에 커피를 마셨다.

항해 시작 25일째인 1994년 2월 8일 오전 9시. 현재 위치는 하와이 북동쪽 288킬로미터 해상, 북위 21도 45분, 서경 154도 42분. 이제 내일 오후쯤이면 몰로카이섬을 거쳐 와이키키 해변에 도착하게 된다.

무선을 통해 그동안 빠짐없이 교신해 온 미국의 HAM 회원인 김용철 씨에게 도착 일정을 알려 주고 나니 비로소 그간의 긴장이 풀리는 것 같았다.

"필립, 그동안 고생 많았지? 이젠 거의 다 왔어."

이상하게도 더 이상 항해라면 진저리를 칠 줄 알았던 필립의 표정에 조금은 아쉬운 기색이 남아 있는 듯했다.

한 달 남짓한 기간 동안에 그도 어느 정도 바다에 익숙해진 탓일까. 어

돌고래를 보고
좋아하는 필립

느 때는 제법 구름의 모양으로 날씨를 점쳐 보기도 해가며 그것이 맞아 떨어질 땐 우쭐해하던 그였다. 친구의 참모습을 보고 싶다면 같이 여행을 떠나 보라는 말이 있다. 나는 이번 항해를 통해 필립과의 우정이 더 성숙한 모습으로 자리 잡아 가고 있다는 걸 느꼈다.

"고맙다, 동석! 여태껏 그 누구도 이렇게 멋진 모험에 날 데려가 준 적은 없었어. 아마도 영원히 잊지 못할 추억이 될 거야!"

그는 대만 출신으로, 서로 마음을 터놓고 지내 온 세월이 벌써 10년 가까이 흐른 형제 같은 친구였다. 항해 도중에는 언제나 신경이 곤두서 있는 나 때문에 속으로는 섭섭했던 일도 많았을 텐데 필립은 벌써 다 잊어버린 듯 내게 고맙다고만 했다. 우정이란 그런 게 아닐까. 미운 정 고운 정으로 티격태격하면서도 단 하나, 마음의 중심만은 변하지 않는 것.

필립의 장래 희망은 세계적인 컴퓨터 공학도가 되는 것이었다. 나처럼 부모님의 기대를 한 몸에 받고 있는 처지라 미래에 대한 부담도 그만큼 컸던 모양이었다.

이튿날 오전 9시경. 하와이 알라와이 요트선착장에 도착하니 태평양 횡단 때 모금 운동을 해주신 정광원 한국일보 국장님과 권동균 씨가 기다리고 있었다. 도착하기 전까지만 해도 제법 의젓한 소리를 하던 필립은 배에서 내리자마자 햄버거 가게를 향해 말 그대로 총알같이 뛰어가고 있었다.

"동석, 또 먹고 싶은 것 없어? 내가 뭐든 다 사줄게. 여기서 제일 맛있고 비싼 게 뭐지?"

핫소스와 겨자를 듬뿍 친 버거와 콜라를 단숨에 먹어 치운 뒤에도 필립은 여전히 걸신들린 녀석처럼 주위를 두리번거렸다.

"웬일이냐? 너답지 않게?"

평소 구두쇠로 소문난 필립의 성격을 익히 알고 있었던 내게는 다소 이해할 수 없는 행동이었다. 그는 부모님이나 주변 친지들한테 받은 용돈을 한 푼도 헛되이 쓰지 않고 꼬박꼬박 은행에 저축한 덕에 학생치고는 꽤나 부자인 축에 속했다. 그러면서도 식사는 늘 햄버거 같은 싸구려 음식으로 때우는 구두쇠 중의 구두쇠였던 것이다. 그런 그가 갑자기 돈을 물 쓰듯 하려고 했으니 나로서는 놀랄 수밖에.

무사히 하와이에 도착한 후
환하게 웃고 있는 친구 필립과 함께

잠시 어리둥절한 표정을 짓고 있는 내 어깨를 툭 치며 필립은 이렇게 말했다.

"내가 바다에서 빠져 죽었다면 그동안 애써 모은 돈이 다 무슨 소용이겠니? 이젠 나도 먹고 싶은 거 사 먹고, 돈도 쓸 때 써가면서 살 거야."

03

아버지의
죽음

1994년 4월 4일, 남태평양 사모아제도 근해.

"이쪽 식구들은 모두 잘 있으니 강군은 아무 걱정 말고 건강에나 신경 쓰시랍니다."

LA의 HAM 동호인 김용철 씨와의 교신 내용은 여전히 가족들이 잘 있다는 내용뿐이었다. 새로 개업한 어머니의 옷 가게도 그럭저럭 잘 꾸려지고 있으며 아버지와 여동생도 잘 지내고 있다는 이야기에 우선은 마음이 놓이지만 어쩐지 한편으로는 불안하기만 했다.

궂은 날씨 때문인가. 며칠 동안 하늘은 잔뜩 흐리고 기분까지 우울한 상태가 계속 이어졌다. 하와이에서 전화로 부모님의 안부를 확인하기는 했지만, 두 분 고생하시는 모습이 눈에 선해서 좀처럼 마음이 편치 못했던 것도 사실이었다.

'배 수리하는 동안에라도 LA에 한번 들렀다 올 걸 그랬나?'

내가 간다고 해서 크게 달라질 것도 없겠지만 아무래도 후회스러운 건 어쩔 수 없는 일이었다.

"사모아에 도착해서 제일 먼저 하고 싶은 일이 뭡니까?"

내가 현재 세계 일주 항해의 제2기착지인 아메리칸 사모아로 향하고 있다는 사실을 아는 LA의 또 다른 HAM 동호인이 교신으로 물어 왔다.

"제일 먼저 가족들과 통화하고 싶습니다."

순간 라디오 저쪽에선 잠시 침묵이 흘렀다.

"…여보세요?"

교신이 끊겼나 해서 불러 봤더니 한동안 말이 없던 저쪽에서 응답이 왔다.

"…아무튼 사모아까지 순조로운 항해가 되길 빕니다."

기껏 할 말이 많은 것처럼 교신을 받아 놓고는 쫓기듯 물러가는 상대방을 보며 속으로 참 싱거운 사람도 다 있다고 여기며 갑판으로 나갔다.

호놀룰루항을 떠난 지 벌써 보름째. 그동안 바다는 무던히도 속을 썩였다. 무더위와 강풍이 번갈아 덮쳐 오는 항로에 나는 지칠 대로 지쳐 있었다. 하루빨리 육지에 닿아 시원한 물에 샤워나 좀 해봤으면 하는 게 내 유일한 소원이었다. 오랫동안 빨래를 하지 못했을 뿐만 아니라 파도가 심하면 선실까지 바닷물이 들어오기 때문에 옷가지는 소금기에 절었고, 군데군데 푸른색 곰팡이가 피어 짜증 나는 불쾌감의 연속이었다. 게다가 기상 상태가 좋지 않아 예정보다 일주일가량 늦게 사모아에 도착하게 되었으니 기분이 우울해질 수밖에 없었다.

가도 가도 끝없는 바다. 기분 나쁜 먹구름! 마침내 29일간의 고달픈 항해 끝에 아메리칸 사모아에 도착한 4월 16일. 선착장에 배를 정박시키고

기다리던 교민들의 환영을 받으며 사모아에 도착한 선구자 2호

육지에 올라설 때의 컨디션은 한마디로 최악이었다. 일단은 제대로 된 음식이나 실컷 먹고 한잠 푹 자고 싶다는 생각밖에 안 들었다.

나는 허겁지겁 부둣가 인근의 상점으로 향했다. 먼저 시원한 콜라로 목을 축인 다음 과자를 곁들인 맥주로 배를 채우기 위해서였다.

"아, 이제야 좀 살 것 같다!"

마중 나온 사모아 교민들이 지켜보는 가운데 나는 기분 좋게 음식을 다 먹어 치웠다. 그러다 어느 순간 문득 주위를 둘러보니 분위기가 심상치 않았다.

'내가 너무 음식을 빨리 먹었나?'

조금은 쑥스러운 마음이 들어서 앉아 있는데, 교민 가운데 한 분이 LA의 정해진 목사님으로부터 전화가 왔다는 이야기를 해주었다.

안 그래도 부두에 오르면 제일 먼저 집으로 전화를 하려던 참이었는데… 잠시 먹는데 정신이 팔려 가족의 안부도 확인하지 않은 자신을 탓하며 전화기를 집어 든 순간, 이상하게도 가슴이 두근거리기 시작했다.

"그래, 몸은 어떤가? 건강하지? 어디 아픈 데는 없고?"

정 목사님은 한동안 본론을 접어 두신 채 다른 이야기로 시간을 끌려고 하는 눈치셨다. 나는 직감적으로 집에 무슨 일이 있다는 걸 알아차릴 수 있었다. 별일이 없다면 부모님이 아닌 목사님께서 직접 내게 전화를 걸어 사소한 안부나 묻진 않을 터였다.

"목사님! 솔직히 말씀해 주세요. 집에… 무슨 일 있지요?"

"…강군! 놀라지 말게!"

다음 순간, 나는 전화기를 든 채로 그 자리에 맥없이 주저앉고 말았다. 벌써 장례식이 끝난 지 보름이나 지났다는 아버지의 부음이었다. 하나뿐인 아들이 임종도 지켜 드리지 못한 채 쓸쓸히 공동묘지에 묻히셔야 했던 아버지. 그동안 식구들이 얼마나 날 원망했을까. 그것도 모르고 난 육지에 닿자마자 음식이나 탐하고 있었으니…. 사모아 도착 한 시간 만에 내 가슴은 이미 산산조각으로 무너져 내리고 있었다.

LA 흑인 폭동 이후 가세가 급격히 기울어 하루하루를 빚 독촉과 생활고에 시달려야 했던 출구 없는 삶 속에서 아버지는 결국 참담한 선택으로 삶에 종지부를 찍었다. 아버지는 하나뿐인 아들이 바다에 나가 있는 동안 그 바다보다 더 험하고 모진 고난에 시달리고 죽음보다 더한 현실을 홀로 감당하셨을 것이다.

'나는 부모님이 나를 가장 필요로 할 때 곁에서 돌봐 드리지 못한 불효자식이다. 내 꿈을 꼭 이루고 시름에 잠긴 우리 교민들에게 희망을 심어 주겠노라 호언장담하며 떠난 세계 일주 항해는 결국 허울 좋은 명분에

부모님의 젊었을 때 모습

불과한 것이었다. 나는 위선자고, 헛된 영웅심이나 명예욕에 눈먼 아집 투성이였을 뿐이다. 자기 가족도 지키지 못하는 주제에 다른 사람들에게 희망을 주겠다고? 철저한 이기주의자!'

아버지 혼자서 감당해 내기에는 현실이 너무나 벅찼다.

이민 생활 15년 동안 모진 고통을 인내하며 일궈 온 생활의 기반을 뿌리째 흔들어 놓은 LA 폭동과 그 누구에게도 당신의 아픔을 호소할 수 없었던 아버지. 그날 밤, 홀로 술잔을 기울이며 아버지는 무슨 생각을 했던 것일까. 결국… 죽음밖에는 선택의 여지가 없었을까. 얼마나 지독한 마음고생을 겪어야 했기에 죽을 결심까지 했단 말인가. 내가 집을 떠나지 말았어야 했다. 아무리 힘든 상황이 닥쳐도 남한테 아쉬운 소리 한 번 못 했던 아버지. 내가 곁에 있었다면, 말벗이라도 되어 드릴 수 있었다면 이렇듯 참담한 결과는 막을 수 있지 않았을까.

LA 근교에 있는 로즈힐 메모리얼 파크 공동묘지에서 이제는 한 줌 흙으로 누워 계신 아버지의 영정을 대하며 나는 차마 목놓아 울 수도 없었다. 이미 나는 돌이킬 수 없는 죄인이었다. 아버지가 가장 힘들 때 옆에 있어 드리지 못한 아들이 무슨 할 말이 있겠는가. 차라리 내가 죽어 아버지를 살릴 수 있다면… 그러나 지금 와서 이따위 넋두리가 또 무슨 소용이랴. 마음 한편으로는 아버지에 대한 원망도 없지 않았다.

'왜 그러셨어요, 아버지… 아버지야말로 우리 가족의 기둥이었는데, 왜 그렇게 저희 가슴에 못을 박으셨어요….'

평생을 사무치는 죄책감과 회한으로 얼룩진 상처를 안고 살아가야 할 자식의 슬픔을 아는지 모르는지 이미 이 세상 사람이 아닌 아버지는 아무 말이 없었다.

집안 형편은 이제 더 이상 악화될 수도 없을 만큼 어려워진 상태였다. 아버지 생전에는 비록 월세 주택이나마 넓은 집에 모여 살던 가족들은 허름한 아파트로 거처를 옮겨야 했다. 공간을 많이 차지하는 가재도구들은 모조리 처분한 뒤 아파트로 이사하던 날, 어머니는 의외로 눈물 한 방울 흘리지 않았다. 아버지가 살아 있었다면 벌써 열 번은 더 울음을 터뜨렸을 만큼 심약한 어머니는 그날 우리 세 식구 중 가장 꿋꿋한 모습이셨다.

"이제 집안일은 웬만큼 정리됐으니 석이 넌 어서 사모아로 가거라."

아버지가 없는 집안에서 어머니와 동생을 돌봐 준답시고 LA에 머문 지도 어언 한 달 반쯤 지난 어느 날이었다. 아들을 불러 앉혀 놓고 진지하게 당부하는 어머니의 얼굴 어디에서도 예전의 약한 모습은 찾아볼 수가 없었다.

"여기 LA에서 네가 할 일은 아무것도 없다. 식구들 얼어 죽지 않을 만큼 멀쩡한 집 있고, 엄마가 아직 일할 수 있으니 밥 굶을 염려도 없다. 그러니 아버지가 살아 계실 때 하고 지금이 다를 것도 없잖니?"

"그래도 어머니, 제가 어떻게…"

"네 마음이 어떤지 다 안다. 하지만 뭐든지 작은 일에 얽매이게 되면 큰일을 못 하는 법이야! 아버지도 네가 이렇게 시간을 허비하고 있는 걸 안타까워하실 게다."

"어머니…"

"처음에는 반대도 좀 하셨지만 네가 기어이 큰일을 해내고 있는 걸 보고 아버지께서 얼마나 흐뭇해하셨는지 아니? 불효는 딴 게 아니고 바로 지금처럼 네가 아무 목적도, 희망도 없는 사람처럼 주저앉아 있는 게 불효야! 내일 당장 짐을 꾸려라. 아버지께서 항상 널 지켜보고 계셔."

"그렇게 해, 오빠! 엄마 말씀이 모두 옳아! 난 오빠가 훗날 후회하지 않는 삶을 살길 바라."

어느새 어른이 다 된 애리선도 간곡하게 나를 설득했다.

그때 비로소 나는 알았다. 한 달 반 동안 함께 지냄으로써 정작 위안을 받고 있었던 건 어머니나 애리선도 아닌 바로 나 자신이었다는 것을.

'사실은 어머니, 전 두려워요. 이제 또 바다에 나가면 어머니까지 잃게 될까 봐… 두렵고 겁나요.'

나는 차마 그 이야기를 입 밖으로 내뱉을 수가 없었다. 전에 없던 단호한 눈길로 나를 꿰뚫어 보시는 어머니의 거역할 수 없는 그 표정 때문이었다.

04

치유의 섬,
피지

"네가 애초에 계획했던 대로 세계 일주를 무사히 끝내고 돌아오는 것이 불쌍하게 돌아가신 아버지를 위로해 드리는 길이다."

어머니의 간절한 설득에도 불구하고 나는 점점 용기를 잃어 가고 있었다. 세계 일주가 아니라 우주를 한 바퀴 돌고 온다고 해도 이미 땅속에 묻힌 아버지는 살아 돌아오지 않을 것이다. 생전에 그토록 고생만 했던 아버지, 발 한 번 씻겨 드리지 못하고 어깨 한 번 주물러 드리지 못한 자식이 이제 와서 무슨 수로 위로해 드린단 말인가.

평소 말수가 적고 과묵한 성격의 아버지가 어렵기만 한 나머지 따뜻한 말 한마디 위안을 드리지 못했던 게 그렇게 후회스러울 수가 없었다.

'왜 저한테 아무런 기회도 안 주시고 그렇게 빨리 가셨어요, 아버지!'

걷잡을 수 없는 비통함으로 그전에는 잘 마실 줄도 몰랐던 술을 가까이하기 시작하면서 내 몸과 마음은 점차 만신창이가 되어 가고 있었다.

도저히 또다시 요트를 타고 바다로 나갈 수 없을 것 같았다. 그러던 어느 날 'LA 강동석후원회'를 결성해 준 신남철 씨가 나를 찾아왔다.

"자네가 우리 한국 사람 누구도 해내지 못한 장한 일을 한다고 해서 다들 관심 있게 지켜보고 있는데 이게 무슨 꼴인가?"

돌아가신 아버지와도 가까운 사이였던 그는 다짜고짜 나를 다그치기 시작했다.

"바다에 나가 있는 자네 소식이 올 때마다 자네 아버지가 얼마나 기뻐하셨는지 아나? 돈 때문에 그토록 심한 고초를 겪으면서도 그분한테는 자네가 큰 희망이었어."

순간 나도 모르게 설움에 눈물이 복받쳐 올라 가슴이 미어지는 것만 같았다. 나보다 나이가 열 살쯤 많은 신남철 씨는 나를 친동생 대하듯 다독거리며 진지하게 덧붙였다.

"일단 사모아로 가게. 가서 배도 손질하고 떠날 준비를 하도록 해. 그것만이 자네가 할 일이야."

그러면서 그는 교민들이 나를 위해 조금씩 모은 돈이라며 1만 달러가 든 흰 봉투를 건네주었다.

"적은 돈이지만 이건 어디까지나 강동석이라는 얼굴도 모르는 사람을 위해 우리 한인들이 성심과 성의를 다해 모은 돈이야. 어려움에 처한 동포 청년에게 용기를 주자는 뜻에서 100명이나 되는 한인들이 한마음이 돼서 모은 돈이란 말일세."

100명의 교민들이 정성으로 모아 만든 1만 달러의 가치. 그것은 이미 돈의 액수를 초월한 큰 뜻으로 내 가슴을 울리고 있었다. 하루빨리 내가

다시 바다로 떠날 수 있도록 많은 도움을 주신 사모아 교민들.
뒤에 보이는 '한국관'은 한국이 그리워 세웠다고 한다.

좌절을 딛고 일어서기를 바라는 우리 교민들의 정성, 아울러 그것은 못나고 불효자식이나마 돌아가신 아버지의 마지막 소망을 풀어 드리기를 원하는 그들의 소박한 인정이기도 했다.

며칠 뒤 비로소 고인 물처럼 썩어 가던 영혼의 방황을 끝내고 사모아로 떠나던 날 아침이었다.

"그게 뭐예요?"

밤늦게 일터에서 돌아와 잠도 제대로 못 잤을 어머니가 새벽부터 싱크대 앞에 선 채로 뭔가를 열심히 만들고 계셨다.

"이거 가다가 비행기 안에서 먹어라."

삶은 계란과 김밥 그리고 따뜻한 보리차가 담긴 보온병이었다. 어머니는 담담한 얼굴로 그것들을 내 배낭 안에 챙겨 넣어 주시고는 조용히 목욕탕 문을 여셨다. 잠시 후 요란한 수돗물 소리에 섞여 들리는 것은 분명 어머니의 숨죽인 흐느낌이었으리라.

1994년 7월 7일. 선구자 2호는 아메리칸 사모아 팡고팡고항을 떠난 지 열흘 만에 피지섬 동쪽 연안에 위치한 수바 항구에 닻을 내렸다. 배는 이곳에서 엔진과 기관들을 재정비하고 다음 기착지인 호주 브리즈번으로 떠날 예정이었다. 피지섬은 남태평양의 멜라네시아 지역에 위치한 영국연방 독립국가로, 인도인이 인구의 절반을 차지하고 약 42%가 원주민, 나머지는 유럽인과 그 혼혈족 등으로 이루어져 있다.

약 100만 명에 달하는 인구의 절반을 구성하고 있는 인도인들은 대부분 상권을 장악하고 있는 대신에 공화국 내의 토지는 단 한 뼘도 소유할 수 없도록 법으로 규정되어 있다. 피지섬이 영국의 식민지였을 때 영국인들과 함께 들어온 인도인들은 장사 수완이 뛰어나며 계산 속도도 무척 빠르다. 반면 지상 최대의 낙원으로 불릴 만큼 경치가 아름답고 사탕수수와 코코넛을 비롯하여 풍부한 농산물과 금, 구리, 망간 등 지하자원이나 해산물 등 남부럽지 않은 자연 자원의 혜택 속에서 아무 근심 걱정 없이 살아온 피지 사람들은 천성이 낙천적이어서 세상에 급한 게 없는 사람들이었다.

그래서 발 빠른 인도 상인들이 행동반경을 야금야금 넓혀 가고 있는 동안 나라 경제는 물론 정치적인 영향력에도 그들의 입김이 원주민들의 권리를 넘어선 지경에 이른 것이다. 인도인들과 원주민들의 갈등은 19세기

말인 1874년 피지섬이 영국의 보호권 안에 들어간 이래 지금껏 계속되어
온 사회문제로, 지난 1970년 독립국가로 출범한 이후에도 분쟁의 불씨는
여전히 남아 있다고 한다. 그 나라 사정이야 어떻든 내가 경험한 피지섬은
지상 최대의 낙원이라는 말 그대로 아름답고 살기 좋은 곳이었다.

　내게 마음의 안정을 되찾고 바다로 나아갈 용기를 갖게 해준 것도 이
피지섬이다. 주위 사람들의 격려에 마음이 움직여 사모아로부터 출항을

피지의 전통 마을 © [donyanedomam] / Adobe Stock

결행하긴 했지만, 사실 그때만 해도 내가 과연 세계 일주 항해라는 큰일을 해낼 수 있을지 자신이 없었다. 바다는 한사코 나를 밀어내는 것만 같았고, 육지에 닿아서도 낯설기는 마찬가지였다. 무엇보다도 아버지의 죽음이라는 엄청난 충격으로부터 스스로 헤어 나올 수가 없었다. 어쩌면 거기까지가 당신의 운명이었는지도 모른다고, 내 탓은 아니라고 아무리 스스로를 위로하기 위해 발버둥 쳐도 소용없는 일이었다. 아버지가 가장 힘들어할 때 위로조차 해드리지 못했다는 죄책감으로부터 한치도 벗어날 수 없었다.

그렇게 자신을 학대하다 보니 어느덧 배도 바다도 진저리가 났다. 사모아를 떠나 피지섬에 기항한 뒤 한 달은 그렇듯 마음의 갈피를 잡지 못한 채 아무 대책도 없이 흘러가 버렸다. 사모아에서 날 친동생처럼 챙겨 준 민만호 씨가 잔뜩 실어 준 맥주 한 병을 마시고 깊은 잠을 청했다. 도착 첫날은 수바항에 배를 정박시켜 놓고 다음 날 아침까지 물 한 모금 입에 대지 않은 채 죽은 듯이 잠만 잤다. 꿈속까지 따라와 잠을 헤집는 악몽에 시달리다 문득 깨어 보니 아침나절이었다.

"강군, 일어나 아침 먹어야지."

밤새 식은땀으로 젖은 침낭 속에서 눈만 멀거니 뜨고 누워 있는데 누군가 해치를 두드리는 소리가 났다. 그는 냉동 참치 공장 이외에도 '서든 크로스'라는 호텔을 운영하고 있는 전정묵 사장님으로, 사모아 한인회장님으로부터 나에 관한 소식을 듣고 일부러 배까지 찾아준 것이다.

"여기 있는 동안 내가 다른 건 도와줄 게 없고, 숙식 문제만큼은 최대한 강군을 편하게 해주고 싶으니, 당장 우리 호텔로 짐을 옮기게."

전정묵 사장님은 호화로운 호텔 특실을 통째로 내주며 그곳에서 다음 기착지로 떠날 때까지 지내도록 과분할 정도로 많은 배려를 해주셨다. 처음에는 별다른 생각 없이 따라갔으나, 푹신한 침대와 쾌적한 객실 안에서 매일매일 최상급의 요리로 식사까지 무료로 제공하는 호텔 측의 호의에는 나도 그만 넋을 잃을 지경이었다.

피지섬에 정착해 사는 150여 명의 교민들은 한결같이 내게 친절한 사람들뿐이었고, 어딜 가나 그분들의 따뜻한 호의가 나를 기다리고 있었다. 서든 크로스 호텔 외에도 내게 잠자리와 음식을 제공하겠다고 제의해 오는 교민들은 수없이 많았다. 비어 있는 콘도나 빌라, 아파트를 내주겠다는 교민, 식사만큼은 꼭 자신들의 집에서 대접하고 싶다며 그 나라에서 여간해선 구하기 힘든 청국장까지 만들어 내놓는 교민 등 분에 넘치는 그들의 호의 속에서 나는 점차 마음의 상처를 다스려 나갔다.

처음엔 그저 나 혼자의 꿈으로 시작한 단독 요트 세계 일주였지만, 기착지에서 만난 수많은 해외 교민의 관심 속에 더 이상 이 일은 나 개인의 일이 아니었다. 많은 사람이 관심을 갖고 격려해 주는 세계 일주의 꿈을 위해 이대로 주저앉을 수는 없었다.

'일어나야 한다. 다시 바다로 나가야 한다.'

그렇게 스스로에게 수도 없이 다짐했지만 쉽게 바다로 나갈 결심이 서지를 않았다. 솔직히 마음 한구석에서는 아름답고 살기 좋은 이곳에 그냥 눌러살고 싶은 생각이 들기도 했다. 교민들이 워낙 잘해 주니까 내가 왜 그곳에 있는지, 내게 남은 일이 무엇인지 잊어버릴 때도 있었다.

"오늘 저녁 식사는 특별히 사장님께서 강군의 건강을 염려하시는 뜻에

약 1.5평의 작은 공간인 선구자 2호 선실 안 모습.
왼쪽은 한국일보 정광원 국장님, 오른쪽엔 최연소 단독 세계 일주 중이었던 브라이언 콜드웰이다.

서 배려한 주방장 특선 요리입니다."

그러던 어느 날 호텔 특실로 배달된 최고급 스테이크 요리에 근사한 와인까지 곁들여 저녁 식사를 한 다음 침대에 누웠는데, 그날따라 좀처럼 잠이 오지 않았다.

'내가 여기서 뭘 하고 있는 거지?'

이상하게도 그동안 편안했던 잠자리가 영 불편하게만 느껴졌다. 마치 남의 집 안방을 차지하고 누운 것처럼 마음이 불안하고 갑자기 방 안의 모든 게 어색하게 느껴졌다. 그 길로 수바항으로 달려가 사랑하는 선구자 2호의 몸체를 쓰다듬어 본 순간, 나도 모르게 가슴이 저려 왔다.

'미안하다, 배야! 내가 널 이렇게 만들었구나.'

선체 밑바닥에 균열이 생겨 형편없이 망가져 가고 있는 나의 애선은 주인의 무심함을 탓하기라도 하듯 말없이 있었다. 나 혼자만 잘 자는 동안에 배는 마치 버려진 고아처럼 발이 묶여 있었던 것이다.

겨우 이 꼴을 만들어 놓으려고 내가 그렇듯 속을 썩여 가며 집을 떠나왔던가. 고된 항해 길에 나서는 한국의 젊은이를 위해 교민들이 베풀어 준 격려와 호의를 망각하고 어느새 맛있는 음식, 편안한 생활에 길들여진 내 모습이 그렇게 부끄러울 수가 없었다. 어쩌다 나는 바다에서보다 육지에서 더 못난 겁쟁이가 되어 있었던 것인가.

하루빨리 교민들의 품 안에서 벗어나는 길만이 내가 할 수 있는 최선이라는 생각이 들었다. 그분들이 내게 베풀어 준 친절이야 더할 나위 없이 고마운 것이었지만, 그로 인해 내가 게으르고 무책임해졌다면 그 또

피지 라토카에서 선구자 2호를 육지에 올려 한 달 동안 큰 수리를 했다.

한 그분들의 성의를 배신하는 게 아니고 무엇이겠는가.

'우선 요트인들이 많이 모여 있는 라토카로 떠나자!'라고 생각한 나는 다음 날 당장 수바항을 떠나기로 했고, 그날 밤은 잠도 호텔이 아닌 선구자 2호의 선실에서 잤다. 한 달 만에 돌아온 비좁고 허름한 침상이었지만, 그곳이 세상에서 가장 편안한 잠자리였다는 사실이 비로소 피부에 와닿았다. 마침내 나는 수십 년 만에 집에 돌아온 떠돌이처럼 평온하게 잠을 청할 수 있었다. 이제 더 이상의 악몽은 찾아오지 않았다.

라토카는 전체 300여 개의 섬으로 이루어진 피지 공화국의 서쪽 연안에 위치한 항구도시로, 각국에서 모여든 요트인들의 집합소 같은 곳이다. 요트인들은 대개 배에서 생활하며 낮에는 수영이나 낚시 등으로 시간을 보내다가 저녁나절이면 서로 약속이나 한 듯이 백사장으로 모여들었다. 더위가 한풀 꺾인 그 시간에 요트인들끼리 모여 술과 음식을 나눠 먹으며 친분을 쌓는 것이다.

무척 신기하고 낭만적인 광경이었지만 그동안 교민들하고만 섞여 지내느라 그런 분위기를 접해 볼 기회가 없었던 나는 쑥스러움 때문에 처음에는 쉽사리 그들과 어울리지를 못했다. 게다가 도착 당일부터 며칠간은 배를 손봐야 하는 일로 몸과 마음이 몹시 분주한 상태였다.

그동안 무심했던 주인을 원망이라도 하는 것처럼 배는 툭하면 병에 걸려 툴툴거렸다. 손질한 지 얼마 되지도 않은 기관에 이상이 생기는가 하면 무엇보다도 선체 밑바닥에 생긴 균열이 큰 골칫거리였다. 교민들이 한 푼 두 푼 모아 준 후원금도 수리비로 거의 다 써버렸는데 배는 자꾸만 고장을 일으키니 난감할 뿐이었다. 잠은 요트 안에서 자면 되고, 식사는 주

세계 일주 스폰서를 해주신 데이콤사와 한국일보 관계자분들과 함께.
맨 오른쪽이 배성한 이사님, 그 옆이 신남철 후원회 회장님이다.

로 햄버거나 라면으로 때워 개인 경비를 최소한으로 줄였지만, 배에 이
상이 생기면 도저히 다른 방법이 없었다.

결국 신용카드 빚만 엄청나게 늘어 가고 있는데 앞으로 또 얼마간의
수리비를 들여야 할지도 알 수 없는 막막한 상태였다. 그 와중에 누군가
에게 도움을 청한다는 것도 못 할 노릇이었고, 더군다나 교민들의 신세
를 지는 것도 한계가 있었다. 더 이상 다른 사람들에게 부담을 주기는 싫
었다. 도움을 준다 해도 이젠 너무 미안해서 거절하고 싶을 정도였다. 아
직까지 우리 교민들에게 특별히 해준 일도 없이 무작정 신세만 지고 있
다는 죄책감 때문에 결국 이러지도 저러지도 못한 채 배만 쳐다보며 한
숨을 몰아쉬고 있는데, 어느 날 서울에서 연락이 왔다.

그동안 꾸준한 격려로 나의 항해를 성원해 주었던 한국일보 측에서 스

남아공 더반항에서 수많은 도움을 준 동료 요트인들과 함께

폰서를 물색해 놓았다는 반가운 소식이었다. 세계 일주 항해에 필요한 일
체의 경비 지원! 도무지 믿어지지 않는 꿈같은 상황이었다. 한국일보의
장재구 회장님과 배성한 이사님이 기업 수십 군데를 찾아다니며 어렵게
LG데이콤사(현 LG유플러스)를 찾은 것이다. 나의 세계 일주 항해에 스폰
서로 나서 준 데이콤사는 자사의 마크와 로고가 부착된 스티커 하나만
배에 달고 항해한다면 이후의 모든 경비를 지원해 준다고 약속했다. 그러
니까 내 배는 스폰서를 맡아 준 기업의 광고 모델로 전 세계 바다를 누비
게 되는 것이다.

　이젠 고국에서도 날 지켜보고 있구나! 순간 나 자신도 놀랄 만큼 새로
운 의욕이 솟구치는 걸 느꼈다. 배성한 이사님께서 다음 기착지인 호주
에서 발대식을 해야 하니 하루빨리 피지섬을 떠나라는 연락을 해왔다.

배도 고쳤고, 어느덧 남반구의 태풍철이 시작될 11월 초순이었다. 요트인들이 하나둘씩 떠날 준비를 하는 동안 선구자 2호의 출발 일정도 정해졌다.

1994년 11월 3일 저녁, 주변 요트인들은 백사장에서 조촐한 파티를 열었다. 그날의 인기 메뉴는 '강동석식 요트 비빔밥'이었다. 강동석식 요트 비빔밥이란 양파, 마늘, 감자, 스팸을 얇게 썰어 볶은 다음 밥에다 얹고 고추장, 참기름을 넣어 비벼 먹는 것으로, 간단하게 요리할 수 있고 맛있어 자주 만들어 먹는 나만의 특별 요리다.

파티를 열 때면 대개 각국 요트인들이 저마다 한 가지씩 자기네 나라 음식을 만들어 와서 세계요리대회를 연상케 할 정도였는데, 서로 비슷비슷한 서양 요리 가운데서 비빔밥은 단연 눈길을 끌었다. 매콤한 고추장의 맛과 참기름의 고소한 향이 절묘하게 어우러진 비빔밥의 비결을 묻는 그들에게 난 잘난 척하고 딱 한 가지만 알려 주었다.

"비밀은 바로 이 손맛에 있지요!"

그 말에 갑자기 무슨 요술 지팡이라도 구경하듯 내 손을 뚫어져라 쳐다보던 그들이 아리송한 표정을 지으며 물었다.

"손맛? 그게 뭔데?"

수바의 한국 교민들이 푸근한 인심으로 나에게 다시 바다로 나아갈 용기를 줬다면 라토카에서 만난 요트인들은 나로 하여금 진정한 항해자로서 요트 세계 일주에 발을 내딛게 한 동료요, 조언자들이었다. 피지섬은 이 두 가지 사실만으로도 내게는 은혜와 축복의 섬이자 아름다운 추억이 깃든 곳으로 영원히 기억될 것이다.

05

호주에서의
몇 가지 기억

1994년 11월 20일, 호주 브리즈번항. 바쁜 일
정과 태풍 '바니아'에 쫓겨 그동안 정들었던 피지 사람들과 작별 인사도
나누지 못한 채 떠나온 탓인지 내 마음은 다소 우울했다. 그런 상태로
호주 땅에 발을 들여놓는 순간, 맨 처음 나를 기다리고 있는 것은 불법
이민자를 적발해 내는 이민국 관리들의 따가운 시선이었다.

그들은 신분증을 확인한 후에도 배 안에 있는 짐들을 일일이 헤집어
가며 꼬투리가 될 만한 것이 없나 찾아보는 눈치였다. 총기류는 소지하지
않았나, 마약 같은 건 가지고 있지 않나, 호주에는 무엇 하러 왔나 등의
질문을 해댔다.

"이건 반입이 금지되어 있는 물품이니 압수하겠소."

무뚝뚝한 표정의 이민국 관리가 배 안에서 꺼내 온 물건은 미국산 스
팸이었다. 호주 국민의 건강을 위해 외국산 육류는 어떤 형태로든 들여
올 수 없다는 게 이유였다. 덕분에 나는 한 달 치 영양식으로 준비했던

브리즈번강에 정박된 요트들

비싼 스팸을 모조리 압수당하고도 한마디 항의조차 하지 못했다.

"내가 20년을 이 자리에 있었지만 한국 사람이 요트 타고 들어오는 건 처음 보는걸?"

통관 수속을 마친 뒤 그곳 이민국 직원이 신기하다는 듯 나를 위아래로 훑어보았다. 여전히 호의적인 느낌을 주는 눈빛은 아니었다. 그러한 눈빛은 곧 요트클럽에 들어서는 순간에도 피부로 느낄 수 있었다. 으리으리하게 꾸며 놓은 클럽 하우스 안에 떼 지어 앉아 있던 백인들의 곱지 않은 눈초리가 일제히 나를 향하고 있었다.

'도대체 너 같은 유색인종이 감히 여기가 어디라고 들어왔지?'

피부색만큼이나 차갑게 느껴지는 그들의 눈빛부터가 내 마음을 얼어붙게 만들었다. 나 또한 그런 사람들과 섞여 있고 싶은 마음은 조금도 없었다.

주저 없이 그곳을 떠나 한국 음식을 맛볼 수 있는 차이나타운으로 가서 식사를 한 다음 요트로 돌아와 잠을 자려는데 기분이 여간 심란한 게 아니었다. 도착 첫날의 고약한 이미지 때문이었을까. 이런저런 생각으로 잠을 설치고 난 다음 날, 이번에는 지하철 안에서 또 한 번 언짢은 일이 벌어졌다. 초저녁인데도 지하철 안은 승객이 별로 없고 무척 한산한 편이었다.

'땅덩어리가 넓으니 어딜 가나 붐비지 않는 건 마음에 드는군.'

혼자서 제법 여유 있는 생각을 하며 빈자리를 찾아 앉았는데, 다음 전철역에서 누군가 내 발밑에 침을 탁 뱉는 것이었다.

"노랭이!"

"깜둥이!"

"쪽발이!"

곧이어 빈정거리는 소리에 주위를 둘러보니 열다섯 명쯤 되어 보이는 10대 아이들이 양옆을 에워싸고 있었다.

'이 녀석들이 다 어디서 나타났지?'

녀석들은 술에 잔뜩 취한 채 열차에 올라탄 불량배들이었다. 소위 선진국이라는 나라에서 피부색이 다르다는 이유만으로 사람을 이유 없이 괴롭히려는 못된 녀석들이 활개 치고 다니는 걸 보니 속으로 화가 치밀었지만 우선은 꾹 참을 수밖에 없었다.

나는 최대한 인내심을 발휘하며 다음 역까지만 참고 가기로 하고 그들을 무시해 버렸다. 그러나 그들이 일단 시비를 걸기로 마음먹은 이상 내 쪽에서 참기만 한다고 해서 해결될 문제는 아니었다. 녀석들은 어떻게 해서든 나를 자극해서 싸움을 일으켜 볼 작정으로 별 치사한 방법들을 다 썼다. 일부러 발을 밟는 녀석, 어깨를 툭툭 건드리는 녀석, 저질스럽게 침이나 찍찍 뱉는 녀석. 생각 같아서는 한두 놈 골라 흠씬 패주고도 싶었지만 이를 악물고 참았다. 열댓 명이나 되는 녀석들을 상대하려면 아무래도 이소룡이나 성룡 정도는 돼야 할 텐데 나로서는 놈들을 한방에 해치울 묘안이 없으니 분해도 참는 수밖에. 그때는 지하철역 한 구간이 왜 그렇게 길게 느껴지던지. 이윽고 다음 정차할 역을 알리는 안내 방송이 흘러나왔을 때, 나는 녀석들을 힘주어 쏘아 보는 것으로 겨우 자존심을 달래고 당당하게 지하철에서 내렸다. 하지만 더 기막힌 일은 역 사무소에서 벌어졌다.

"지하철 안에서 방금 불량배들을 만났습니다."

"그래?"

"10대들이었는데요."

"그래서?"

"열다섯 명쯤 됐어요."

"그런데?"

"그래서 지금 신고하는 거잖습니까?"

"알았어. 그만 가봐."

이것이 그곳 사무실에서 나의 신고를 접수한 역장과 나눈 대화의 전부였다.

표정에 '우리 귀여운 아이들이 너 같은 동양인 한 명쯤 혼내 줬다고 해서 눈 하나 깜짝할 줄 아느냐?'라고 쓰여 있는 사람을 붙잡고 이래도 되는 거냐고 따져 봤자 나만 더 우습게 될 터였다.

'내가 빨리 이곳을 뜨는 수밖에 없지!'

세계 일주 계획이 차츰 늦어져 그렇지 않아도 마음이 조급하던 때였다. 안 그래도 발대식만 끝나면 서둘러 떠날 예정이었는데 이 도시는 한사코 내 등을 떠밀고 있었다.

유색인종 대하기를 마치 하등동물 취급하듯 하는 일부 호주인들의 지독한 편견 때문에 그 나라에 대한 이미지가 좋지 않은 건 사실이었지만, 사실 그것은 지극히 개인적인 경험에 불과하다. 인종에 대한 편견은 호주 외에 세계 여러 나라에서 피부로 느낄 수 있는 서글픈 현실이었고, 또 그런 나라라고 해서 모든 사람이 다 그렇게 마음이 좁은 건 아니다. 그곳에 살고 있는 우리 교민들에게 들어 본 바로는 대다수의 호주 사람은 선량하기 그지없다고 한다. 결국 내가 겪은 불쾌한 기억은 운이 나빴던 탓으로 돌릴 수밖에 없을 것 같다.

1995년 5월 20일. 선구자 2호는 멀리 시드니에서부터 세계 일주 항해의 성공을 기원하기 위해 찾아온 60여 명의 교민이 지켜보는 가운데 발

HAM 라디오로
육지와 교신하고 있다.

대식을 하고 브리즈번 항구를 떠났다.

"꼭 성공해서 돌아오세요!"

"고맙습니다. 반드시 다시 돌아오겠습니다."

뜨거운 박수와 함께 선구자 2호의 무사 귀환을 빌어 주는 교민들의 성원을 한 몸에 받으며 길을 떠나려니 저절로 힘이 솟구치는 것 같았다. 이제부터는 스폰서의 도움으로 경제적 부담감 없이 항해를 할 수 있다는 생각에 마음도 날아갈 듯 가벼웠다. 그런 한편으로는 반드시 세계 일주 항해에 성공하는 것으로 고마운 분들의 성원에 보답해야겠다는 책임감도 더욱 강해졌다. 그때 상황을 항해 일지에 이렇게 기록했다.

5월 21일 호주 시각은 현재 아침 8시 10분. 어제 낮 12시에 브리즈번을 떠났다. 비가 많이 내리고 바람의 방향은 계속 바뀐다. 어제 떠나자마자 시작된 뱃멀미 때문에 토한 후 아무것도 먹지 못했다. 그래도 지금은 좀 괜찮아진 것 같다. 상선들이 많이 보인다. 신경을 바짝 곤두세우고 있어야겠다. 나중에 속이 괜찮으면 '강동석식 요트 비빔밥'을 먹어야지. 저녁 비빔밥을 다 토해 냈다. 이렇게까지 오래 뱃멀미를 한 기억은 없다. 그런데도 배가 고프지는 않다. 강한 바람 때문에 긴장해서 그런 것 같다. 현재 바람은 25노트로 비교적 강하게 분다. 해가 구름에 가려져 태양열 충전기로 배터리 충전을 못 하고 있다. 그래서 오랫동안 HAM 라디오 교신을 못 했다. 브리즈번 항구를 떠나자마자 시작된 강한 바람으로 심한 뱃멀미가 시작됐다. 이젠 익숙해질 만도 한데 뱃멀미는 매번 온몸의 기운을 다 빼가는 것 같다. 바다에 나설 때마다 두려움이 앞서듯이.

06

인도양에서
만난 사람들

　　　　　　　　나는 부지런히 배를 몰아 다음 목적지인 코
코스제도(Cocos Island)로 향했다. 다부진 각오로 떠난 길이었지만 예기
치 않은 상황이 바다 한가운데서 벌어졌다. 교신으로 내 위치와 현재 상
태를 알려야 할 HAM 라디오의 안테나가 망가져 버린 것이다. 할 수 없
이 기수를 호주 북부 다윈항으로 돌렸다. 이후로 나흘 동안이나 외부와
의 연락이 두절된 채 항해를 해야만 했다.

　다윈은 사막에 세워진 인구 6만 명의 행정 도시로, 주변 말레이시아나
인도네시아 어선들의 불법 어획을 감시하고 아시아 지역 불법 이민자들
의 출입을 통제하는 일이 그곳 관리들의 주요 업무라 할 수 있다. 그 외
열대우림으로 둘러싸인 카카두 국립공원, 테리토리 야생공원, 다윈 악
어농장 등 세계적인 관광 명소로도 널리 알려진 이곳은 『종의 기원』의
저자인 영국 생물학자 찰스 다윈(Charles Darwin)이 1911년에 방문했던
것을 계기로 현재의 명칭으로 불리고 있다. 같은 대륙의 시드니나 멜버

다윈 항구에 정박된 요트들 © [VanderWolf Images] / Adobe Stock

른보다 인도네시아의 발리나 싱가포르 쪽에 가까운 탓인지 다윈은 전체
적으로 동양의 정취가 물씬 풍기는 한가로운 느낌의 도시였다.

　요트클럽 분위기도 브리즈번보다는 한결 친절하고 누구에게나 호의적
이었다. 한 가지 아쉬운 점이 있다면 해안에 식인 상어나 독해파리 같은
것들이 많아서 수영을 할 수 없다는 것이었지만, 그런대로 여가를 즐길
수 있는 볼거리들을 쉽게 찾아볼 수 있었다. 나는 그곳에서 안테나를 수
리하는 틈틈이 시내에 나가 영화를 관람하거나 요트클럽에서 독서를 하
는 등 비교적 마음 편하게 시간을 보냈다. 같은 호주 땅이어서 이번에도
전처럼 곤혹스러운 일을 겪게 되지 않을까 우려했던 것과는 달리, 다윈

은 세계 일주 항해에 기분 좋은 추억을 하나 더 보태 주었다.

1995년 7월 19일. 다윈 항구를 떠나 코코스제도를 향해 닻을 올린 배는 이제 인도양으로 들어서고 있었다. 인도양의 길고 높은 파도와 적당한 바람이 항로를 제법 순탄하게 밀어 주는 가운데 밤낮없이 항해를 이어 가 코코스제도에 도착하기 일주일 전이었다. 자정 무렵, 수평선 남쪽에 커다란 항해등 불빛이 나타났다. 캄캄한 바다에서 덩치 큰 배를 만난다는 것은 암초에 부딪치는 것만큼이나 위험한 일이다. 나는 초조한 심정으로 그 배가 다른 방향으로 지나가 주기만을 기다리고 있었다. 그런데 점점 가까이 접근해 오는 불빛을 보니 분명 이쪽으로 항해 중인 상선이 아닌가. 15분 후, 불빛은 훨씬 더 가까워졌다.

"수평선에 보이는 배, 응답 바랍니다!"

가까운 거리에서 쓰는 단파 라디오로 계속 교신을 시도해 보았으나 상대방에게서는 아무런 응답이 없었다. 차츰차츰 다가오는 거대한 상선. 그 앞에서는 종이배 같기만 한 내 요트. 상선은 불과 200미터 거리까지 근접해 오고 있는데 교신이 되지를 않았다. 나는 다급해진 마음으로 계속 교신을 시도하는 한편 서치라이트를 상선 쪽으로 비췄다.

'불빛이 너무 약해서 보지 못한다면 모든 게 끝장이다!'

제발 그쪽에서 내 배를 발견해 주기를 기도하며 불을 비추고 있는데 이윽고 반응이 왔다. 상선에서도 내 배를 향해 서치라이트를 비추기 시작했다. '살았다!' 하는 안도의 순간도 잠시뿐, 상선은 나를 발견하고도 무슨 까닭에서인지 방향을 바꾸지 않았다. 아마도 그들 눈에는 밤중에 손바닥만 한 배를 타고 바다를 휘젓고 다니는 게 꼴사나워 겁이라도 주고 싶었던 모양이다. 상선은 위협적으로 다가와 선구자 2호를 겨우 10미터 남짓 앞질러 가고 있었다.

"앞에 있는 상선 응답 바람!"

바짝 약이 올라 재차 교신을 시도해 보았더니 한참 만에야 상선에서 응답이 왔다. 기분이 언짢았던 나는 대뜸 시비조로 물었다.

"대체 어느 국적의 뭐 하는 배요?"

상대방도 만만치 않은 어조로 나왔다.

"파나마 국적 상선이다, 왜?"

"당신은 그럼 파나마 사람입니까?"

그러나 다음 순간, 상황은 완전히 뒤바뀌게 되었다.

"나 한국 사람이다. 왜?"

바다에서 종종 만나는 상선과 충돌할까 봐 항상 긴장했다.

여기까지는 서로가 영어로 대화를 했으나 그가 한국 사람이라는 얘길 듣고는 나도 모르게 한국말이 튀어나왔다.

"그러세요? 정말 반갑네요. 인도양 한가운데서 같은 한국인을 만나리라고는 생각도 못 했어요. 더구나 이런 한밤중에."

내 말에 상대방도 크게 놀랐던지 잠시 말문이 막히는 눈치였다.

"어? 한국 분이시네…?"

"네, 저 한국 사람이에요!"

좀 전에 나한테 짓궂은 장난을 했던 게 미안했던지 상대는 우물쭈물 말을 잇지 못하고 있었지만 나는 반가운 마음뿐이었다.

"서로 얼굴은 볼 수 없지만 우선 제 인사부터 받으십시오. 저는 강동석이라고 합니다."

"아, 예. 이거 정말 반갑습니다."

서로 정식으로 인사를 나눈 뒤에 그는 솔직하게 한 가지 충고를 해주었다.

"밤중에 이렇게 넓은 바다를 항해하다 보면 사실 주변을 잘 살피지 않게 됩니다. 저뿐만 아니라 다른 상선들도 이런 시간에는 전방을 살피는 데 소홀해지기 쉽습니다. 잘 보이지도 않고, 또 큰 상선끼리는 충분히 서로를 알아볼 수 있기 때문이지요. 그저 작은 배들은 24시간 내내 긴장하는 수밖에 없습니다. 아무쪼록 조심해서 가십시오."

세상이 아무리 넓다지만 인도양 한가운데서 한국 사람을 만나 조심하라는 충고까지 듣고 보니 신기하기도 하고 무서운 생각도 들었다. 상선과의 충돌 위험이 방금 내게도 현실이 될 뻔했던 게 아닌가. 순간 온몸에 소름이 오싹 끼쳐 왔다. 앞으로는 밤 항해 시 더욱 신경을 써야지! 두 눈 부릅뜨고 사방을 주시해 가며 항해를 계속하는 것만이 밤 항해의 위험 에서 벗어나는 유일한 방법이다.

자물쇠가 필요 없는 섬. 소음이 뭔지, 공해가 뭔지도 모르는 사람들의 땅 코코스제도. 호주 영토인 이곳은 1826년 알렉산더 헤어(Alexander Hare)라는 영국 상인이 여자 23명과 노예들을 데리고 섬에 상륙했다. 알렉산더는 이곳을 개인 왕국으로 만들려고 했던 쾌락주의자였다. 불쌍 한 노예들은 알렉산더가 시키는 대로 그를 위한 왕궁을 지었고, 곧 18개 의 산호섬으로 이루어진 이 아름다운 지상낙원은 쾌락과 탐욕에 눈먼 서 양인의 개인 영토로 전락해 버렸다.

몇 년 후, 이번에는 존 클루니스-로스(John Clunies-Ross)라는 서양인 이 말레이시아 노예들을 이끌고 섬에 나타났다. 그는 비도덕적이고 방탕 한 사생활을 이유로 알렉산더를 추방시켜 버렸다. 존은 말레이시아에서 데려온 노예들의 노동력을 이용하여 그곳 특산물인 야자를 거두어들여 세계 각지에 수출했고, 그로 인해 난생처음 문명의 혜택이란 걸 알게 된 코코스제도의 원주민들은 그를 마치 신처럼 떠받들었다.

이후 클루니스-로스 가문은 대대로 원주민들의 추앙을 받으며 100년 가까이 정신적 통치자 역할을 해왔으나, 시대적 분위기에 밀려 호주 정부 에 보상금을 받고 섬을 넘겨주었다. 클루니스-로스 가족이 살았던 집은 현재 박물관으로 보존되어 있으며, 아직도 원주민들 사이에는 그들에 관 한 이야기가 전설처럼 전해져 내려오고 있다.

18개의 섬 가운데 사람이 살고 있는 곳은 웨스트섬과 홈섬, 두 곳뿐

코코스제도에 정박된 요트 © [Uwe] / Adobe Stock

이며 인구는 말레이시아인 500명과 호주 관리 200여 명 정도이다. 섬의 원주민 격인 말레이시아인들은 대부분 홈섬에 밀집되어 있고, 주로 행정 업무를 위해 상주하고 있는 호주 관리들은 웨스트섬에 모여 산다. 원주민들은 대개 일자리를 찾지 못해서 거의 모든 사람이 호주 정부로부터 무직 수당을 받아 생활하고 있었는데, 그 때문에 호주인들이 그들을 거머리 대하듯 하는 걸 볼 수 있었다.

안 그래도 인종 편견이 심하기로 소문난 그들에게는 하는 일도 없이 세금이나 축내는 원주민들이 눈엣가시 같은 존재일 것이다. 가만히 놔두었더라면 얼마든지 행복하게 살 수 있었던 삶의 터전을 침범해 놓고 오히려 주인 행세를 하는 서양인들을 아무 저항 없이 받아들이는 원주민들을 보면 한편으론 안타까운 심정이 들기도 한다.

욕심 없이 산다는 게 바로 저런 것일까. 섬사람들의 유일한 희망이라면 한 번만이라도 바깥세상을 구경해 보고 싶다는 것이라고 한다. 그러면서도 그들은 미지의 세계에 대한 두려움 때문에 대부분 섬에서 벗어나지 못하고 일생을 마친다는 것이다. 이 작은 섬이 세상의 전부인 줄로만 알고 살아왔기에 그들은 그곳이 얼마나 아름답고 평화로운 곳인지 알지 못한다. 간혹 외지인들이 찾아와 이곳이야말로 지상낙원이라고 말해 줘도 이해할 수 없다는 표정으로 그저 빤히 쳐다보는 섬사람들의 눈빛은 해맑기만 하다.

그들은 외지인들을 보면 무척 부끄러워하고 이쪽에서 말을 걸어도 대답도 할 줄 모른다. 마치 아무것도 그려져 있지 않은 하얀 종이 같은 사람들이다. 섬사람들은 아직도 빗물을 받아 마시며 그날그날 일용할 양식도 자연에서 얻는다. 사방에 널린 해산물과 코코넛 열매가 그들의 주식인 것이다. 호주 정부에서 매달 지급해 주는 연금으로 그럭저럭 생활은 유지되고 의료혜택도 충분히 받을 수 있으므로 앞날에 대한 걱정 없이 그렇게 살아간다.

선구자 2호는 코코스제도의 크고 작은 열여섯 군데의 무인도 가운데 하나인 디렉션섬에 닻을 내렸다. 내가 그곳에 도착했을 때는 이미 10여 척의 각국 요트들이 정박되어 있었다. 디렉션섬은 요트인들의 집합소 구실을 하는 곳이었다. 도착 당일인 8월 9일은 여동생 애리선의 스물네 번째 생일이었다. 생일 축하라도 해주고 싶은 마음은 굴뚝같았는데 무인도에 정박하게 됐으니 사실상 불가능한 일이었다. 그런데 이게 웬일인가. 디렉션섬에 첫발을 들여놓는 순간, 나는 잠시 내 눈을 의심할 수밖에 없었다.

'무인도에 공중전화가 다 있다니! 이렇게 놀라울 수가!'

분명 헛것을 본 것은 아니었다. 달려가 카드를 넣었더니 발신음이 들려왔다. 덕분에 여동생한테 축하 전화도 해주고 어머니 안부도 확인할 수 있었다. 세계 각국에서 모여든 요트인들을 위한 호주 정부의 작은 배려가 그때만큼 고맙게 느껴진 적은 없었다.

해안가에는 먼저 도착한 호주 선적의 요트가 두 척, 스페인 배 두 척, 미국 배 세 척, 캐나다 배 한 척 그리고 핀란드 국기를 단 요트 한 척이 정박되어 있었다. 조그만 섬에 요트인들끼리 모여 있으니 디렉션섬은 곧 항해자들의 천국이었다. 섬에는 공중전화 외에도 빗물을 저장해 놓은 식수 탱크도 마련되어 있었다.

요트인들은 저녁마다 섬 한가운데에 모닥불을 피워 놓고 장기자랑을 하면서 그간 망망대해에서 처절하게 느꼈던 외로움을 풀었다. 첫날 저녁 선구자 2호의 환영식을 겸한 신고식 자리에서 나는 주특기인 하모니카 연주로 김현식의 〈내 사랑 내 곁에〉를 들려주는 것으로 그들에게 후한 점수를 받았다.

각자 자기를 소개하면서 알게 된 요트인들의 직업은 가지각색이었다. 스페인 출신 데이비드와 아델라 부부는 남편인 데이비드가 상선의 선장이었고, 호주인 믹은 목수, 미국 청년 스티브는 연주가, 브라이언은 학생,

그 밖에도 비이와 다이앤은 호주 출신의 연인으로 그중 비이의 직업은 목사였다. 그 외 항해 중에 만난 요트인들의 면면을 보면 의사, 변호사, 교사, 공무원, 학생, 운전사, 실업자, 심지어 감옥에서 복역하고 나온 전과자까지 전직들이 무척 다양하다는 것을 알 수 있었다.

디렉션섬에서 만난 요트인들 가운데 가장 나를 황당하게 만든 사람은 전직이 목사였다는 비이였다. 비이와 다이앤은 좀처럼 다른 요트인들과 잘 어울리지 않는 편이었는데, 하루는 내 배에 붙어 있는 물고기 문양을 보더니 비이가 나에게 물었다.

"당신, 기독교인이오?"

"그런데요?"

말수가 별로 없어 보이는 비이는 내 대답을 듣고 호감을 표시하면서 같이 성경 공부를 하자고 제의해 왔다. 나는 기꺼이 그 제안을 받아들여 이튿날 낮에 비이와 다이앤의 요트를 방문했다.

"어서 와, 동석!"

셋이 마주 앉아 성경 공부를 하는 것으로만 알고 왔던 나를 어린아이 대하듯 하며 비이가 설교를 늘어놓기 시작했다.

"이브와 아담은 최초의 인간이 아니었어. 그들이 태어나기도 훨씬 전인 몇백만 년 전에 지구에 생명을 퍼뜨린 사람들은 우란티아라는 성에서 온 외계인들이야. 그들이 바로 우리의 조상이라고."

이 사람이 지금 무슨 말을 하고 있는 것인가? 나는 순간적으로 전통 기독교인이 아닌 신흥종교의 신봉자라는 걸 깨닫고 좀 어리둥절한 느낌이었지만 워낙 그 태도가 강경하여 별다른 반론도 제기할 수가 없었다. 게

다가 반론을 제기한들 뭐가 달라지겠는가. 어차피 상대가 그것을 믿기로 한 이상 목청 돋우면서 비난해 봤자 소용도 없을 터였다.

"아주 흥미롭군요. 난 그런 말 처음 들어 봐요."

적당히 그쯤에서 자리를 일어나기로 하고 한마디 했더니 그들도 더 이상 나를 잡지는 않았다. 세상에는 참 별난 사람들도 다 있구나 하고 생각하며 내 배로 돌아오는데 갑자기 웃음이 터져 나왔다. 비이는 우란티아교라는 외계인 숭배교의 교주나 선교사쯤 되는 눈치였고, 다이앤은 말하자면 그의 단 하나뿐인 신도였다.

그런데 왜 하필 비이는 나를 새로운 전도 대상으로 점찍었던 것일까? 다른 요트인 중에도 기독교인은 많았는데 말이다. 그만큼 내가 바보 같아 보였나? 내가 얼마나 만만하게 보였으면 며칠 뜸을 들이며 포섭해 볼 생각도 안 해보고 처음부터 본론을 꺼내는 실수를 했던 것일까? 자꾸만 헛웃음이 흘러나왔다.

07

브라이언과의
우정

세계 일주 최연소 항해 기록에 도전하며 하와이에서 디렉션섬까지 왔다는 브라이언 콜드엘은 19세의 미국 청년이다. 그는 이미 다섯 살 때부터 부모와 함께 배를 타고 6년간 남태평양을 항해한 경험이 있는 골수 요트 가문의 외아들이었다. 브라이언과의 만남은 내게 신선한 자극이었다. 나보다 여섯 살이나 어린 그였지만 항해 경력이나 자신감만큼은 누구한테도 뒤지지 않는 당찬 모습에 고개가 저절로 숙여질 정도였다.

더 놀라운 건 브라이언의 부모님이었다. 아직까지 배에서 생활하고 있다는 그의 부모님은 아들이 무사히 세계 일주를 마치고 돌아오면 다시 남태평양으로 나가 여생을 마감하겠다는 계획까지 세워 놓았다고 한다. 그런데 그렇게 바다를 사랑하셨던 그분들도 자식이 바다에 나간다고 했을 때는 한사코 반대했다는 것이다. 자신들은 바다에 뼈를 묻을 각오로 영원히 돌아오지 않을 항해를 준비하고 있지만, 자식만큼은 안전한 육지에 남아 있길 바라는 것은 어느 부모나 똑같은가 보다. 그런 부모님들을 끝까지 설득하고 바다로 나온 브라이언의 고집에서 나는 내 모습을 보는 것만 같았다.

브라이언은 부모님의 반대를 무릅쓰고 고등학교에 다니는 3년 동안 틈틈이 모은 용돈으로 선구자 2호보다 작은 8미터 길이의 20년 된 3톤급 요트 '마이미티호'를 구입했다고 한다.

'머리에 피도 안 마른 녀석이 저 조그만 배를 타고 감히 단독으로 세계 일주를 꿈꾸다니!'

처음에 브라이언의 등장은 내게 충격적이었다. 그는 주로 깡통 음식으로 끼니를 때워 가며 하와이에서 그곳까지 왔다고 했는데, 한창 팔팔한

최연소 단독 세계 일주 중이던 브라이언 콜드웰과 함께

나이라 그런지 겉보기에는 무척 건강해 보였다.

내가 바다에서 질리도록 먹었던 깻잎절임과 짜장밥을 주었더니 신기해하면서 어찌나 맛있게 먹어 치우던지, 나조차도 저 음식이 저렇게 맛있는 것이었던가 다시 한번 생각하게 만든 녀석이었다. 우리는 공통점이 많았다. 둘 다 외아들이고, 또 세계 일주 항해라는 같은 목적을 가지고 있다는 점에서 브라이언과 나는 급속도로 친해질 수 있었다. 그는 혼자서 외롭게 항해하던 중 비슷한 처지의 나를 만난 게 무척 반가웠던 듯 친동생처럼 나를 따랐다.

우리는 이후 남은 일정을 가급적 함께하기로 약속하고 서로의 일정을 조정했다. 나로서는 그를 만난 게 여러모로 큰 도움이 되었다. 우선은 항해가 외롭지 않아서 좋은 점도 있었지만, 자칫하면 게을러지기 쉬운 생

정박돼 있는 브라이언의 마이미티호

활 속에서 브라이언을 통해 일종의 경쟁의식 같은 게 싹텄다. 그는 세계 일주 최연소 항해 기록을 달성하기 위해 만 20세가 되기 전에 하와이로 돌아가야 했으므로 남은 일정이 그다지 여유롭지 않은 편이었다.

자연히 한곳에서 오래 머물기보다는 한 발짝이라도 더 바다로 나가는 게 자신을 위해 이롭다는 판단으로 항해에만 전념하고 있는 그를 보면 나 또한 조급한 마음이 들곤 했다. 나이도 어린 브라이언이 저렇게 열심히 항해를 하는 동안에는 이런저런 이유를 들어 자칫 일정을 게을리할 수도 없는 상황이었다. 기후조건이 좋지 않아서, 또는 몸이 아파서 등등의 핑계를 대며 항해를 몇 달 미루고 경치 좋은 곳에서 속 편하게 쉬었다 간들 누가 뭐라고 할 사람도 없었다.

그때의 나는 브라이언이라는 선의의 경쟁자를 만나지 않았더라면 여간해서 떠나고 싶지 않을 만큼 코코스제도의 아름다운 풍경에 흠뻑 매료되어 있었다. 단단한 겉껍질을 칼로 쪼개면 시원한 물이 뚝뚝 떨어지는 코코넛의 풍부한 과즙과 그 맛은 말로 표현하기 어려울 정도였고, 바닷속에는 싱싱한 횟감이 가득해 언제든 잡아 올릴 수 있어 돈 한 푼 안 들이고 매일 산해진미를 즐길 수 있었다. 텔레비전이나 전자오락실, 햄버거 가게 없이도 온종일 놀거리, 먹을거리가 떨어지지 않는 섬에서 평생 자연의 일부분처럼 살아가고 싶다는 생각도 들었다.

그러면서도 LA에서 고생하고 있을 어머니와 애리선을 떠올리면 어느덧 마음이 무거워졌다. 나 혼자만 이 좋은 곳에서 호강하고 있다는 죄책감 때문에 괴로울 때도 많았다. 하루는 그런 우울한 기분에 젖어 백사장에 누워 있는데, 오후의 나른한 햇살을 뒤로한 채 낯익은 배 한 척이 섬

으로 들어오고 있었다. 카나니호! 바로 피지섬에서 만난 웨인과 케티 부
부의 배였다. 브리즈번으로 급히 떠나는 바람에 제대로 인사도 나누지
못하고 헤어진 그들을 뜻밖에도 다시 만나게 되다니 그렇게 반가울 수가
없었다.

"동석, 너냐?"

내가 어린아이처럼 껑충껑충 뛰며 다가갔더니 선실 안에 있던 부부가
동시에 갑판으로 튀어나와 특유의 함박웃음을 지어 보였다.

"웨인!"

"동석!"

우리는 서로 혈육 상봉이라도 하듯 얼싸안고 해안가가 떠나가라 감격

나를 '코리안 아들'이라고 하며 많은 도움을 준 웨인과 캐티 부부

스러운 재회의 기쁨을 나누었다.

"뉴질랜드까지만 항해하려고 했는데 우리 코리안 아들이 보고 싶어서 여기까지 따라왔지?"

디레션섬에는 웬일이냐고 묻자 웨인이 장난기 어린눈으로 나를 바라보며 항로를 바꿨다고 말해 주었다.

"그럼 앞으로 나랑 같이 다닐 거예요?"

"물론이지."

그들 또한 나와 같은 항로로 배를 몰아가기로 했다는 말에 나는 더욱더 흥분을 금할 수 없었다. 브라이언 같은 친구에, 게다가 날 마치 친아들처럼 대해 주는 웨인 케티 부부까지 만났으니 나로서는 더 이상 바랄게 없었다.

"역시 이 섬은 행운의 섬이야!"

내가 좋아서 어쩔 줄을 모르자 인정 많은 케티 아줌마가 한마디 했다.

"너 밥은 먹었니?"

남반구의 태풍철이 잦아들기 시작하면서 디렉션섬을 떠나는 배들도 하나둘 늘어났다. 며칠 전까지만 해도 스무 척 남짓했던 배가 어느덧 절반 이상 줄어들었고, 그토록 활기차던 섬은 이제 무인도라는 말이 실감날 만큼 조용한 기운이 가득했다. 이곳에서 충분히 휴식을 취한 배들은 다시금 대양 한가운데를 향해 힘차게 나아가고 있을 터였다.

08

도도새의
모리셔스섬

항해 시작 열흘째인 1995년 9월 20일. 바다
는 제정신이 아니다. 바람은 30~35노트로 강하게 불고 4~5미터나 되는
파도가 앞뒤로 덮쳐와 배를 완전히 삼켜 버릴 것 같았다. 선실 안까지 침
범해 들어온 바닷물에 책과 옷들이 모두 젖었지만 다행히 전기제품들은
아직 얌전했다. 그런데도 일기예보는 현재 이곳이 풍속 15노트의 평화로
운 해상이라고 엉뚱한 소리를 하고 있다. 배를 290도 방향으로 틀어 바
람을 등진 채 항해하고 있지만 신경이 여간 날카로운 게 아니다.

커피를 진하게 타서 마셔도 자꾸만 졸음이 온다. 벌써 여섯 잔째 커피
를 마셨다. 이 와중에 가스레인지의 고무호스가 너무 낡아서 반으로 갈
라져 버렸다. 그걸 고치는 데만도 30분이나 걸렸는데 큰 파도가 또다시
덮쳐와 온몸이 땀과 바닷물로 흠뻑 젖어 버렸다. 내 몸 전체가 완전히 소
금에 절여질 판이다.

다른 친구들은 다 무사할지 걱정이 돼서 브라이언과 교신을 해봤더니

배 옆에 기대어 바다의 눈치를 살피는 모습

자기도 배가 뒤집혀 죽는 줄 알았다고 응답이 왔다. 배를 24시간 자동으로 조절해 주는 윈드베인(windvane)을 점검해 보고 돛대를 지탱해 주는 8개의 줄이 제대로 붙어 있는지도 다시 한번 확인해 보았다.

급박한 상황에서 내가 할 수 있는 일이라곤 고작 그 정도뿐, 나머지는 운명에 맡기고 계속해서 커피만 마셨다. 무조건 정신을 똑바로 차리고 있어야 한다는 강박 때문에 이 상황에서 커피를 쓰디쓴 생명수처럼 의지하고 있었다. 잠 한숨 못 자고 갑판을 지키고 있기를 꼬박 하루 반나절만에 바람은 잦아들었고 파도도 어지간히 잠잠해졌다. 험한 파도에도 끄떡없이 견뎌 준 선구자 2호의 끈기에 보답하는 뜻에서 바닷물로 깨끗이

목욕을 시켜 주었다. 이후로는 별 어려움 없이 순항, 선구자 2호는 코코
스제도를 떠난 지 19일 만에 모리셔스섬에 안착했다.

날지 못하는 새, 도도새의 천국이었던 모리셔스섬은 남아프리카 마다
가스카르 항구 동쪽에 위치한 무인도였다. 400년 전까지만 해도 사람 그
림자도 찾아볼 수 없었던 이곳은 제국주의 열강의 표적이 되어 네덜란
드, 프랑스, 영국의 식민지로 전락했다가 1968년에야 독립국가로 인정
받았다. 식민지 시절 사탕수수 생산을 위해 인도에서 끌려온 노동자들
의 후예가 인구의 대다수를 차지하는 이곳은 아프리카 흑인, 중국인 그
리고 소수의 백인 지배층으로 이루어진 다민족 국가이다. 사람들이 무인
도였던 이 섬에 들어와 저지른 최악의 재앙은 바로 세계적으로 희귀종인
도도새를 멸종시켜 버린 일이었다.

"동석, 어서 와. 고생 많았지?"

선구자 2호보다 먼저 모리셔스섬에 도착한 '마이미티호'와 '카나니 1
호' 등이 정박되어 있는 요트 계류장 앞에는 브라이언과 웨인 케티 부부,
칼로스가 걱정스러운 표정으로 나를 기다리고 있었다. 비슷한 시기에 코
코스섬을 떠난 일행 중 아직까지 행방이 묘연한 배들이 있었기 때문이었
다. 그중 가장 걱정되는 것은 단파 라디오나 장거리 무선통신 시설이 전
혀 되어 있지 않은 '네리드호'와 'SEA ME NOW호'였다.

네리드호는 모리셔스가 아닌 다른 곳으로 항로를 바꿨을지도 모르지
만 문제는 SEA ME NOW호의 데이비드 할아버지였다. 데이비드 할아버
지는 75세의 고령으로 단독 세계 일주를 꿈꾸고 미국을 떠나 인도양까
지 씩씩하게 달려온 노익장 요트인이다. 웨인은 네리드호에 승선한 다섯

명 가운데 한 명에게서 얼핏 들은 이야기가 생각나 그들이 어쩌면 태평양으로 다시 돌아갔으리라고 추측하며 데이비드 할아버지 걱정을 더 많이 했다. 젊은 사람들도 고전을 면치 못했던 남극의 삼각파도와 강풍을 과연 노인 혼자서 뚫고 나올 수 있을까. 우리로서도 몹시 불안한 상황이었다.

데이비드의 소식이 들려온 건 내가 모리셔스섬에 도착한 이튿날 아침

아름다운 모리셔스섬 © [Myroslava] / Adobe Stock

이었다. 인도양 한가운데서 태풍을 만나 사투를 벌이던 SEA ME NOW 호는 결국 침몰했고, 다행히도 데이비드 할아버지는 지나가던 상선의 도움으로 목숨을 건질 수 있었다는 소식이었다. 젊은 사람들도 하기 힘든 일을 해내겠다고 투지를 불태우던 데이비드 할아버지의 꿈이 무산돼 버린 것은 안타까운 일이었으나, 우리는 모두 할아버지의 생명이 무사한 것만으로도 하나님께 감사를 드렸다.

모리셔스섬에 머물며 난 세계 일주를 시작할 당시에 품었던 꿈, 또 그때의 굳건한 의지를 완전히 되찾았다. 이제는 내가 왜 바다로 나가야 하는지 망설임 없이 대답할 수 있었다. 그때의 각오를 친구 앤디에게 편지로 썼다.

요즘 난 알프레드 테니슨의 시 「율리시스」를 자주 읽는다. 너도 한번 읽어봐라. 그럼 너도 바다로 가고 싶은 충동이 생길 것이다.

"같이 새로운 수평선으로 가자. 새로운 섬들을 발견하고 우리만의 세계를 만들자. 사회의 압력 앞에서 무릎 꿇지 말자."

그 당시 난 이런 생각이 들었다. 어떤 면에서 보면 난 불효자에다 실패한 사회인일지도 모른다. 하지만 난 지금 어디든지 갈 수 있고, 위험한 일을 수행할 자유가 있다. 우리 어머니는 내가 우리 아버지처럼 살지 않을 거라는 걸 아마 깨달으실 것이다. 우리 아버지는 세상이 원하는 대로 사셨지만, 55세가 되신 후 그런 게 아무 소용이 없다는 걸 아셨다. 내일이 아니고 어느 먼 장래의 어느 날도 아닌 바로 지금, 난 내가 원하는 것을

모리셔스섬의 해변가

한다. 요트 세계 일주, 다른 어느 누구도 아닌 바로 내가 할 것이다.

모리셔스섬에서 가장 잊을 수 없었던 일은 한국 교민이 한 사람도 살고 있지 않은 그곳에서 우연히 외사촌 매형의 친구 되는 분을 만난 일이었다. 내가 그곳에 갔을 때는 한국 대사관도 3년 전에 철수한 뒤였기 때문에 거기서 한국 사람을 만나리라고는 상상도 못 했었다. 그래도 혹시나 하는 마음에서 전화번호부를 일일이 뒤져가며 한국 사람 비슷한 이름이라도 있을까 찾아보았지만 막상 전화를 걸어 보면 대부분 중국 사람뿐이었다. 그렇게 많은 인종이 모여 사는 곳에 우리 교민은 한 사람도 없다니 어쩐지 우울한 생각이 들었다.

그러던 어느 날 하루는 별 목적도 없이 거리를 걷고 있는데, 꼭 한국 사람일 것만 같은 중년 남자와 마주치게 되었다.

"저 혹시 한국에서 오셨어요?"

내가 조심스럽게 영어로 묻자 그쪽에서 반가운 표정을 짓는 게 아닌가. 너무나 반가워 악수를 하고 난 후에 더욱 놀라운 사실을 알게 됐다. 내가 고향이 경남이라는 것과 부모님 이야기를 했더니 한동안 고개를 갸우뚱거리며 이리저리 기억을 더듬어 보던 그분이 갑자기 다시 내 팔을 잡고 세게 흔드는 것이었다.

"그러고 보니 아주 남남은 아니군."

알고 보니 그분은 내 외사촌 누님의 남편과 친구 사이였다.

우연치고는 굉장한 인연이었다. 한국 사람의 얼굴도 보기 힘든 그곳에서 외사촌 매형의 친구를 만나게 될 줄이야 누가 상상이나 할 수 있었겠는가. 당시 충남대 해양학과 교수 신분으로 한 달간 그곳 모리셔스 정부의 초청을 받아 머물던 유일한 한국인 박철 교수가 바로 그 신기한 만남의 장본인이었다.

또 한 가지 기억에 남는 일은 그곳 현지인 무함마드라는 전직 선원과의 만남이었다. 무함마드는 맥주 두 병만 사주면 하루 가이드 역할을 충실히 해주는 가난한 회교도 집안의 노총각이었다. 그는 전에 상선을 타던 선원으로 세계 어느 나라든 안 가본 곳이 없다고 하는데 한국의 포항에서도 몇 달간 머물러 있으며 사랑에 빠진 적이 있다고 털어놓았다.

1995년 11월, 북반구에서는 한창 겨울이 시작될 때이지만 남반구는 무더운 날씨가 계속 이어지고 있었다. 남아프리카 기상청을 통해 알아본 정보로는 지금이 항해에는 최적의 시기라고 했다. 수십만 톤급의 대형 유조선이나 상선들도 순식간에 뒤집어 버릴 만큼 위력이 대단하다는 아갈라스 해류와 2~3일 간격으로 닥치는 한랭전선의 위험이 공존하고 있는 모리셔스에서 더반까지의 항로는 떠나기 전부터 여간 부담스러운 게 아니었다.

"아무 걱정 말고 항해에만 전념하거라! 엄마도 남아프리카로 갈 거다."

더반으로 떠나기 전 LA 전화를 걸었더니 어머니는 기대에 들뜬 음성으로 반가운 소식 하나를 전해 주셨다. SBS에서 신년 특집 프로그램으로 희망봉이 있는 더반항까지 나를 취재하러 오는 길에 어머니도 동행하기로 했다는 것이다. 방송국 측에서는 그동안 1년 가까이 서로 만나지 못한 우리 모자를 남아프리카 희망봉이라는 곳에서 만나게 해줌으로써 새해를 맞이하는 국민들의 마음속에 뭔가 의미 있는 메시지를 전달하려 했던 것 같다.

어쨌거나 그 낯선 곳에서 어머니를 다시 만날 수 있다는 것은 내겐 행운이요, 축복이었다. 어머니라는 그 이름 하나만으로도 나는 충분히 새로운 용기로 무장할 수 있었다.

'난 할 수 있다! 어머니를 위해서라도 최선을 다해야지!'

브라이언과 스티브 등 함께 모리셔스섬을 출발한 여덟 명의 요트인 가운데 별 고생 없이 18일간의 항해를 끝내고 더반항까지 도착한 사람은 유일하게 나 혼자뿐이었다. 물론 나도 모리셔스섬을 출발한 후 이틀 동안은 바람 한 점 불지 않아 엔진으로 배를 움직여야 했고, 병풍처럼 둘러싸인 아갈라스 해류의 높은 파도와 한랭전선에 포위당해 배가 완전히 잠수함처럼 물에 가라앉을 뻔한 적도 있었지만 그 정도야 어느 정도 예상했던 일이었다.

그래도 다른 사람들보다 덜 고생하고 그 난코스를 지날 수 있었던 것은 남아프리카 기상청의 HAM 자원봉사자인 알리스테어가 무선으로 그때그때 조언을 해준 덕분이기도 했다. 그들은 때맞춰 한랭전선 도착 일정과 기상 상태 등을 무선으로 알려와 내가 더반까지 안전하게 항해하는 데 결정적인 공헌을 했다.

근 2주일간의 항해 끝에 선구자 2호가 더반항으로 접근해 갈 무렵, 가급적 서두르는 게 좋을 거라고 충고해 준 알리스테어의 말대로 오전 10시쯤 항구에 들어갔더니 내가 도착한 지 불과 몇 시간도 지나지 않아 바다가 미쳐 날뛰기 시작했다. 마치 나이트클럽의 현란한 조명등을 연상시키는 마른번개와 전쟁터를 방불케 하는 요란한 천둥소리, 작은 요트 하나쯤은 삽시간에 산산조각 내버릴 듯 무섭게 몰아닥치는 강풍!

"하나님 감사합니다!"

순간 나도 모르게 감사 기도가 터져 나왔다. 하나님은 이 못난 아들에게 조금이나마 효도할 수 있는 기회를 주기 위해 그 험하기로 이름난 뱃길을 무사히 통과시켜 주셨는지도 모른다는 생각이 들기도 했다.

'이제 며칠 후면 어머니를 만날 수 있다!'

열이틀 동안 팽팽하게 긴장되어 있던 온몸의 신경이 일시에 풀어지는 것을 느끼며, 나는 더반항에 배를 정박시키기 무섭게 선실 안에서 깊은 잠에 빠져들었다.

제5부

절망에서
건져 올린
희망

수많은 항해사의 무덤이었던 희망봉

01

가자,
희망봉으로

아프리카 최대 무역항 중 하나인 더반은 우리 교민 열다섯 명 정도가 거주하고 있는 항구도시로, 남아프리카공화국 중동부 나탈주에 위치하고 있다. 나는 그곳에서 한국 관광객들을 상대로 민박업을 하는 교민의 초대를 받아 신세를 지게 되었다.

"나도 한국 사람이었으면 좋겠다. 그러면 동석이처럼 근사한 아파트에서 잘 수도 있고, 매일 음식 걱정도 안 할 텐데…"

더반에 도착한 지 하루 만에 교민들이 찾아와 거의 납치하듯이 나를 데려가는 모습을 보고는 다른 요트인들은 부러워서 어쩔 줄을 몰랐다. 나는 정말 그들의 부러움을 살 만큼 가는 곳마다 호강하는 행운아였다. 모든 게 다 우리 교민들의 따뜻한 마음씨 덕분이었다.

다른 나라에 비해 입국 수속이 까다롭지 않고 비자 없이도 장기간 체류가 가능한 남아프리카공화국은 우리나라 사람들이 생활 기반을 잡기가 비교적 수월한 나라였다. 그곳 교민들은 대개 한국 상선이나 관광객들 상대로 기념품점을 운영하거나 민박 등으로 생활을 유지하고 있었다.

내게 숙소를 제공해 준 임 사장님도 그곳에서 민박업을 하는 교민이었다. 아파트 1, 2층을 살림집 겸 객실로 운영하고 있는 그 댁에서 머무르는 동안 다른 교민들이 번갈아 식사 초대를 하여 나로서는 정말 몸 둘 바를 모를 정도였다. 어머니가 더반에 도착하신 것은 케이프타운으로의 항해를 2~3일 앞둔 연말쯤이었다.

"이건 무슨 상처냐?"

취재진에 둘러싸여 항구로 들어온 어머니의 첫 번째 물음은 내 얼굴에 난 작은 상처에 관한 것이었다.

"좀 다쳤어요."

"조심하지 않고…"

상처는 별것 아니었다. 입항할 때 돛을 내리다 줄에 살짝 스쳤을 뿐인데 어머니의 눈에는 그게 가장 거슬렸던 모양이다. 예전과는 너무나 달라진 어머니의 의연한 모습이 오히려 내게는 아픔이 되어 다가왔다. 아무리 담담한 척하셔도 어머니의 가슴속엔 평생을 쏟아 내도 부족한 눈물의 강이 흐른다는 걸 나는 알고 있었다. 그래서 차마 눈에 보이지도 않는 어머니의 눈물이 자식의 마음을 더더욱 무겁게 만드는 것이다.

"항해 중에 어떤 점이 가장 힘들었나요?"

방송국에서 온 취재진이 바다 이야기를 물을 때마다 자식의 얼굴을 똑바로 바라보지 못하던 어머니의 야윈 두 뺨을 나 또한 바로 바라보지 못했다. LA에서 혼자 가게를 꾸려 나가느라 얼마나 고생이 많으셨는지 마주 잡은 손마디가 딱딱하게 느껴졌다.

남아공 더반항을 방문한 어머니와 함께

"애리선이 곧 결혼하게 될 것 같구나."

한밤중이 되어 숙소에 단둘이 남게 되었을 때 어머니는 뜻밖의 소식을 전해 주셨다. 애리선이 어느새 시집을 간다니, 그 기분을 신기하다고 해야 할지, 섭섭하다고 해야 할지….

"결혼식이 언제인데요, 어머니? 신랑 될 사람은요? 어머니도 그 사람 만나 보셨어요?"

궁금한 게 너무 많아 한꺼번에 이것저것 캐묻는 나를 아무 말 없이 바라보던 어머니는 문득 나지막한 한숨을 내쉬셨다.

아버지가 살아 계셨다면 얼마나 기뻐하셨을까. 서로 말은 하지 않았지만 우린 같은 생각을 했을 터였다. 어느덧 방 안 분위기가 처연하게 가라앉았다. 나는 살며시 어머니의 어깨를 감싸 안았다.

"아버지… 보고 싶으시죠?"

어머니는 말없이 방바닥의 먼지를 손으로 쓸고 계셨다.

"귀찮더라도 밥은 꼭 챙겨 먹어라. 라면 같은 것 너무 자주 먹지 말고…. 몸이 건강해야 큰일을 할 수 있는 거다."

"어머니…."

"사람이 한 번 마음을 크게 먹었으면 끝까지 해보는 거다. 난 그저 네가 주위 사람들 기대에 어긋나지 않게 할 일 다하고 집으로 오기만을 바랄 뿐이다."

"죄송해요, 어머니…. 이다음에 꼭 효도할게요."

"넌 지금도 잘못하는 것 하나도 없다…. 어미라고 있어 봤자 자식한테 제대로 해주는 것도 없고, 할 수 있는 거라고는 기도밖에 없으니…."

기어이 어머니 눈에 눈물이 맺혔다.

"어머니가 살아 계신다는 것만으로도 제겐 큰 힘이 되는걸요…."

차마 목이 메어 말을 잇지 못하는 자식의 손을 꼬옥 잡으며 어머니는 사뭇 절연한 어조로 당부하셨다.

"아버지는 항상 네 마음을 거울처럼 들여다보고 계신다. 그저 어딜 가든 아버지 생각을 해서라도 용기를 잃어서는 안 돼, 알았지?"

문득 고개를 들어 보니 어머니는 어느샌가 환하게 미소 짓고 계셨다. 그날 밤 우리 모자는 밤새도록 많은 이야기를 나누었다. 어머니와 아버지의 젊은 시절 이야기, 미국에 이민 와서 잘 살았던 이야기, 나와 애리선의 어릴 때 이야기 등 끝이 없었다. 과거 우리 가족이 살아온 이야기는 어머니가 틈만 나면 꺼내곤 하는 주요 레퍼토리였다.

사실, 전에는 어머니가 자꾸만 지난 이야기하는 게 듣기 민망하고 싫은 적도 있었다. 돌이켜 본들 이미 지나가 버린 옛 시절, 이제 와 그 옛날의 화려했던 추억담이 무슨 소용이란 말인가. 때론 어머니가 지난 이야기를 할 때마다 짜증이 나기도 했고, 어머니의 그런 모습이 딱하다는 생각도 했었다. 하지만 그날 밤 나는 새로운 사실을 알았다.

누군가는 과거에 얽매여 사는 사람을 어리석은 인간이라 할 수도 있지만, 어머니는 오히려 그 화려했던 과거의 기억 때문에 현재의 고통을 잊고 사는 분이셨다. 남편도 없이 험한 시간을 견뎌 내느라 십 년은 더 늙어 보이는 어머니가 아버지와의 행복했던 지난날을 떠올리며 다시금 예전의 환한 웃음을 되찾는 모습을 그날 밤 내 눈으로 직접 확인하게 되었다. 날이 밝도록 이어지는 어머니의 옛날이야기가 그날만큼은 세상에서 가장 아름다운 동화처럼 나를 포근한 꿈나라로 이끌어 주고 있었다.

"위험을 극복하는 건 용감한 일이지만, 가급적 그 위험을 피해 가는 것이 지혜로운 것이다."

선배 요트인들의 조언에 따라 더반에서 약 2개월간 체류하다 케이프타운을 향해 출발한 것은 1996년 1월 21일 오전 10시경이었다. 남아프리카공화국 기상청의 일기예보에 따르면, 그날은 한랭전선이 다소 주춤한 날씨라고 하니 항해하기에는 최적의 상황이라는 판단이 들었다. 성미 급한 브라이언은 벌써 이틀 전에 더반항을 출발했다. 하지만 인도양의 기상 상태가 인간이 만든 그 어떤 예보나 자료를 허락하지 않는다는 것을 알고 있기에 나는 닻을 올린 지 불과 서너 시간 만에 겁을 잔뜩 집어먹고 있었다.

'안 되겠어! 다시 더반으로 돌아가 버릴까?'

자신 있게 나섰던 마음과는 달리 파도가 조금만 높아져도 덜컥 겁이 났다. 하지만 이 길이 그렇게 만만한 길이었다면 무엇 때문에 그 숱한 사람들이 죽거나 영영 바다의 미아가 되어 버리진 않았겠지…. 바다는 누구도 죽음을 경험하지 않고는 빠져나갈 수 없다.

02

아프리카의
혼

남아프리카 최남단, '죽음의 곳'으로 불리는 아굴라스곶(Cape Agulhas)을 돌아 희망봉을 발견하기까지 기록된 것만 해도 수백 명의 선원과 탐험가가 죽거나 실종되었다. 바로 이 미친 바다의 저승사자 격인 아갈라스 해류와 싸우다 목숨을 잃고 말았던 희생자들이다. 과연 내가 이 지옥의 바다를 무사히 헤쳐 나갈 수 있을까.

소금기와 해풍에 절은 몸으로 망망대해를 뚫고 나오는 동안 어언 1년이라는 세월이 흘러갔다. 밤낮으로 이어지는 고달픈 항해 속에서 매 순간 죽음과 맞서왔지만 목적지는 좀처럼 가까워지지 않는 것만 같았다.

눈앞에 닥쳐온 죽음의 위기를 극복할 때마다 새로 태어나는 것 같았고, 마치 여분의 목숨으로 살아가는 것만 같은 경이로움에 스스로 하나님께 감사드리기도 했지만, 과연 이 잔혹한 바다에 희망은 존재하는 것일까 하는 의구심도 들었다. 순간, 두렵고 진저리 나는 마음 한편으로 알 수 없는 오기가 솟구쳐 올랐다.

'어쨌거나 언젠가 한 번은 부딪쳐야 할 상대라면 이스트런던까지만이라도 뚫고 나가자!'

기상청에서 말한 최적의 상황이란 적어도 이보다 나은 상황을 기대하기 어렵단 뜻이었는지도 모른다. 나는 다시 돌아가자는 마음속의 속삭임을 뿌리치고 오히려 더욱 새롭게 각오를 다졌다. 더 이상 미뤄봤자 일정만 자꾸 늦어지리라는 판단에서였다.

더반에서 이스트런던(East London)까지는 400킬로미터 거리. 이틀 정도 걸리는 거리를 해류의 도움으로 30시간 만에 도착했을 때는 캄캄한 밤중이었다. 그곳에서 5일간 한랭전선이 물러가길 기다리다 포트엘리자베스(Port Elizabeth)를 거쳐 다음 항구인 모셀베이(Mossel Bay)에 닻을 내리던 중 낯익은 배 한 척이 눈에 띄었다. 선구자 2호보다 이틀 앞서 떠난 브라이언의 마이미티호였다.

"여기서 만나게 될 줄 알았지."

역시 2~3일 간격으로 밀어닥치는 한랭전선을 피해 모셀베이에 정박해 있던 브라이언은 이스트런던에서 엄청나게 큰 태풍을 만나 죽을 뻔했다며 치를 떨었다. 우리는 그곳에서 며칠 묵으며 바다가 잠잠해지기만을 기다렸다. 희망봉까지 가는 길은 정말 멀고도 험했다.

브라이언은 모셀베이 항구에서 희망봉에 도전하기 위해 세 번씩이나 항해를 시도해 보았지만 번번이 한랭전선에 부딪쳐 포기하고 말았다. '설마 이번에도 실패하는 건 아니겠지?' 하는 걱정도 들었다. 몇 번의 좌절에도 불구하고 늘 활기를 잃지 않는 브라이언의 설레는 표정과 함께 네 번째로 출항을 시도하던 날, 출항 후 두 시간 만에 브라이언으로부터

망망대해를 항해 중인 요트

교신이 왔다. 갑자기 엔진이 고장 났다는 내용이었다.

"아무래도 난 다시 돌아가야겠어."

브라이언은 내가 같이 가주기를 바라는 눈치였다. 하지만 내 배에는 아무 이상도 없는데 이 상황에서 무작정 그를 따라갈 수만은 없었다.

어차피 우리가 같이 항해한다고 해도 서로 얼굴을 보면서 갈 수 있는 것도 아니었다. 안전을 위해 요트끼리 일정한 거리를 유지해야 하므로 특별한 경우가 아니면 같은 바다에서도 서로 HAM 라디오를 통해 안부나 주고받는 게 고작이었다.

게다가 앞으로 하와이까지 일정을 1년 가까이 남겨 두고 있는 처지에서 어린아이들처럼 몰려다닐 수만은 없는 노릇이었다. 아니, 그보다는 한시라도 빨리 저 '지옥의 곶'을 정복해 보고 싶은 도전 의식 때문이었는지도 모른다. 이유야 어떻든 나는 엔진 고장으로 다시 모셀베이를 향해 기수를 돌린 브라이언과 헤어져 그토록 마음 졸였던 아굴라스곶을 향해 출발했다.

철저한 준비 때문이었을까. 하늘의 도움 때문이었을까. 그다지 큰 문제 없이 아굴라스곶을 지날 수 있었다. 문제는 그다음이었다. 해도상으로 분명 아굴라스곶을 돌아 케이프타운으로 향하던 새벽 1시쯤 배가 서서히 속력을 늦추는가 싶더니 어느 순간부터는 꼼짝도 하지 않았다. 마음을 놓고 있는 동안에 무풍지대에 갇혀 버린 것이다.

그런데 더욱 황당한 것은 그나마 믿고 의지할 엔진마저 고장이 나버린 것이었다. 캄캄한 오밤중에 무풍지대에 갇혀 엔진까지 고장 났으니 배는 날이 밝을 때까지 꼼짝없이 표류하는 신세였다. 낮에 태양열을 듬뿍 받아 충전시킨 라이트를 최대한 밝게 비추고 혼자서 엔진을 고쳐 보려고 별의별 방법을 동원해 봤지만 다 헛수고였다.

엎친 데 덮친 격으로 기상청 일기예보는 한랭전선이 바로 코앞에 다가오고 있다는 소식이었다. 더 이상 항해는 불가능하고 일단은 가까운 항구로 피신하는 게 최선의 방법이었다. 해도를 확인해 보니 현재 위치에서 불과 10킬로미터 전방에 간스베이(Gansbaai)라는 작은 어촌이 표시되어 있었다. 그러나 새벽녘부터 바다에 짙게 깔린 안개 때문에 혼자 힘으로 그곳까지 항해한다는 것도 불가능한 상황이었다. 결국 아침까지 기다렸다가 무선으로 남아프리카공화국 해양경비대 측에 예인 요청을 하는 수밖에 없었다.

'혹시 내가 동양인이라고 거절하는 건 아닐까?'

예인을 기다리는 동안 남아프리카공화국의 그 악명 높은 아파르트헤이트(인종차별정책)를 떠올리며 불길한 상상을 하기도 했지만, 곧 그 상상은 여지없이 빗나가 버렸다.

"물론 당신이 아파르트헤이트 시절에 이곳에 왔다면 지금 같은 대접을 받지는 못했을 겁니다. 새 정권이 들어서고 나서는 여기도 이제 사람 살 만한 곳이에요."

친절하게 다가와 배를 안전한 항구까지 이끌어 주던 예인선의 경비 대원이 마치 내 마음을 꿰뚫어 보듯 말을 걸어왔다. 간스베이 항구에 닻을 내리면서 나는 그들에게 남아프리카산 맥주 세 박스를 선물로 주었다. 맥주 세 박스라고 해야 우리 돈으로 5만 원 정도였는데, 그들은 마치 횡재나 한 듯이 좋아했다.

희망봉 근처에서 선구자 2호를 예인해 준 남아공 해양 경비선

1488년, 포르투갈 탐험가 바르톨로메우 디아스(Bartolomeu Dias)가 포트엘리자베스로 돌아 나오며 '폭풍의 곶'으로 이름 지었던 죽음의 봉우리가 지금의 희망봉이다. 간스베이 항구에서 잠시 휴식을 취한 뒤 밤새 달려 새벽녘에 바라본 희망봉은 생각처럼 거대하지도, 무시무시하지도 않은 그저 평범한 바다 위의 봉우리에 불과했다. 저 작은 봉우리 하나를 보려고 포르투갈 왕은 69년이라는 긴 세월에 걸쳐 그토록 많은 사람을 죽음의 바다로 내보냈던 것일까. 그로부터 10년 후, 바스쿠 다가마(Vasco da Gama)가 이곳을 지나 동방으로 통하는 항로를 개척하기까지 사람들은 또 얼마나 많이 희생되어야 했을까….

새벽안개에 가려 어슴푸레하게 모습을 드러낸 희망봉의 실체를 발견한 순간 내가 가장 먼저 떠올린 것은 아득한 옛날, 이곳에 오기 위하여 목숨을 잃어야 했던 수많은 항해자였다. 오죽하면 희망봉의 원래 이름이 '절망봉', '죽음의 봉', '슬픔의 봉', '탄식의 봉' 등 죽음과 관련된 것들뿐이었다고 한다. 그 슬픔과 탄식의 봉우리 이름을 희망봉이라는 정반대의 의미로 바꿔 부르도록 한 것은 언제부터였을까.

'과연 나처럼 바다에서 희망봉을 본 사람이 몇 명이나 될까?'

속으로 우쭐해하기도 하며 케이프타운항으로 들어서는 순간, 먼저 와 있던 요트인들이 축하 파티를 열어 준다며 반갑게 손을 흔들었다. 잠시 내가 무슨 영웅이나 되는 듯 착각했던 사실이 우습게 느껴졌다. 케이프타운항 요트클럽에 미리 와있던 요트인들만 해도 20여 명. 그들이 모두 나처럼 바다에서 희망봉을 보고 온 장본인들 아닌가!

불현듯 탐험가들이라면 누구나 존경하는 로버트 팰컨 스콧(Robert Falcon Scott) 경의 죽음에 얽힌 일화가 생각났다. 스콧 경은 10년 동안 남극 탐험에 열정을 바쳐 온 영국의 탐험가로, 로알 아문센(Roald Amundsen)보다 35일 늦은 1912년 1월 18일에 남극점에 도달했으나 돌아오는 길에 눈보라 속에서 얼어 죽고 말았다.

악천후와 얼음 계곡을 뚫고 혼신의 힘을 다해 목적지에 도달했지만, 남극점은 이미 다른 사람의 발자취로 뒤덮여 버렸다. 후세 사람들은 그가 1등이 되지 못한 한을 안고 목숨을 잃었다고 비아냥거리기도 하지만, 끝까지 신념을 잃지 않고 남극점을 찾아낸 그의 의지만은 아문센의 업적만큼이나 위대한 것이리라.

길이 보이지 않아도 끝까지 희망을 잃지 않는 마음가짐이야말로 탐험가의 본분이라 할 수 있다. 그들에게 1등이라는 자리는 중요한 목적이

세계 3대 미항 중 하나인 케이프타운의 전경 © [Deyan] / Adobe Stock

아니다. 다만 신념이 이끄는 대로 맡은 바 최선을 다하는 것만이 탐험가의 참된 모험심이 아닐까. 한국 최초이기는 해도 내가 가는 이 길 또한 많은 서양 사람이 거쳐 간 길이다. 하지만 그 길은 내가 세상에 태어나 한 번도 가보지 못한 길이기에 나에겐 가장 큰 의미로 다가오는 것이다.

하루는 요트 계류장 옆 햄버거 가게에서 점심 식사를 하고 있는데 그곳 종업원이 말을 붙여 왔다. '차우다'라는 이름을 가진 그 백인 여성은 자신의 평생 꿈이 하와이까지 항해하는 것이라며 내게 항해술을 가르쳐 달라고 청했다.

"그거야 어렵지 않지만, 혼자서는 힘들 텐데요?"

남아프리카공화국에서는 영어가 공용어로 쓰이기 때문에 의사소통에 별 어려움이 없어 차우다와 나는 쉽게 대화를 이어 갔다. 그녀는 백인이었지만 가난한 집안 출신으로 케이프타운 밖으로는 한 번도 나가 본 적이 없다고 털어놓았다. 고생을 많이 해서 그런지 20대 초반의 나이임에도 불구하고 서른은 훨씬 넘어 보였다.

이튿날 아침, 오전 9시도 채 되지 않아 누군가 해치를 두드리는 바람에 잠에서 깼다. 차우다였다.

"나한테 항해술을 배울 수 있는 책을 보여 준다고 했죠?"

내 집(?)을 찾아온 손님인데 책만 빌려주고 가라고 하면 그녀가 너무 서운해할 것 같았다. 할 수 없이 그녀를 선실 안으로 들어오게 한 다음 커피를 대접했다.

"저, 커피 더 드실래요?"

잔을 다 비우고도 머뭇거리며 돌아가지 않는 그녀에게 인사치레로 물었더니 얼른 고개를 끄덕인다.

"…더 드려요?"

두 번째 잔도 바닥을 드러냈건만 이 눈치 없는 숙녀는 웬일인지 돌아갈 생각을 하지 않았다.

그렇게 해서 벌써 세 시간째, 애꿎은 커피만 축내고 있는 그녀의 속 사정이야 둘째치고 나는 거의 미칠 지경이 되었다. 눈뜨자마자 손님이 찾아온 데다 커피를 너무 많이 마셔서인지 참을 수 없을 정도로 소변이 급했다.

"한 잔만 더 하실래요?"

가급적 말에 힘을 주어 물어보았는데도 차우다는 여전히 고개만 까딱거렸다. 요트 안에 수세식 화장실이 있긴 해도 점잖은 체면에 숙녀 앞에서 듣기 민망한 소음을 낼 수는 없는 노릇이었다. 나는 아갈라스 해류를 만났을 때보다 더 팽팽하게 긴장되는 것을 느끼며 배를 움켜쥔 채로 최대한 버텨 보려고 애썼다. 하지만 참는 데도 한계가 있는 법.

"저… 좀 나가 주실래요?"

그랬더니 이 아가씨가 눈을 동그랗게 뜨며 물었다.

"왜요? 무슨 일 있으세요?"

"네, 제가 급한 약속이 있거든요."

"그래요?"

차우다는 그제야 다소 자존심 상한 얼굴로 갑판 위로 기어 올라갔다.

차우다에게 좀 더 호의적이지 못한 점이 미안했다. 그녀는 내 요트를 타고 하와이까지 가고 싶어 하는 거 같았다. 하지만 혼자 세계 일주 중인 나는 다른 사람을 데리고 갈 수 없는 처지였다.

남아프리카공화국은 흑인 지도자 넬슨 만델라(Nelson Mandela)의 건강 상태에 따라 화폐 가치가 오르락내리락할 만큼 아직 백인들에 대한 피해 의식에서 벗어나고 있지 못한 국가라는 게 내 느낌이었지만, 여러 가지 환경 면에서 살기 좋은 나라인 것만은 분명한 것 같았다. 그곳 흑인들은 지금까지도 백인이나 황인종에게 'Sir'이라는 존칭을 붙이던 버릇이 남아 있어, 보는 이들의 마음을 착잡하게 만들곤 한다. 정치적 억압이란 그렇게 무서운 것이다.

노예 시절 그들에게 뼛속 깊이 자리 잡은 강박관념을 비웃는다는 건 박해받은 자들의 두려움을 이해하지 못하는 호사스러운 감정일까. 하지만 그 사람들의 마음 어딘가에는 아프리카 정신, 그 광활한 대자연으로부터 물려받은 그들만의 진수가 남아 있으리라. 그것이 다만 영화 속의 현실만은 아니라는 걸 남아공 사람들과 만델라 대통령은 몸으로 보여주지 않았던가.

03

나폴레옹의 유배지,
세인트헬레나

"특별한 기상 변동은 없고 해상도 이상 없음.

앞으로 3~4일간은 항해하기에 좋은 날씨임!"

기상청의 예보를 믿은 게 잘못이었다. 떠나기 전에 몇 차례나 문의를

해봤더니 한결같이 이상 없다는 말에 마음을 푹 놓고 닻을 올렸건만 그

것이 오보일 줄은 누가 알았겠는가.

1996년 3월 9일, 대서양 초입에 닿기도 전에 배는 바다 위에서 미친

듯이 날뛰고 있었다. 난 또다시 죽음의 공포와 마주 서야 했다. 아무도

없는 좁은 배 안에서 마주치는 죽음의 모습은 아주 고약하다. 지금 내가

죽을지도 모른다는 생각에 온갖 회한이 뇌리를 훑고 지나갔다.

나는 무엇을 하러 바다에 나왔던가. 분명 그냥 남들처럼 편안하게 살

수도 있었다. 그런데도 바다에 나온 것은… 위급한 상황이 닥치면 곧잘

잊어버리곤 하는 나의 꿈, 세계 일주 단독 항해라는 그 꿈을 떠올렸다.

그리고 아버지, 어머니, 애리선, 이웃들 그리고 기착지마다 성원해 주는

많은 교민…. 그분들을 생각하며 용기를 잃지 않으려고 노력했다. 그동안 수십 번 겪었어도 익숙해지지 않는 공포 속에서 나는 의연해지려, 스스로 당당해지려 애를 썼다. 그 순간 내 목표는 오직 하나였다.

'살아야 한다. 이 험한 바다를 뚫고 살아남아야 한다.'

생존을 위한 가장 본능적인 목표, 오직 그것밖에 생각할 수 없었다. 극히 단순하고 기본적인 문제에 내 온몸의 힘을 바치는 것이다. 남아프리카공화국 기상청 직원들을 향해 욕을 퍼부어 보기도 했지만, 그 사람인들 무슨 죄가 있겠는가. 인간의 잣대로 자연을 저울질한다는 게 애초부터 무리임을 수없이 경험해 온 터에….

광란의 강풍에 마구 휘둘리는 동안 나는 내가 태평양을 건너고, 인도양의 그 험난한 바다를 뚫고 나왔다는 사실마저 까맣게 잊은 채였다. 바다는 매번 새로운 공포로 항해자를 위협한다. 차라리 눈을 감고 모든 걸 운명에 맡기고 싶었다. 어차피 삶도 죽음도 내 소관이 아니라면 이 상황에서 정신을 똑바로 차린들 무슨 소용이냐 싶었던 것이다.

죽음이 기어이 나를 쓰러뜨릴 작정이라면 더 이상 마음고생하지 말고 편안하게 눈을 감고 싶었다. 자연 혹은 죽음과의 맞대결이란 어차피 불가능한 일 아니겠는가. 주어진 상황에 최선을 다하고 결과를 기다릴 뿐, 어찌 자연과 죽음에 맞설 것인가. 그렇게 생각하니 마음이 좀 편안해졌다. 간신이 몸과 마음을 추슬러 윈드베인을 점검해 보니 배가 조금씩 앞으로 나아가고 있었다. 여전히 바람은 거세게 불어닥쳤으나 바로 몇 시간 전처럼 심하지는 않았다.

또 한 번 죽음의 문턱을 넘어선 것이다. 바다는 언제 그렇게 포악을 떨없냐는 듯 이튿날부터 내내 평온함을 유지했다. 단파 라디오를 켜보니 영국의 BBC 방송이 흘러나왔다. 마침내 영국 영토권 안에 인접해 들어온 것이다. 18일간의 항해 끝에 나폴레옹의 유배지로 널리 알려진 세인트헬레나 제임스타운 항구에 닻을 내렸다. 브라이언도 나와 거의 동시에 도착했다.

영국령인 이곳은 인구 5,000여 명의 화산섬으로, 주민의 대부분이 한 달에 한두 번씩 영국 선박에 실어다 주는 생필품에 의존해 살고 있다. 섬이 워낙 작다 보니 특별한 수입원은 없고, 나폴레옹의 유배지인 롱우드하우스와 그의 묘역을 보러 관광객들이 찾아올 때마다 겨우 활기를 띠게 된다. 나폴레옹이 죽을 때까지 살았던 롱우드하우스는 현재 박물관

나폴레옹의 묘지 앞에서

겸 프랑스 영사관으로 꾸며져 그를 추모하는 각국 사람들의 발길이 끊이지 않는 곳이다. 현재는 시신을 프랑스로 옮겨 가 흔적만 남아 있는 그의 묘역 터도 관광지 구실을 톡톡히 하고 있다.

일세를 풍미하던 영웅의 묘역치고는 초라하기 그지없는 그곳은 나폴레옹의 시신이 떠난 뒤에도 관광객이라면 들러 보는, 프랑스 사람들에게는 공허한 성역과도 같은 곳이다. 주민 대부분이 거주하고 있는 제임스타운은 삭막한 화산 절벽으로 이루어진 섬으로, 모래사장도 없는 계곡을 따라 집들이 차곡차곡 쌓여 있다. 몇 년에 한 번씩 영국 사법부에서 파견한 판사가 와서 그동안 밀린 주민들의 재판을 해결해 주는 세인트헬레나 법정이 열리는 날이면, 평소에 잘 보이지 않던 경찰 대원들이 10여 명씩 줄지어 행진하는 모습을 볼 수도 있다.

또 특기할 만한 점은 이 작은 섬에도 위성 TV가 송신되어 섬주민들도 CNN 뉴스를 들을 수 있다는 것과 마이클 조던이나 이소룡을 모르는 사람이 없다는 사실이었다. TV 탓인지 세인트헬레나 젊은이들 사이에도 농구 열풍은 대단한 것이어서 섬에 하나뿐인 농구대 앞에는 늘 사람들이 북적거렸다.

그들은 동양 사람만 보면 맨 먼저 이소룡을 떠올린다며 나더러 '브루스 리'를 아냐고 묻기도 했다. 이소룡은 세계 각지 어디를 가도 모르는 사람이 없을 정도로 동양인의 상징처럼 인식되고 있다는 것을 느낄 수 있었다.

이 나라 사람들 특징 가운데 하나로 기억에 남는 것은 유럽인, 아프리카인, 인도인 할 것 없이 워낙 대대로 피가 많이 섞이다 보니 한 부모 밑에서 나온 형제들조차도 피부색이 서로 다르다는 점이었다. 이러한 사실은 영국 정부에서 지원해 주는 생필품 외에도 현지인 전체가 공무원으로 일하며 월 20~30만 원의 임금으로 살아가는 그들 가운데 서른다섯 살 먹은 노총각과 친하게 지내면서 알게 되었다.

　그는 섬에서 가장 값싼 술에 속하는 코코넛 와인을 늘 입에 달고 다니는 알코올 중독자였는데, 정부에서 임대하는 작은 아파트에서 일곱 식구

세인트헬레나의 주요 마을인 제임스타운의 모습 © [Uwe] / Adobe Stock

가 살고 있었다. 어느 날 그의 초대로 집에 가볼 기회가 있었는데 형제들이 서로 피부색이 달랐다. 부모는 거의 인디언 쪽에 가까운 피부색이었고, 형제 중 몇은 아프리카 흑인에 가까운 피부색을 가졌으며, 그중 하나는 백인 같았다.

피부가 검은 이 노총각은 시내에서 청소부로 일하고 있지만 하루 종일 빗자루만 들고 서 있을 뿐 좀처럼 일하는 모습을 볼 수 없었다. 가만히 있어도 월급이 나오는데 뭐 하러 힘들게 일하냐는 거였다. 그 대신에 그는 할 일이 없다고 늘 술을 마셨다. 그 모습이 한편으로는 안타깝기도 했지만, 그는 악의라고는 전혀 없는 순박한 사람이었다. 섬사람 대부분이 그렇듯 선량한 사람들이었다.

또한, 작은 섬이긴 해도 없는 게 없다는 점이 또 한 가지 특이한 사실이었다. 음식을 사 먹을 수 있는 식당이 세 군데, 나이트클럽까지 갖춰진 호텔도 한 군데 있다. 이곳 사람들은 참치가 주식이므로 가는 곳마다 참치 요리뿐이었는데, 요리법이 다양하여 제법 훌륭한 맛을 냈다. 싸구려 식당에서 닭고기 스테이크인 줄 알고 먹었던 요리가 나중에 알고 보니 참치 요리였을 만큼 그곳 사람들은 한 가지 재료로 전혀 색다른 맛을 창조해 내는 재주가 있었다. 신기한 것은 그렇게 참치 요리를 주식으로 하는 사람들이 참치회는 절대로 먹지 않는다는 사실이다.

세인트헬레나섬의 마지막 에피소드는 그곳에 단 하나뿐인 호텔 지하 나이트클럽에서의 일이었다. 하루는 브라이언이 클럽에 가보자고 졸라서 저녁 9시쯤 호텔 나이트클럽으로 향했다. 일반적으로 그 시각이면 한창 클럽이 붐비고도 남을 때였다. 그런데 손님들이 안으로는 들어가지 않고

클럽 바깥에 삼삼오오 모여 앉아 술을 사다 마시고 있었다. 안쪽에서 음악 소리도 들려오지 않는 게 이상하다 싶었다.

"오늘 폐업인가? 왜 안 들어가지?"

우리 둘이서 영문도 모른 채 중얼거리고 있는데, 그중 한 사람이 이유를 설명해 주었다. 클럽이 밤 11시나 돼야 문을 연다는데 이 사람들은 혹자리가 없을까 봐 미리 와서 기다리고 있다는 것이었다.

"밤 11시에 문을 연다고?"

"그럼 올나이트겠네?"

브라이언과 내가 동시에 묻자 그 청년 하는 말이 클럽은 밤 11시에 문을 열었다가 자정이면 영업을 마치도록 법으로 정해져 있다는 것이다.

"겨우 한 시간 춤을 추겠다고 이 많은 사람이 벌써부터 기다리고 있다고…?"

믿어지지 않는 일이었지만 사실이었다. 매주 토요일 밤에만 영업이 허용된다는 반짝 나이트클럽은 관광객들을 위한 클럽이었지만 대부분 현지인이 이용했다. 워낙 외지고 작은 섬인 탓에 관광객의 발길이 뜸했기 때문이었다. 어쨌거나 영업시간이 짧은 반짝 나이트클럽에 들어가 춤을 추던 중 또 한 번 황당한 일이 벌어졌다.

흥겨운 댄스 음악이 끝나고 어느덧 슬로우 템포의 블루스 음악이 흘러나올 무렵, 파트너도 없이 간 나와 브라이언은 제자리로 돌아와야 했다. 그런데 어디선가 까무잡잡하게 생긴 현지인 여자 두 명이 다가와 우리 둘을 무대로 끌고 가는 것이었다.

"부탁이에요. 제발 날 좀 여기서 탈출시켜 주세요!"

블루스를 추자며 내 목을 끌어안은 그녀가 귓전에 대고 속삭인 말은 섬을 떠날 때 자신을 배에 태워 달라는 내용이었다. 하지만 나는 단독 항해라는 목표 때문에 이 여성이 보여 준 호감을 거절할 수밖에 없었다.

04

무풍지대에
갇히다

바다가 극성을 떨지만 않는다면 요트 안에서
의 생활은 무척 단조롭다. 단 해안을 출발해서 첫 150킬로미터를 항해
하는 동안만큼은 바짝 긴장해야 한다. 바다를 오가는 수많은 상선과 유
조선, 그 외 암초나 갑작스러운 장애물과의 충돌 위험 때문이다. 이럴 때
는 24시간 잠 한숨 자지 못하고 커피를 연달아 마시며 사방을 주시해야
한다. 그렇지 않으면 이 작은 요트가 언제 거기에 있었느냐는 듯이 바다
는 모든 걸 송두리째 삼켜 버릴지 모른다. 항해자와 바다는 동지인 것 같
으면서도 냉혹한 적수로서 묘한 동반자 관계라고나 할까.

별다른 돌발 상황이 없을 때 해안에서 150킬로미터를 벗어난 후의 요
트 생활은 육지에서와 크게 다를 바 없는 일상의 반복이다. 단지 늘 팽팽
한 긴장을 유지하고 있어야 한다는 것과 일정한 수면 시간이 따로 없다
는 것 정도의 차이가 있을 뿐. 바다에서는 주변 상황이 가장 안전하다고
판단될 때만 잠깐씩 눈을 붙일 수 있으므로 늘 피곤하기 마련이다. 물론

너무 힘들 때는 항해 도중 주변 무인도에 배를 정박시켜 놓고 하루 정도 푹 자두기도 하지만, 항상 그럴 수 있는 건 아니다. 적막강산이나 다름없는 대양을 항해하다 보면 며칠이 지나도록 주변에 무인도는커녕 지나가는 배 한 척 구경 못 할 때도 많다. 보이는 거라고는 구름과 바다, 해와 별, 달뿐인 바다를 몇 날 며칠이고 떠다니다 보면 육지에서 사소하게 지나쳐 버렸던 모든 것이 사뭇 눈물겹고 소중하게 느껴지기도 한다.

한 번은 그렇듯 지독한 외로움으로 몸살을 앓으며 바다를 건너고 있는데 난데없이 파리 한 마리가 선실 안을 날아다니고 있었다. 평소에는 불결하다고 질색했던 파리가 그때는 왜 그렇게 반갑던지… 파리는 마치 육지의 일부 같았다. 어디서부터 길을 잃었는지 육지에 살아야 할 미물이 바다에까지 흘러 들어온 것도 신기했지만, 저도 사람 냄새가 그리웠던 모양인지 5일 동안이나 내 곁을 떠나지 않는 그 파리가 당시 내가 바다에서 만날 수 있는 유일한 육지 생명체였다.

나는 녀석이 가급적 오래 머물러 주기를 원하며 밥풀 찌꺼기며 음식물들을 일부러 선실 구석구석에 떨어뜨려 놓고는 온갖 친절 아닌 친절을 베풀었다. 또 나 혼자 책을 읽다가 녀석이 행여 심심할까 큰소리로 읽어 주기도 하고, 음악도 틀어 주고… 그렇다고 한들 날개 달린 생명체를 무슨 수로 내 곁에 붙들어 놓을 것인가. 녀석은 내가 깜빡 잠든 사이에 작별 인사도 없이 떠나 버렸다. 자다 깨어 어느 순간 그 녀석이 없음을 알고 느꼈던 감정을 좀 과장해서 표현하자면, 내가 고 조그만 녀석에게 실컷 이용당하고 구경거리 노릇이나 하다가 뒷발로 차인 것처럼 허탈한 심정이었다.

바닷물로 세수와 양치질을 하는 것으로 내 하루는 시작된다. 그런 뒤 지난밤 동안 이상이 없는지 배 앞부분부터 끝까지 세심하게 점검한 다음 선실에 내려가 해도와 나침반, GPS 등을 보면서 현재 위치를 정확히 해도에 표시해 두는 게 주요 일과이다. 곧이어 저녁 식사 준비. 주로 된장찌개나 김치찌개에 밥이면 정식 요리에 해당하고, 장기간 저장이 가능한 깻잎절임이나 마른반찬, 김 등을 밑반찬으로 내놓을 수 있으면 더욱 좋다. 그러나 가장 흔하게 먹는 음식은 라면 종류로 그때그때 입맛에 따라 짜장면, 비빔면, 우동 등으로 골라 먹는다. 간혹 깡통 요리로 된 꼬리곰탕 등을 특식으로 먹기도 하고 상황이 좋지 않을 때는 생라면으로 때워야 할 경우도 많다.

식사 후에는 졸음을 쫓기 위한 진한 커피가 필수. 뜨거운 물에 건조 커피를 듬뿍 넣고 설탕과 크림을 타서 두 잔 정도 마시고 나면 어느덧 오전 시간이 후딱 지나가 버린다. 여기서 잠시 갑판에 올라가 사방을 훑어본 다음 장비들을 재점검하고 별 이상이 없다 싶으면 선실에 내려와 책

선실 취사구에서
식사를 준비하고 있다.

을 읽기 시작한다. 딱딱하고 재미없는 이론 서적이나 철학책보다는 비교적 가벼운 소설류를 기착지에 내릴 때마다 몇 권씩 구해서 읽었다. 독서가 지루해지면 집에서 가져온 CD 플레이어로 음악을 듣기도 했다. 이때는 주로 고전 음악이나 서양 팝, 한국에서 가져온 대중음악도 곧잘 듣는 편이었는데, 김현식의 〈비처럼 음악처럼〉, 이문세의 〈밤이 머무는 곳에〉 등 연세대 재학 시절 즐겨 듣던 음악을 주로 들었다.

하루에 한 번 LA와 한국의 HAM 동호인들과 교신하는 것도 빼놓을 수 없는 일과라 할 수 있다. 교신을 통해 LA 가족의 안부를 확인하고 나의 현재 위치와 건강 상태 등을 알려 주는가 하면, 중요한 기상 정보도 얻는다. 이때 주변을 항해하는 동료 요트인들과 무선으로 연락해 서로 안부를 확인하는 것도 빼놓지 않는다. 그러나 배터리 용량 때문에 하루에 15분 이상은 사용할 수 없었다.

이런 식으로 대충 하루를 보내지만 시간이 남는 날에는 단파 라디오를 들었다. 단파 라디오는 그때그때 지나가는 인접국으로부터 송신되는 방송이 가장 잘 잡히는데, 태평양에서는 미국의 소리, 영국의 BBC나 한국의 KBS 국제방송이 비교적 또렷하게 들려왔다. 인도양에서는 한국 방송이 잘 잡히지 않고 대신 평양 국제 방송 뉴스가 간혹 수신되었다. 주파수를 맞추려고 할 때 일단 '위대한', '경애하는' 등등의 단어가 많이 나오면 무조건 북한 방송이라는 걸 알 수 있었다.

1996년 4월 26일. 지난 5일 동안 북서풍이 불어 아무 데도 못 가고 있다. 남동풍이 불어 배를 밀어 줘야 하는데 웬 난데없는 북서풍인지. 아예 돛을 내리고 바람을 기다렸다. 불과 80킬로미터 북쪽에 위치해 있는 브라이언도 똑같이 감옥에 갇힌 듯 꼼짝하지 못하고 있었다. 매일 다섯 번씩 HAM 라디오를 통해 소통하며 서로 외로움과 괴로움을 달랬다. 자료를 찾아보면 이 지역에서 이 시기에 북서풍이 분 것은 0~1%밖에 안 된다. 그런데 어제부터 북서풍이 계속되고 있는 것이었다. 이 지역의 기상 정보도 믿을 수가 없었고, 항해하는 배들이 없어서인지 큰 태풍이 없는 지역이라 그런지 기상 정보 수집이 불가능했다.

바다 한가운데서 바라보는 석양은 말로 설명할 수 없을 만큼 아름답다. 마치 커다랗고 얇은 실크 스카프에 색색의 물감이 번지는 느낌… 간혹 혼자서 그 아름다움에 취해 눈물을 흘릴 때도 있었다. 이 아름다운 세상에 나 혼자라는 느낌이 때론 왜 그렇게 나를 서럽게 만들던지.

적도를 지나 2년 만에 북반구로 진입하면서 7일간이나 무풍지대에 갇혀 있었을 때도 바로 그런 느낌이었다. 바람 한 점 불지 않는 바다 한가운데서 배는 전혀 움직일 줄 모르는 가운데 하루가 지나고 이틀이 지났다. 마침내 나는 태풍보다 더 끔찍한 상황과 맞닥뜨리게 된 것이다. 아무

선실 안에서 항해 자료를 보고 있다.

데도 갈 수가 없었다. 이 넓은 바다에 철저히 나 혼자뿐이었다. 지나가는 상선도 보이지 않고 주변에 배를 정박시킬 만한 섬 하나 없는 상황이었다. 후덥지근한 날씨에 선실 안은 찜통보다 나을 게 없는 데다가 살갗이 벗겨질 정도로 따가운 햇살 때문에 갑판 위에는 잠시도 앉아 있을 수 없었다. 이러지도 저러지도 못하고 뜨겁게 달구어진 요트 안에서 오도 가도 못하는 상황이었다.

당시 내가 쓴 일기를 보면 온통 욕투성이다.

x새끼, 망할 놈의 날씨. x 같은 바람은 모두 어디 간 거야? 도대체 어디 있어? 아, 미치겠다. 정말 돌겠어. 만약 일기예보가, 그 x 같은 일기예보가 바람이 북동풍으로 불 거라는 얘기만 안 했어도 이렇게 화가 나지는 않을 텐데. 그리고 라디오에서는 왜 똑같은 노래만 반복하면서 틀어 주는 거야? 미치겠다. 내가 무엇 때문에 이러고 있는 거지?

며칠 동안 바람 한 점 없다. 난 하늘에 외쳤고 새들에게도 욕했다. x새끼, x 같은 바람, x 같은 새… 그러나 하나님에게는 욕을 할 수 없었다. 왜냐하면 하나님은 나의 생명줄을 쥐고 있으니까.

일주일이 지나면서 초조함이 극에 달하기 시작했다. 그동안 물을 아끼느라 가급적 조리하는 대신에 깡통 음식을 먹어 치워, 나름대로 충분히 저장했던 깡통 음식이 완전히 거덜 나버렸다. 문지르면 소금 가루가 부서져 내리는 따가운 살갗에 바닷물을 적셔 가며 잠시나마 더위를 피해 보려 했지만, 금세 목이 타들어 가듯 심해지는 갈증으로 차라리 죽은 듯

거울 같은 무풍지대에서 일주일 동안 갇혀 있었다.

이 누워 있는 게 나을 정도였다. 음식을 제대로 먹지 못하는 건 아무 문제도 아니었다. 당장은 굶어 죽지 않을 만큼의 라면도 남아 있다. 문제는 식수였다.

사람이 어떻게 그렇듯 철저히 고립될 수 있는지! 매일 항로를 위협하며 주변을 지나치던 그 흔한 상선조차 보이지 않는 적도 한복판에서 나는 죽도록 외로웠다. 바다의 감옥 안에서 이대로 굶어 죽게 될 것만 같았다.

그렇게 꼬박 일주일이 지나면서 거의 죽은 듯이 늘어져 있었다. 내가 할 수 있는 일은 아무것도 없었다. 그저 최소한의 움직임으로 내 안에 축적된 수분과 영양이 오랫동안 유지되기만을 바라면서 그렇게 누워서 하늘만 바라보고 있었다. 가물가물한 의식 속으로 저 멀리 어두운 색깔의 구름 같은 게 보이는 것 같기도 했다.

'구름? 구름인가?'

나는 벌떡 일어나 앉았다. 죽으라는 운명은 아니었는지 서서히 남쪽 하늘로부터 검은 구름이 몰려오고 있었다. 먹구름을 보고 내가 제일 먼저 한 일은 갑판 위에 그릇이란 그릇은 모두 꺼내어 늘어놓는 일이었다. 식수를 확보하기 위해서였다. 그렇게 기다리기를 거의 세 시간 만에 빗방울이 후드득 떨어져 내리기 시작했다. 이윽고 빗물이 조금씩 그릇에 차오르기 시작했다. 그 물을 양손에 받아 천천히 음미해 보았다. 한 방울의 빗물이 목젖을 타고 내려갈 때의 그 시원함이란!

비로소 눈앞이 제대로 보이는 것 같았다. 그 귀한 빗물을 손가락으로 조심스럽게 찍어 내어 땀이 비 오듯 쏟아지는 목덜미를 적셔 주었다. 표류하는 동안 기운을 잃지 않으려 밤낮없이 누워 있었더니 더위와 땀으로 피부가 짓물러 못 견디게 쓰라렸다. 비는 15분 정도 내리다 멎었다. 식수도 웬만큼 찼고 더위가 한풀 꺾이니 이젠 살았구나 싶었다. 그러나 한꺼번에 긴장이 풀린 탓인지 온몸이 술에 취한 듯 나른해졌다. 나는 선실로 돌아갈 엄두도 내지 못한 채 갑판 위에 누워 버렸다.

그렇게 누워서 얼마쯤 지났을 때였다. 내가 꿈을 꾸고 있는 건 아닐까. 어느 한순간 그토록 꿈쩍도 않던 배가 조금씩 움직이는 것 같았다. 희미

멀리 보이는 먹구름 아래 비가 내리고 있다.

하게 들려오는 바람 소리… 배터리를 아끼기 위해 밤에도 켜지 않던 라이트를 들고 윈드베인 쪽으로 가보았다. 과연 배가 움직이고 있었다. 지긋지긋한 무풍지대가 비로소 나를 놓아주고 있는 것이다. 어느덧 밤하늘은 맑게 개고, GPS가 가리키는 현재 위치는 북위 7도. 2년 전 하와이에서 사모아까지 항해에서 보았던 북두칠성이 점점 가까이 보이기 시작하더니 이어 북극성, 오리온, 카시오페이아, 전갈좌 등이 하나둘씩 모습을 드러냈다. 2년 만에 북반구에 들어선 것이다.

겨우 정신을 차리고 날짜를 확인해 보니 그날이 바로 애리선의 결혼식 날이었다. 하나밖에 없는 여동생의 결혼식에도 참석하지 못한 오빠의 심정을 애리선은 알까…. 신랑감은 같은 교포 청년이라는데 어떤 사람일

강한 바람과 파도로 배가 심하게 흔들리고 있다.

까. 모쪼록 둘이서 행복하게 살아야 할 텐데. 한 쌍의 아름다운 출발을 축복해 주듯 하늘에는 은총 가득한 별이 빛나고 나는 까닭 모를 설움으로 목이 메었다. 지금쯤 홀로 남아 잠 못 이루실 어머니가 생각났다.

1996년 5월 11일. 내 동생 애리선의 결혼식 날이다. 하지만 난 이 세상에 하나뿐인 형제의 결혼식에 참석하지 못했다.

여기, 바다 한가운데. 긴 파도들이 여기저기에서 몰려와 배는 심하게 흔들리고 있다. 애리야 미안하다. 정말로 이 항해는 너무 많은 희생을 요구하는 것 같다. 아버님의 장례식, 동생의 결혼식, 모두 참석하지 못했다. 가슴이 아프지만 내가 선택한 길. 어차피 돌이킬 수 없다. 이 길을 걸어오면서 후회스럽고, 힘들고, 외롭고, 어떤 때는 미칠 정도로 답답하고 그럴 때도 있지만 결국 내가 선택한 길이다. 모두 말렸지만 내가 선택했기에 지금 같은 때 나 스스로를 원망하는 수밖에 없다.

05

사람이
그립다

적도를 지나면서 그레나다로 통하는 카리브 해상은 브라질 해류의 영향으로 다소 소란스러운 편이지만 선구자 2호는 운이 좋았다. 남동쪽에서 불어오는 드센 바람이 오히려 배를 뒤쪽으로 밀어 주는 역할을 해서 항로는 비교적 수월하게 유지되었다. 출발 직후에는 하늘을 가득 메우고 뒤쫓아 오는 먹구름 때문에 영 불길한 예감을 떨쳐 버릴 수가 없었다. 이럴 때는 돛을 최대한 줄이거나 아예 내려놓는 게 상책이었다. 아니나 다를까, 돛을 내리자마자 진한 먹구름이 마른 벼락과 함께 번개를 몰고 오더니 곧이어 폭우가 쏟아져 내리기 시작했다.

파도가 거세지기 전에 이 해상을 벗어나려면 최대한 서둘러야 했다. 다행히 아직 해류는 항해에 부담스러울 정도는 아니었다. 선구자 2호는 바람을 등진 채로 조금씩 조금씩 힘겨운 행군을 강행했다. 비록 사정없이 몰아닥치는 폭우에 시달려가며 애처롭게 항로를 이어 가고 있었지만, 나의 든든한 돛단배는 끈기 있게 잘 견뎌 주었다. 덕분에 무사히 아마존강

유역 100킬로미터 전방까지 항해하던 중 영화 〈빠삐용〉의 실제 무대인 '데블스 아일랜드(악마의 섬)' 근해를 지나치게 되었다.

자유를 갈망하는 한 인간의 처절한 투쟁을 승리로 이끌어 준 결정적 매개체인 브라질 해류에 실려 나의 애선도 약속의 땅으로 향했다. 억울한 살인 누명을 덮어쓰고 역사상 그 누구도 탈출하지 못했던 악마의 섬에 감금되었던 빠삐용이 브라질 해류가 육지로 밀려 나가는 시점을 이용, 야자수 열매를 가득 담은 가마니를 타고 섬을 탈출하는 마지막 장면이 통쾌하게 뇌리를 스쳤다. 자유를 향한 그 불굴의 의지가 아니었더라면 빠삐용은 죽는 날까지 저 섬을 벗어날 수 없었으리라.

그 옛날 종신형을 선고받고 평생 옥살이를 해야 했던 한 죄 없는 사내를 육지로 실어다 준 브라질 해류의 행운이, 이제 단독 세계 일주 항해라는 약속의 땅을 차근차근 밟아 온 선구자 2호의 뒤를 밀어 주고 있다고 생각하니 저절로 신바람이 났다. 어쩌면 그것은 긴 항해의 고달픔과 외로움을 달래기 위한 자기 암시 같은 것이었는지도 모른다. 그렇게라도 해서 스스로를 위안해 주지 않으면 미쳐 버릴 것 같은 고독감이 때때로 엄습해 오곤 했다. 사람이 그리웠다. 물론 라디오나 무선으로 사람들의 목소리를 듣고 대화를 나누기도 하지만, 그렇게 목소리만으로 만나는 사람이 아니라 살아 있는 사람과 대화하고 서로 마주 보며 웃고 싶었다.

그럴 때면 나 혼자서 1인 2역을 하며 '사람 만나기'를 연기하는 것으로 무료한 시간을 때워 보기도 했다. LA에 있을 때 즐겨보던 TV 프로그램으로 〈다큐멘터리, 역사와의 대화〉라는 시리즈가 있었다. 나는 그 프로그램을 흉내 내어 사회도 보고 역사 속 인물을 선실로 초대하여 많은 대화를 나누었다.

가령 사회자인 내가 이렇게 묻는다.

"모차르트 씨, 어떻게 그런 훌륭한 음악들을 작곡하신 건가요?"

"응, 나는 천재니까 그렇지!"

또 한 명의 내가 오만한 모차르트의 몸짓을 흉내 내어 대답한다.

"그렇지만 당신은 말년에 비참하게 죽었잖아요."

"그야 뭐… 빚도 많고… 세상 사람들이 나의 천재성을 알아주지 않았으니까…."

"당신이 죽을 때는 너무 가난해서 장례식에 따라간 사람도 없었다면서요? 그러게 진작 저축 좀 하시지 그랬어요?"

"예술가가 그런 걸 신경 쓰나? 하긴 뭐 내가 좀 심했지…."

이런 식으로 나의 선실에는 수많은 역사 속 인물이 초대되었다. 그것도

장난기가 생겨 수염을 반만 깎아 봤다.

시들해지면 비디오카메라로 내 모습을 촬영하며 혼자 낄낄대기도 하고, 간혹 스스로를 바다 특파원으로 임명하여 혼자만의 뉴스를 만들어 보기도 했지만 늘 가슴 한구석이 어디로 달아나 버린 것처럼 허전한 건 어쩔 수 없었다.

그레나다를 향해 출발한 지 45일째 되던 1996년 5월 25일은 나의 스물일곱 번째 생일이었다. 그날도 바다에서 나 혼자뿐이었다. 망망대해에서 생일을 맞이하는 쓸쓸한 아침에 태양은 왜 그리도 밝게 빛나던지. 거울이 없는 요트 안에서 내 손으로 머리를 잘랐다. 두 달 가까이 자라난 머리칼이 목덜미까지 내려와 여간 성가신 게 아니었다.

모처럼 면도도 말끔히 하고 자축하는 의미에서 비디오로 내 모습을 찍었다. 이럴 때 비디오카메라는 내가 머리를 제대로 잘랐는지 확인해 볼 수 있는 거울이 되어 주기도 한다. 앞뒤로 모습을 비춰 가며 촬영을 끝낸 뒤 테이프를 돌려보니 정말 가관이었다. 앞머리는 대충 봐줄 수 있다 쳐도 손닿는 대로 듬성듬성 잘라 낸 뒷머리는 흡사 아이들이 마구 뽑아낸 잔디밭 같았다. 그래도 하는 수 없다. 치렁치렁한 긴 머리보다는 나으니까.

그리고 아침 식사. 혼자 미역국을 끓여 먹으려니 좀 처량한 것 같아 그만두고 대신 된장찌개로 폼나게 식사를 해치웠다. 그래도 기분이 나아지지 않아 빠른 음악을 크게 틀어 놓고 갑판 위에서 춤을 춰보다가, 목청껏 노래를 불러 보았지만 우울함은 쉽게 날 놓아주지 않았다. 여전히 사람이 그리웠다. 육지의 녹색 풀이며 나무, 키 작은 꽃들, 흙냄새 따위가 미치게 그리웠다. 어느덧 나는 울고 있었다.

이제 45일간의 머나먼 뱃길을 지나와 내일이면 육지에 닿을 수 있을 텐데, 그 순간만큼은 나 자신이 영원한 바다의 표류자로 세상에 버림받은 느낌이었다. 그쯤 되자 바다도 이 불쌍한 표류자를 잠시 육지에 풀어놓고 싶었던지 자애로운 어머니의 손길로 배를 서서히 흙냄새 가까이 이끌어 주고 있었다.

이튿날 오후인 5월 26일, 선구자 2호는 서인도제도의 작은 섬나라 그레나다에 첫발을 내딛게 되었다. 미리 그곳에 도착한 브라이언이 부둣가에 나와 생일 축하 샴페인을 흔드는 모습을 본 순간, 내가 그리워한 사람 냄새가 바로 저런 것이었을까 싶어 나도 모르게 콧등이 시큰 저려 왔다.

그레나다 항구에 정박돼 있는 배들 © [Christopher] / Adobe Stock

06

20세기의 대역사, 파나마 운하

카리브해 연안에 위치해 있는 휴양지답게 물가가 무척 비싼 반면에 범죄가 거의 없는 조용한 섬나라 그레나다를 뒤로한 채 파나마로 출발한 것은 열흘 후인 1996년 6월 4일이었다. **카리브**해는 대서양 끝부분에 위치한 해상으로 삼각파도가 자주 등장하는 콜롬비아 북쪽 연안이 특히 위험한 코스로 알려져 있다. 항해 도중 나를 가장 긴장하게 만든 것은 사실 다른 요트인들이 모두 겁내는 삼각파도보다는 콜롬비아 마약선이나 해적을 만나면 어쩌나 하는 두려움이었다.

아마 영화를 너무 많이 본 탓이었을 것이다. 영화에서 보았던 마피아 조직의 잔혹한 살상 장면 혹은 일단 상대를 점 찍었다 하면 인정사정 볼 것 없이 난도질한다는 그 무시무시한 해적들 이야기가 쉬지 않고 뇌리를 어지럽혔다. 그래서 나는 가급적 그들이 자주 나타난다는 해상을 피해 항해하면서도 항상 주의를 살피는 것을 게을리하지 않았다. 그런다고 해도 내가 그들의 위협권에 들어간 이상은 별도리가 없었겠지만 말이다.

파나마 크리스토발항에 도착했을 때는 새벽녘이었다. 이번에는 어쩐지 무사히 목적지까지 왔다 싶었는데, 항구에 인접하는 순간 어둑어둑한 새벽하늘을 찢어 내릴 듯 몰아치는 번개가 보통 살벌한 게 아니었다. 이제 대서양인 이곳에서 20세기의 대역사로 통하는 파나마 운하를 통과, 발보아항으로 나가는 것으로 선구자 2호는 처음에 항해를 시작했던 태평양으로 다시 들어서게 되는 것이다.

어느덧 내가 지구를 한 바퀴나 돌았다니! 크리스토발 항구에 닻을 내려놓고 부족한 잠을 보충해 보려고 했으나 좀처럼 눈이 감기지 않았다. 벌써 2년 6개월이라는 시간이 흘렀다. 돌이켜 보면 살아서 이곳까지 왔다는 게 신기하다는 생각도 들었다. 그 먼 길을 어떻게 지나왔던가. 지난날의 힘든 여정이 달콤한 추억으로 남아 지친 내 가슴에 단비를 내려 주었다.

아직 자축하기에는 좀 이르다 싶었지만 우선 푹 자두기 위해서 맥주를 한 깡통 마셨다. 적도를 통과하면서 워낙 고생한 탓인지 체중이 5킬로그램이나 줄었지만 컨디션은 최상이었다. 맥주를 마시고 적당히 나른해진 몸으로 잠을 청하는데, 누군가 요트 안으로 들어와 나를 흔들어 깨웠다. 고맙게도 한국에서 손님이 오셨다는 반가운 소식이었다.

파나마 운하 관리소 측에서는 항해자의 안전을 위해 현지 안내인 포함 6인 이상의 승객을 태운 배들만 운하를 통과할 수 있도록 허용하고 있는데, 단독 항해자인 나를 위해 한국일보사 장재구 회장님, LA에 후원회를 결성해 주신 신남철 씨, 한국일보 정광원 국장님과 취재진이 동행을 자청해 주신 것이었다.

감격스러운 사실은 그뿐만이 아니었다. 선구자 2호가 세계 일주 항해의 마무리를 위해 파나마에 기항했다는 소식을 들은 황원탁 주파나마 대사 부부를 비롯한 100여 명의 주파나마 지사, 상사 지원들 및 교민들이 환영 만찬까지 준비해 주었다. 여태껏 수많은 요트인과 같이 다녀 봤지만 세계 어느 나라에서도 보지 못했던 우리 한국 사람들만의 따뜻한 동포애가 새삼 나 자신을 숙연하게 만들고 있었다. 나 혼자만의 힘으로는 도저히 해낼 수 없었던 항해였다.

가는 곳마다 이어진 우리 교민들의 뜨거운 성원이 없었다면 도중에 몇 번이나 포기했을지도 모른다. 파나마 교민 환영 만찬식 다음 날인 6월 22일. 선구자 2호는 다른 요트와 함께 묶여 파나마 운하를 통과하기 위

파나마 운하를 통과하고 있는 상선들

해 닻을 올렸다. 운하 관리소 측에서 동력에 필요한 물을 절약하기 위해 선구자 2호 같은 소형 요트는 다른 요트와 묶어 통과하도록 규정해 놓았기 때문이었다. 당시 나는 한국에서 온 분들의 도움으로 법에 규정된 승선 인원을 무리 없이 채우고 파나마 운하를 통과한 뒤에 다시 돌아와 브라이언을 위해 또 한 번 운하를 건너야만 했다. 브라이언의 배는 승선 인원을 구하지 못했기 때문이었다.

바다를 항해하는 모든 배는 설계에서부터 파나마 운하의 넓이를 고려해 제작해야 할 만큼 파나마 운하는 세계의 중요한 해상 교역로였다. 대서양과 태평양을 잇는 거대한 인공 호수 갑문인 이 운하를 만들기 위해 3만 명이나 되는 인부들이 말라리아로 목숨을 잃어야 했고, 미국 정부가 개입한 뒤 공사 기간만 해도 10년이 걸렸다고 하니 가히 그 규모를 짐작할 수 있을 것이다. 더구나 그로 인해 세계적으로 수십만 명의 목숨을 앗아간 말라리아 치료 약까지 개발되었다고 한다.

대서양 연안항인 크리스토발 항구를 출발하여 발보아까지 총 길이 80 킬로미터에 이르는 운하를 통과하기 위해서는 우선 폭 150미터의 홍수림 늪지대인 리몬베이(Limon Bay)를 10킬로미터 정도 거쳐 3단 갑문으로 된 개턴 갑문(Gatun Locks)을 차례로 거슬러 올라가야 한다. 여기서 다시 25미터 정상의 게일라드 수로(Gaillard Cut)를 38킬로미터 항해하여 깎아지른 절벽 컨트랙터스힐(Contractors Hill)을 통과하고, 1단계에 10미터씩 내려가는 페드로 미구엘 갑문(Pedro Miguel Locks)을 지나면 1평방마일에 달하는 작은 인공 호수에 닿게 된다. 다시 그곳에서 미라플로레스 갑문(Miraflores Locks)으로 시작되는 수로를 한 단계씩 내려가 태평양 연안 발보아에 이르면서 대서양에서 태평양으로 넘어오게 되는 것이다. 뱃길로는 몇 달이 걸릴지도 모르는 길을 단 8시간 만에 건너갈 수 있게 됐다는 점만으로도 파나마 운하는 세계적으로 없어서는 안 될 바다의 실크로드라 할 수 있다.

옛날 사람들 같으면 상상도 할 수 없었던 이 엄청난 일을 위해 미국이 투자한 금액만 해도 30억 달러나 된다. 그런 이유로 이 운하를 통과하기 위해서는 선박의 규모에 따라 통과료를 지불해야 한다. 순전히 중력으로 움직이는 수로를 확보하기 위해서는 엄청나게 많은 양의 물이 필요하기 때문이다.

선구자 2호는 5톤급의 소형 요트로 한 번 통과하는 데 15만 원가량의 통과료만 지불하면 됐지만, 일반 상선이나 어선들은 그보다 몇백 배의 금액을 지불해야 한다. 심지어 무게가 많이 나가는 상선의 경우 한 번 통과하는 데 우리 돈으로 1억 원씩이나 되는 통과료를 지불해야 되는데, 관리소 측 설명에 의하면 그 돈이 모두 운하 유지비로 쓰인다고 한다.

당시 내가 본 이 나라는 악명 높은 독재자 마누엘 노리에가(Manuel Noriega)가 축출된 후에도 정세가 안정되지 못한 듯했다. 한때 미국 정부로부터 징역 200년의 종신형을 언도받기도 한 마누엘이 피신 다닐 때 그곳 한국 대사관에 보호를 요청했다가 거절당했다는 일화로도 유명한 파나마시티는 범죄와 부패의 온상으로 인식되고 있다. 마누엘을 축출하기 위한 시민혁명에 사용되었던 대부분의 무기가 아직 반납되지 않은 채로 시중에 흘러 다니며 범죄의 도구로 쓰이는가 하면, 관리들의 부패상도 여전해서 시내 어디를 가나 공공연하게 뇌물을 요구하기도 한다.

오죽하면 내가 택시를 타고 시내로 나갔을 때 안전벨트를 매지 않았다고 단속 나온 경찰관이 딱지를 끊을 생각은 하지도 않고 뇌물을 내놓으라고 당당하게 요구할 정도였다. 나는 주위 사람들한테 미리 상세한 정보를 입수해 두었던 덕분에 거금 20달러를 요구하는 그 경찰관을 5달러만 주고 물리쳐 버렸지만 기분이 썩 상쾌하지는 않았다. 5달러도 뇌물은 뇌물이었으니 어찌 보면 나 또한 이 나라의 부패한 관리에게 뇌물을 바친 셈이었다. 하지만 이러한 몇 가지 부정적인 측면을 제외한다면 파나마는 세계의 무역 자유화 지역으로 지정되어 나름대로 그 구실을 톡톡히 하고 있는 국가였다. 한국 기업의 진출도 꽤 활발한 편이었고, 덕분에 그곳 교민들의 생활 환경도 현지인들보다는 나은 편이었다.

07

다시
하와이로

1996년 8월 8일, 북위 4도 27분, 서경 79도 49분, 바람 남서풍 15노트. 밥과 감자, 양파, 파인애플, 참치를 볶아서 먹었다. 앞으로 두 달 동안 필요한 음식과 식수는 파나마에서 충분히 준비했다. 식수 200리터, 하루에 2~3리터 정도 마셔도 약 90일 정도 버틸 수 있는 양이다. 그 외에도 음료수 30캔, 맥주 30캔이 있다. 또 감자 80개, 양파 80개, 마늘 10개, 오렌지 50개를 실었다. 그리고 쌀은 약 50킬로그램 정도 준비했다.

여기에 두 박스의 김치, 라면, 육포 20개, 감자 과자 50개, 팝콘 20개, 건포도, 말린 과일도 충분하다. 육류의 섭취는 보통 깡통 음식으로 해결하는데, 이번에는 약 150개 정도 실었다. 그리고 예전에 준비했던 깡통 음식으로 깻잎절임 200개, 김치 50개, 번데기 10개, 참치 50개가 남아 있어 먹을 것과 마실 것 걱정은 당분간 안 해도 되겠다 싶었다.

기착지에서 음식을 실을 때는 좀 많다 싶게 준비한다. 만일의 사태를 대비해야 하기 때문이다. 다음 기착지에 도착할 때까지 남으면 그때 버리고 새것을 준비하더라도 충분한 양을 준비하는 것이 현명하다. 2년 반 만에 다시 태평양을 건너는 내 심정은 홀가분하기 그지없었다. 이제 무사히 하와이까지 갈 수 있으면 실질적인 세계 일주 항해는 성공리에 마치는 것이기 때문이다. 2주 전에 먼저 파나마를 떠난 브라이언과는 서로 행운을 빌어 주며 하와이에서 다시 만나기로 했다.

나는 다소 여유로운 마음으로 태평양 중동부에 위치한 에콰도르령 갈라파고스제도에 들렀다 갈 심산이었다. 다윈이 '진화론'의 이론적 근거를 발견한 곳으로 유명한 갈라파고스섬. 다윈은 이 화산섬에 서식하고 있는 수많은 철새를 관찰하던 중 서로 같은 종류의 새들도 조금씩 다른 모습을 하고 있다는 사실을 발견하고는 진화론이라는 혁명적인 이론을 수립했다.

19세기 말, 유럽의 정신세계를 뿌리째 흔들어 놓았던 그의 진화론은 창조설을 신봉하는 기독교인에게는 사탄의 속임수요, 당시의 자유주의적 사상가들에게는 진보적 이론으로 일대 논쟁거리가 되었다. 어느 시대건 고정관념을 깨기란 쉽지 않은 법이다. 따지고 보면 진리란 것은 콜럼버스의 달걀만큼이나 단순한 것일 텐데. 아쉽게도 나보다 앞선 시대를 살다 간 위대한 선각자의 발자취를 더듬어 보고자 갈라파고스제도를 방문하려던 계획은 출발 당일부터 취소되었다.

파나마 인근 해상에 들어서자마자 맹렬한 기세로 퍼붓는 폭우로 바다가 요동을 치기 시작하더니 해류가 항로의 반대편으로 몰려오는 바람에 직선거리 항진이 불가능해진 것이다. 간신히 폭우가 멎었나 싶더니 이번

아름다운 석양을 쫓으며 하와이로 향하고 있다.

에는 배가 좀처럼 앞으로 나아가질 않았다. 할 수 없이 서쪽으로 항해해
야 할 항로를 포기하고 기수를 남쪽으로 돌렸다. 해류를 등지고 나아가
다 무역풍이 불어 주는 쪽에서 항로를 우회하자는 계산에서였다. 배는
계속해서 열흘간 남쪽으로 밀려 내려갔다. 시간상의 손실이야 있다 쳐도
그 길만이 가장 안전하게 항해를 이어갈 수 있는 방법이었다. 지난번처럼
꼼짝없이 무풍지대에 갇혀 버리는 건 아닌가 하는 생각이 들었다.

　파나마 교민들의 정성으로 식량과 식수는 넉넉히 준비해 왔지만 적
도 부근에 닿는 순간 덜컥 겁이 나기도 했다. 또 한 번 그때처럼 시달려

야 한다면 차라리 죽는 게 나을 것만 같았다. 나는 상상만으로도 목젖이 타들어 가는 것을 느끼며 물을 최대한 아껴 마셨다. 또 비가 한 방울이라도 내릴 때는 어김없이 물통을 채워 두는 것도 잊지 않았다.

항해할 때는 나만의 몇 가지 금기사항이 있는데, 어떤 경우에도 성난 바다는 카메라에 담지 않는 것도 그중 하나였다. 항시 죽음과 맞대면한 채 항해를 해야 하는 상황에서 만들어 낸 절박한 자기 암시 같은 것이었지만, 만약 태풍이 몰아칠 때 바다의 사진을 찍게 되면 무언가 불행한 일이 닥칠 것만 같았다. 나는 여간해서는 미신을 믿지 않는 편이었지만 왠지 그 금기 사항만큼은 깨고 싶지 않아서 가급적 바다가 평화로울 때만 비디오 촬영을 하는 버릇이 있었다.

굳이 꺼림직한 상황을 만들면서까지 만용을 부리고 싶지는 않았다. 어쩌면 그것이 죽음 앞에 나약하기만 한 인간의 속성을 드러내는 것이라 할지라도 상관없었다. 살고 싶다는 건 나뿐만 아니라 모든 인간의 본능이었다. 더군다나 태풍이 몰아치는 바다에서는 호기 있게 카메라를 들고 제아무리 설친다 해도 상황이 더욱더 급박해지면 촬영은 사실상 불가능하기 마련이다. 나는 그 두 가지 명분을 다 내세우며 성난 바다의 얼굴은 화면에 담지 않았다. 사람도 찡그리고 있을 때 사진 찍히기를 싫어하는데 바다 제 녀석은 뭐가 좋아 그 사나운 몰골을 찍히고 싶어 하겠는가. 그래서 대부분 맑고 쾌청한 바다의 얼굴만 사진과 비디오카메라에 담았다. 맑은 바다는 긴 항해에 지쳐 있는 내게 하늘이 주신 선물 같았다.

하와이를 향해 길고 긴 항해를 하고 있던 어느 날, 난 태어나서 가장 아름다운 쌍무지개를 보았다. 먼 수평선 너머 떠오른 거대한 아치 형태의

바다에서 본 아름다운 무지개

쌍무지개. 한동안 넋을 잃고 바라보다 문득 내가 느낀 것은 외로움이었다. 이렇게 아름다운 광경을 나 혼자 보아야 한다니… 누군가 함께 저 무지개를 바라보고 기뻐할 사람이 있다면 좋을 텐데…. 그 무렵 난 조금 지쳐 있었던 것 같다. 비교적 순항을 계속했던 파나마와 하와이 간의 해상에서 난 다른 때보다 많은 양의 사진과 비디오를 찍었다. 그렇게 비디오라도 찍어 가며 시간을 보내는 게 정신 건강상 이로운 상황이기도 했다.

그날도 무료함을 달랠 겸 열심히 비디오카메라를 움직이고 있는데 배 뒤쪽에서 따라오던 손님 하나가 화면에 잡혔다. 언제부터인가 녀석이 눈에 들어오더니 뜻밖에도 벌써 반나절 동안이나 내 주변을 맴돌고 있는 것이다.

"야, 고개 들어 봐. 사진 찍어 줄게!"

아무리 사정을 해도 녀석은 말을 듣지 않았다. 그럴 수밖에 없는 것이 녀석은 평생 납작 엎드린 채 헤엄쳐 다니는 가오리란 놈이었기 때문이다. 몸통 넓이만도 2미터나 되는 엄청나게 큰 녀석이었다.

"인마, 너 고집 피우려면 따라오지 마, 응?"

협박을 해도 녀석은 막무가내로 내 뒤만 졸졸 따라다녔다. 배 안으로 불러들이자니 녀석을 낚싯바늘에 꿰어야 하고… 그래도 제 딴에는 내가 좋아서 따라다니는 모양인데, 에라 관두자! 녀석을 만나고 난 다음부터는 기분이 한결 나아졌다. 금방이라도 손에 잡힐 듯 투명한 바닷물 속에 그 커다란 몸체를 담근 채 호위병처럼 떠나지 않는 저 갈색 물고기가 나의 외로운 항해 길에 한 조각 위안이 되어 주었던 것이다. 문득 인류의 조상이 어류였다는 학설이 떠올랐다. 녀석에게도 과연 영혼이란 게 있을까.

가오리와 외로움을 달래며 무역풍이 불어 주기만을 기다리던 중, 배가

거대한 가오리가
하루 종일 배를 따라왔다.

제 방향을 잡기 시작한 건 북위 1도를 막 넘어선 날이었다. 지루하긴 하지만 이번만큼은 별 고생 없이 태평양을 건너고 있다는 안도감으로 여유를 되찾게 되자 문득 브라이언의 안부가 궁금해졌다. 예정대로라면 그는 나보다 훨씬 앞질러 갔을 수 있는 상황이었다.

"지금 어디 있냐?"

"물어보지도 마. 나 이번에 방향을 잘못 택해서 완전히 헤맸다고!"

"그게 무슨 말이야?"

"적도 중간까지 왔다가 항로를 서쪽으로 변경했는데 뭐 이런 바다가 다 있지? 바람은 한 점도 없지. 해류는 자꾸 거꾸로 밀려오지…. 어느 날은 배가 하루 종일 뒷걸음만 쳤다니까? 하루 1노트도 아니고 완전히 마이너스 3노트였다고!"

HAM 라디오로 불러낸 브라이언은 2주나 손해를 봤다며 약이 바짝 올라 있었다. 알고 보니 그도 아직 내가 있는 해상 어딘가에서 항해하고 있는 중이었다.

"잘됐네, 뭐! 그럼 우리 둘이 같이 들어가면 되겠다."

브라이언은 약이 오르는지 약간 맥이 빠진 목소리였다.

앞으로 하와이까지는 5일 남짓. 이번 세계 일주 중 가장 긴, 총 58일의 항해가 끝나는 마지막 바다를 눈앞에 두고 있다. 벌써부터 해풍에 실려 오는 육지 냄새가 코끝에 스치는 걸 느끼며 외로움을 달래 보았다. 이제 브라이언은 이틀 후면 화려하게 하와이에 입성해서 전 세계 매스컴의 스포트라이트를 받게 될 것이다. 세계 최연소 단독 세계 일주 항해 신기록 수립! 그는 내가 자신과 동시에 하와이에 입성하는 것으로 알고 있다. 하지만 난 그보다 3일 늦게 호놀룰루항으로 들어설 예정이었다. 차마 나한테 직접 부탁은 못 했지만 다른 요트인을 통해 간접적으로 부탁을 전해 온 브라이언 어머니의 간곡한 모정 때문이었다.

"내 아들의 세계 최연소 항해 기록이 좀 더 성대하게 축하받길 원해요."

골수 요트광인 브라이언 어머니는 아들의 쾌거를 세상에 보다 널리 알리고 싶은 심정일 터였다. 그런 상황에서 브라이언과 내가 동시에 하와이로 들어간다면 나 또한 한국 최초의 단독 세계 일주 항해라는 명목으로 취재 대상이 될 게 뻔하고, 그렇게 되면 브라이언을 향한 매스컴의 관심이 분산될까 우려하는 브라이언 어머니의 입장을 충분히 이해할 수 있었다.

나는 가급적 게으름을 피워 가며 배를 몰았다. 그렇게 하는 것이 그동

하와이에 도착했을 때 브라이언과 취재진이 환영해 줬다.

안 형처럼 나를 따르던 브라이언에게 내가 베풀 수 있는 최대한의 우정인 동시에, 요트인으로서 그 어머니의 사랑에 대한 최대한의 예의라는 생각에서였다. 예상했던 대로 브라이언은 세계 언론의 주목을 받았다.

1996년 10월 1일, 마침내 선구자 2호가 하와이 호놀룰루항으로 들어섰다. 브라이언과 함께 마중 나온 그의 어머니는 내게 꽃다발을 건네주며 눈물을 글썽였다.

"동석, 정말 고마워…."

"아주머니, 정말 장한 아드님을 두셨어요!"

요트 가문의 여장부답게 건강한 그녀의 눈빛은 어느덧 평생의 꿈이라는 남태평양을 향해 빛나고 있었다.

08

바다의
인심

코스라에(Kosrae)는 하와이에서 오키나와로 가는 길목에 위치한 독립국 미크로네시아의 섬 중 하나로 인구 7,000여 명이 살고 있는 축복받은 곳이다. **이곳 현지인들은 한국의 공영토건에서 공항과 항만 시설 등 주요 건축 공사를 하게 된 인연으로 한국인에 대해 강한 호감을 느끼고 있었다.**

지상 낙원 코스라에섬에
정박한 선구자 2호

야자수가 풍성한 아름다운 섬, 코스라에

　내가 이 섬을 찾게 된 것은 부산으로 가기 위해 일본 오키나와로 항해하던 도중이었다. 요트를 정박시키기 위해 해안가로 들어서는데 웬 낯선 노인이 손을 흔들었다. 그는 섬사람들의 족장 격인 테드 시그라라는 사람으로 마지막 남은 왕족이었다. 그가 내게 손짓을 한 이유는 자기 섬에 찾아온 손님을 환영하는 뜻에서 숙소를 제공하려고 하는 거였다.

　그는 어떤 사람이든 외지인들은 무조건 자기 집으로 초대해 음식과 숙소를 제공함으로써 나름대로 일개 섬의 지도자로서 소임을 다한다고 여기는 듯싶었다. 무엇보다도 그 친절하고 소박한 미소가 사람의 마음을 편안하게 해주는 노인이었다. 나는 기꺼이 그의 초대에 응하여 시그라 일가와 함께 지냈다. 집안의 가장 웃어른인 테드 시그라는 슬하에 10남매에 모두 17명의 자손을 두고 있었다.

코스라에섬의 마지막 왕족 가문인 시그라 집안의 아들들은, 신교육을 받기 위해 미국으로 유학을 갔다가도 적응을 하지 못해 다시 섬으로 돌아올 만큼 현실과는 다소 거리가 있다고 느껴지는 때 묻지 않은 청년들이었다. 마을에 중요한 일이 있을 때는 섬사람 대부분이 그를 찾아와 해법을 구할 만큼 시그라는 지혜롭고 총명한 노인이다.

이곳에는 100년 전에 보스턴에서 온 선교사들이 세운 자그마한 교회가 있는데, 섬사람 대부분이 이 교회에 다닌다. 목사님이 설교를 할 때 코스라에 현지인들의 언어를 쓰기 때문에 외지인들은 무슨 소리인지 알아들을 수가 없다. 어릴 때부터 교회와 아주 친밀하게 성장하는 코스라에 사람들은 찬송가를 부를 때도 일체의 반주 없이 육성으로만 화음을 맞춘다. 그럼에도 불구하고 그들이 부르는 찬송가 소리를 듣고 있노라면 마치 어느 거대한 사원에 있는 듯한 착각이 들 정도로 화음이 장중하고 아름답다.

주변 핑길랏트섬이나 모킬섬으로 여행하려면 한 달에 한 번씩 오는 상선을 이용하는데, 두 섬 모두 인구 150~500명 안팎의 작은 섬이다. 코스라에섬에서 상선을 타고 15시간 걸려 도착한 인근 핑길랏트섬은 '인구가 500명에 파리는 5만 마리'라고 우스갯소리를 할 정도로 파리들의 천국이다. 집마다 화장실이 따로 없기 때문에 섬 전체가 하나의 공중화장실인 셈이다.

핑길랏트섬 출신으로 미크로네시아 국회의원에 당선됐다는 마이카라는 중년 남자로부터 한국에 대한 이야기를 들었다. 그는 몇 년 전에 섬 대표로 한국 국회를 방문한 적이 있는데, 그때 빳빳한 새 지폐로 100달러짜리를 열 장이나 선물 받았고 워커힐에서 극진한 대접까지 받았다는 사실을 몹시 자랑하는 눈치였다. 그러면서 하는 말이, 자기네 섬사람들은 모두 한국인들을 좋게 생각하고 호감을 느끼는 데 비해 한국 사람들은 오히려 그들을 경계하고 이용해 먹을 궁리만 한다는 것이었다. 무슨 이유에서 그가 그렇듯 좋지 않은 편견을 가지게 되었는지는 알 수 없지만, 같은 한국인인 나로서는 기분이 언짢을 수밖에 없었다.

섬사람들은 매주 일요일이면 불도 못 피울 정도로 엄격하게 주일을 지키고 있는데, 그렇기 때문에 '빵과일'이라는 희귀한 과일을 토요일 저녁에 잔뜩 쪄 놓았다가 일요일 하루 종일 먹는다. 빵과일은 말 그대로 빵맛이 나는 열대과일이다. 섬사람들은 주로 빵과일과 돼지고기, 생선회 등을 먹고 특식으로는 거북이 고기를 즐겨 먹는다. 집집마다 사육하는 돼지는 검은 돼지와 흰 돼지 두 종류가 있는데, 검은 돼지는 비교적 흔한 반면, 흰색 돼지는 값도 비싸고 품종도 귀해 특별한 날만 식용으로 쓴다고 한다.

테드 시그라 가문의 맏아들 쟌과 함께 맹그로브 밀림으로 여행을 갔을 때의 일이다. 뗏목을 타고 늪지로 들어갔더니 한국 상표를 단 컵라면 껍데기가 둥둥 떠내려왔다. 비록 누군가 양심 없이 버린 쓰레기에 불과했지만, 교민 한 명 살지 않는 그곳에서 한국 상품을 보다니 한편으로는 반가운 생각도 들었다.

그런 내 기분을 눈치챘는지 쟌은 미크로네시아에서 가장 큰 섬인 폰페

빵과일. 쪄서 먹으면 맛이 빵과 비슷했다. © [Mattiaath] / Adobe Stock

이에 살고 있다는 한국인에 대해서 말해 주었다. 그는 20여 년 전 어선을 타고 폰페이에 들어왔다가 현지인 처녀와 사랑에 빠져 정착했고, 지금은 수도의 공무원으로 일하고 있다고 했다. 얼마 뒤 우연히 그를 만나 볼 기회가 있었다.

"여기 사람들 다 선량하고 좋은 사람들이에요. 그런데 가끔 외지 사람들이 들어와 순진한 이곳 아가씨들한테 헛된 꿈이나 심어 주고 철새처럼 떠나 버리는 걸 보면 가슴이 아파요."

그에게서 들은 이야기 또한 우울한 내용이었다. 또 그는 몇 년 전 한국 사람이 섬에 들어왔다가 해삼 씨를 말렸다며 몹시 안타까워했다. 섬사람들이 워낙 현실에 무심하다 보니 간혹 외지인들이 들어와 미역이니 다시마 등 돈이 될 만한 것은 무조건 싹쓸이해 간다는 것이다. 어딜 가든 좋은 사람, 나쁜 사람 다 있기 마련이지만 어쨌거나 말이 많은 걸 보니 이 작은 섬에도 한국 사람들의 발길이 심심치 않았던 모양이었다.

마사토 후지무라는 세계 일주 항해를 떠난 지 7년 만에 고국 일본으로 돌아가는 요트광이었다. 그가 겨우 7미터 길이의 소형 목선을 타고 지구를 한 바퀴나 돌아왔다는 걸 알고는 모두 놀라움을 금치 못했다. 전직이 수의사였다는 그를 알게 된 건 코스라에섬에서였다.

그는 20대 때부터 세계 일주 항해를 꿈꿔 오다가 서른 살이 넘어 기어이 그 꿈을 이룬 의지의 사나이였다. 더구나 그가 세계 일주 항해를 떠났던 7년 전에는 결혼까지 한 몸으로 부인과 함께였다. 그는 한창 신혼의 단꿈에 젖어 있어야 할 신부를 데리고 이 험한 바다로 나온 것이다. 어떻게 보면 결혼한 지 얼마 되지도 않아 생업을 때려치우고 세계 일주 항해를 떠날 결심을 했던 후지무라도 대단한 용기의 소유자였지만, 그런 남편을 따라 동반자로 나서준 부인이 더 대단하다는 생각이 들었다.

이 용감한 부부는 항해를 떠난 지 1년 만에 부인이 '파마이라'라는 태평양상의 무인도에서 임신을 하게 되어 본국으로 돌아가고 나머지 6년

단독 세계 일주를 한
일본인 후지무라

후지무라가 단독 세계 일주했던 소형 목선 'Hope 2호'

동안은 후지무라 혼자 항해를 계속해 왔다. 항해 도중에 태어난 아기가 이제는 유치원생이 됐다며 가족 상봉의 기쁨에 들떠 있던 후지무라가 코스라에섬을 떠날 무렵에는 아직 태풍 '이사'가 발생하기 전이었다. 당시 태풍의 위협을 안고 있는 아시아권 해상은 항해자들에게 매우 까다로운 코스였다. 잠잠하던 바다가 언제 저기압의 영향으로 태풍권에 들지 알 수 없는 상황이기 때문이다. 후지무라가 코스라에섬을 떠날 때도 상황은 그다지 좋은 편이 아니었다.

"계속 지체하다간 애 얼굴도 잊어버리겠어."

내가 가지고 있는 노트북을 통해 받아 본 기상청 자료에는 현재 해상으로 저기압이 몰려오고 있었지만 후지무라는 출발을 강행했다. 나뭇잎이나 다름없는 외돛단배로 항해하는 후지무라의 안전을 걱정하는 가운데 다행히 그가 무사히 괌까지 도착했다는 소식이 왔다. 다행히도 150노트, 시속 280킬로미터의 상상을 초월하는 대형 태풍 '이사'가 진로를 바꿔 괌 아래로 지나쳐 버린 것이다. 바다가 잠잠해지기를 기다렸다가 떠나기 위해 코스라에섬에 정박해 있던 선구자 2호도 더 이상 지체할 수만은 없었다.

지구를 반이나 돌아왔지만 아직 선구자 2호의 소임은 끝난 게 아니었다. 이번 항해의 최종 목적지인 부산항으로 가서 한국인 첫 단독 세계일주 항해라는 나의 작은 성과를 조국에 돌려주어야 비로소 항해는 끝나는 것이다. 컴퓨터상의 기상 자료에는 여전히 크고 작은 저기압 기류가 해상을 맴돌고 있었다. 100% 안전을 확신할 수 없는 상황임은 분명했지만 나는 출발을 서둘러야 했다. 태풍 '이사'를 곧바로 뒤쫓아 나타난또 다른 태풍 '지미'가 바다를 한 번 뒤집고 난 후 선구자 2호는 코스라에섬을 떠났다.

섬을 떠난 지 얼마 되지 않아서 계속 뒤를 따라오던 저기압이 폭풍으로 변해 불안한 항해를 해야 했다. 실로 엄청난 스트레스를 동반하는 항해였다. 가장 지독한 관문은 태풍 '켈리'였다. 한순간도 마음을 놓을 수 없도록 항로를 바짝 추격해 오는 켈리란 놈의 저돌적인 공격 때문에 무조건 앞으로 나아가는 수밖에 없었다. 극심한 피로와 긴장이 몰려오는 가운데 나는 거의 도박하는 심정으로 잠시 잠깐씩 눈을 붙여 가며 오키나와로 향했다. 그럭저럭 무사히 태풍은 넘겼지만 해상에 수도 없이 나와 있는 대형 어선들도 항해를 위협하기는 마찬가지였다.

나는 깜빡 잠이 들었다가도 바다에서 조업 중인 어선의 엔진 소리가 들리면 소스라쳐 잠에서 깨어나곤 했다. 하루는 너무 지친 나머지 선실 안에서 잠을 자다가 일어나 보니 커다란 어선이 바로 옆을 지나가고 있었다. 깜짝 놀라 갑판으로 나왔다. 아침나절이었기에 망정이지 만약 한밤중이었다면 선구자 2호는 꼼짝없이 가루가 되어 버릴 판국이었다. 그 어선은 내가 바깥에 나와 있는데도 못 본 척 외면하고는 요트 주위를 천천히 우회하여 지나갔다. 그런 식으로 선구자 2호의 안전을 위협하는 어선들이 수도 없이 많았다. 상황이 그렇다 보니 내 목숨도 내 것이 아닌 때가 많았다.

09

절망에서
건져 올린 희망

선구자 2호는 3일간 순항하며 1997년 5월 20일, 일본 오키나와현 도마리항에 무사히 입성했다. 도마리항까지는 나보다 먼저 도착한 후지무라의 무선 조언으로 비교적 순조롭게 항해할 수 있었다. 다만 힘들었던 것은 그곳 관리들이 영어를 몰라서 입국 수속에만 세 시간이 넘게 걸렸다는 점이었다.

나는 오키나와에서 다시 만난 후지무라를 통해서 일본은 1등 지상주의 나라라는 것을 여실히 느낄 수 있었다. 그는 7년 동안이나 모진 고초를 이겨 내며 세계 일주를 마치고 돌아왔지만, 일본 사람들은 그 성과에 대해 사뭇 무심한 태도였다. 이미 25년 전에 누군가 이룩해 낸 성과였기 때문에 2등은 별 의미가 없다는 식이었다. 심지어 후지무라의 고향인 고베에서조차 그를 인정해 주지 않아 다소 우울해하는 눈치였다.

"내가 좋아서 한 일이니 남이 알아주지 않아도 상관없지, 뭐."

말은 그렇게 하면서도 후지무라의 표정은 몹시 쓸쓸하게 느껴졌다. 사실 그는 무척 어려운 상황에서 세계 일주를 마쳤다. 이미 일본인 케니치 호리헤가 1974년에 동양인으로서는 최초로 이룩해 낸 일이라는 사실 때문에 후지무라의 세계 일주 항해는 스폰서도 구하지 못한 상태에서 시작되었다.

그나마 항해 도중 일본 방송국 다큐멘터리 제작팀을 만난 게 행운이었다. 방송 관계자들은 후지무라의 세계 일주 항해보다는 태평양상의 무인도 기행을 프로그램으로 만들 목적으로 그를 취재 대상으로 삼았다. 세계 일주 항해는커녕 그걸 타고 바다에서 살아남았다는 사실만으로도 기적이라고 느껴질 정도로 낡은 목선과 함께 떠나는 무인도 기행에 초점을 맞춘 것이었다. 후지무라는 어려운 상황에서 이것저것 가릴 형편이 못 되었다. 그는 결국 방송 관계자들의 제의를 받아들여 항로를 무인도 중심으로 옮겨 다니면서 부족한 비용을 충당할 수 있었다.

힘든 일을 마치고 고국에서조차 외면당한 후지무라와는 달리 일본에 도착한 뒤에 내가 다시 한번 느낀 조국애는 실로 감동적이었다. 나를 위한 교민 차원의 환영회를 열어 주고자 애썼던 재일 동포 가운데 한 분은 하필 평일에 날짜가 잡히는 바람에 교민 동원이 수월치 않게 되자 어떻게 데려왔는지 수십 명의 일본 사람들을 행사장에 대동하고 나타났다.

사정이야 어떻든 태극기까지 들고나와 나를 환영해 주던 그 '가짜 한국인'들을 보는 순간 솔직히 기분이 묘했다. 물론 나를 위해 행사장에 나와 준 그 일본 사람들을 자존심 운운하며 깎아내리고 싶은 마음은 추호도 없다. 다만 그들이 자국민인 후지무라에게 환영식은커녕 요트클럽 사용 문제까지도 까다롭게 굴었다는 말을 듣고 보니 일종의 아이러니를

오키나와 현지 일본인들이 태극기를 흔들며 환영해 줬다.

느끼지 않을 수 없었던 것이다.

얼마 후 도마리항을 떠나 부산항으로 향했다. 마지막 항로인 오키나와에서 부산까지는 때마침 해상에서 발생한 흑조로 인해 무척 불안한 항해였다. 세계 3대 조류(페루 해류, 아길라스 해류, 흑조 해류) 중 하나인 흑조는 바닷물이 검게 변하며 삼각파도를 일으키는 위험한 해류이다. 세 방향으로 몰아치며 진로를 방해하는 삼각파도를 뚫고 나가는 것도 문제려니와 자칫 바람이 요트를 향해 불기라도 한다면 항해는 절대 불가능했다. 이런 상황에서 한국에서는 내가 부산항에 도착하는 모습을 전국에 생중계할 방송 일정까지 잡혔다고 하니 출발을 지연시킬 수만도 없었다. 간혹 항해를 하다 보면 육지와의 약속이란 게 얼마나 부담스러운 것인지 뼈저리게 느낄 때가 있는데 이번이 그런 경우였다.

바다의 특성을 완전히 이해하기 어려운 육지에서 볼 때 일본에서 한국까지의 거리는 지척에 불과하다. 어언 3년 5개월이란 세월을 바다에서 보낸 내가 부산항까지 오기란 식은 죽 먹기라는 게 아마 한국에서 나를 기다리고 있는 분들의 짐작일 터였다.

"무슨 일이 있어도 6월 8일까지는 꼭 돌아와야 합니다."

'무슨 일이 있어도' 꼭 날짜를 맞춰 달라는 한국에서의 전화 연락은 몹시 곤혹스러웠다. 운명을 자연에 맡기고 바다로 나가는 항해자로서 장담할 수 있는 건 아무것도 없지 않은가. 과연 바다가 나를 순순히 보내 주려할까… 배 양옆으로 병풍처럼 몰아치는 검은 파도를 조심스럽게 헤쳐 나가면서도 마음은 줄곧 편치 않았다.

이 상황에서 그나마 다행인 것은 바람이 점차 뒤쪽에 불어와 배를 밀어 주고 있다는 사실이었다. 이제 선구자 2호의 운명은 오로지 바람의 방향에 좌우되는 상황이었다. 나의 작은 돛단배는 도마리항을 떠나 꼬박 하루가 지날 때까지 그렇게 불안한 상태로 앞으로 나아가고 있었다.

휘영청 밝은 달빛을 받으며 외롭게 떠나는 하얀 돛단배. 그동안 온갖 역경에도 불구하고 용케 견뎌 준 선구자 2호는 어느덧 나와 한 몸이 되었다. 주인이 외로울 때는 같이 침울해하고 주인이 용기를 잃었을 때는 저도 힘에 겨워 삐걱거리긴 했지만, 언제나 내게 기운을 북돋아 주는 건 쉼 없이 물살을 가르며 전진하는 녀석의 참을성 있는 모습이었다.

선구자 2호. 갑판에 기대앉아 문득 배 이름을 지어 주신 아버지를 그려 본다. 살아가는 동안에 아버지와 나는 그다지 많은 추억을 만들지 못했다. 남들처럼 부자가 같이 여행을 다녀 본 적도 없다. 아버지와 나는 서로 바쁘다는 이유로 좀처럼 마음을 열지 못했다. 간혹 술이라도 얼큰하게 취했을 때 아버지는 평소 때와 전혀 다른 모습이었다.

"석아, 너 하고 싶은 게 뭐냐? 말해 봐라. 아버지가 다 들어줄게."

비록 취중에 하는 말일지라도 나는 그것이 아버지의 진심이라는 걸 누구보다도 잘 알고 있었다. 다음 날 술기운이 가시면 언제 그런 모습을 보였냐는 듯이 과묵하고 엄격한 모습으로 돌아오긴 하셨지만 말이다. 빡빡한 현실, 가장으로서의 무거운 책임감, 당신 혼자서 감당해 낼 수밖에 없었던 그 모든 것이 아버지에게는 힘겨운 짐이었다는 걸 비로소 깨달았다.

울고 싶어도 울 수 없는 아버지라는 슬픈 이름… 내겐 희망과 절망의 두 가지 의미로 다가오곤 했던 아버지. 나는 바다 때문에 아버지를 잃었지만, 아버지 덕분에 이 어려운 일을 해낼 수 있었다. 돌아가신 아버지 앞에 떳떳이 서기 위해서라도 다시 바다에 나가야 한다는 어머니의 말씀이 아니더라도 아버지는 이번 항해의 가장 값진 의미로 내 가슴에 남아 있었다. 어쩌면 나는 3년 5개월이라는 긴 시간 동안을 아버지와 함께 항해해 온 건지도 모른다. 당신의 마음자리를 내 가슴속으로 옮겨와 살아 계신 아버지…. 지금 내 안에서 바로 그 아버지의 고른 숨결이 빨리 고국으로 가라고 재촉하고 있었다.

10

칼처럼 불처럼,
그런 영혼이어라

저녁 바람이 쉴 새 없이 바닷물을 간질이는 모양을 내려다보며 하얀 조각달이 부드러운 빛으로 바다를 감싸고 있었다. 대양 한가운데를 항해할 때는 종종 견딜 수 없는 고독감으로 다가오던 저 달빛이 이토록 포근하게 느껴지는 걸 보니 내가 고국에 오긴 온 건가 보다. 총 7만여 킬로미터의 뱃길을 달려온 나의 사랑스러운 돛단배 선구자 2호는 이제 마지막 기착지인 부산 앞바다를 50킬로미터 앞두고 있다. 이 작은 배와 더불어 내가 청춘을 바쳐 이루려고 했던 일은 과연 무엇이었을까.

세계 일주 단독 항해. 모두 무모한 일이라고 했다. 내가 해낼 수 있으리라고 믿어 주는 사람은 별로 없었다. 그래도 기어이 해내겠다며 고집 피웠던 일들이 새삼 까마득한 옛일 같다. 태평양을 건너고, 그리고 또 몇 년의 준비 끝에 세계 일주를 하겠다며 바다에 나온 지 벌써 3년 5개월. 처음 떠나올 당시 난 스물네 살이었다. 어쩌면 도망치고 싶었던 건지도 모른다. 스스로 감당할 수 없는 현실로부터, 가난으로부터, 그 가난이 빚어낸 인간과 인간의 불화와 갈등으로부터, 폭력과 불신으로 얼룩진 미국 내 소수 이민사회의 그늘로부터.

폭력으로 짓밟힌 LA 한인사회의 슬픈 현실을 단지 약소국 이민자들이 겪어야 할 어쩔 수 없는 설움쯤으로 받아들여 한탄만 하고 있기엔 내 나이가 너무 젊었다. 그렇다고 한들 그 젊음으로 무엇을 할 수 있었던가. 동족의 아픔은 둘째치고 우선은 내 이웃, 내 가족, 나아가서는 나 자신의 고통 앞에서도 내가 할 수 있는 일은 아무것도 없었다. 한순간의 폭동으로 잿더미가 되어 버린 우리의 생활 터전을 되돌려 달라고 호소해 봤자 귀를 기울여 줄 사랑은 어디에도 없었다. 어차피 미국이라는 거대한 다민족 국가에서 그것은 당사자들끼리 해결해야 할 분쟁에 불과했다.

그렇다고 해서 폭동을 일으킨 흑인들을 상대로 해서 복수를 할 것인가. 그것 또한 부질없는 폭력만 낳을 뿐이었다. LA 흑인 폭동은 한인들이나 흑인들 모두가 피해자였는지도 모른다. 그렇다면 과연 무엇으로 이 대안 없는 현실을 극복할 것인가. 무력하고 절망적인 현실 앞에서 내 젊은 혈기는 끓어 넘쳤지만 극복할 방법을 몰랐다. 우리도 뭔가 할 수 있다는 것을 보여 주자.

일단 그럴듯한 대의명분을 앞세워 떠나오기는 했지만 솔직히 3년 5개월 내내 스스로에게 물어보았다. 왜 난 또다시 이 바다에 나온 것일까. 집채만 한 파도가 몰아닥쳐 곧 배가 부서질 것 같은 죽음의 위험 앞에서 그 질책은 더 강해졌다. 무엇을 위해 여기서 이런 위험을 감수하고 있는 것인가. 어쩌면 도망치고 싶었던 건 아닐까. 자유로운 바다 여행이나 하면서 청춘의 낭만을 즐기고 싶어 한 것은 아닐까….

이제 와 고백하자면 그런 마음이 전혀 없었던 것도 아니었다. 항해 도중 어려울 때마다 집으로 돌아가 버리고 싶은 유혹도 수없이 겪었다. 그런 내게 확실한 목적의식을 심어 주고 끝까지 용기를 잃지 않도록 마음을 이끌어 준 건 실의에 빠져 있던 우리 교민들이었고, 세계 각국의 기착지마다 만난 해외 동포들의 성원이었다.

'해내고 말겠다는 정신! 본받고 싶습니다.'

'포기하지 않고 꿈을 좇는 모습! 아름답습니다.'

세계 일주를 끝내고
부산 입항 후
어머니와 함께

'그 용기가 부럽기만 합니다.'

'끝까지 무사하시기를…'

'칼처럼 불처럼, 그런 영혼이어라.'

항해 도중 기항지마다 찾아왔던 교민들의 격려와 기원으로 가득 찬 선구자 2호의 방명록은 200여 명의 이름과 함께 어느덧 정겨운 손때가 묻어 있었다. 포기하고 싶을 때마다 이 방명록의 글귀들을 들여다보며 얼마나 많은 힘을 얻었던가.

어머니의 모습이 보인다. 자식을 기다리느라 비를 맞으며 떨고 있는 어머니… 울고 계신 것 같았다. 대한민국 해군 여수함의 호위를 받으며 밤새 부산 앞바다까지 달려와 수영만 요트 계류장에 배를 정박시키기 전, 나는 눈물로 쓴 마지막 항해 일지를 덮었다.

오랜 시간 항해를 끝내고 육지에 올라서려니 갑자기 다리가 후들거리고 때아닌 멀미가 나는 것 같았다. 그러나 거센 빗방울이 후려치는 가운데 꽃다발과 플래카드를 들고 마중 나와 준 고국의 환영객들 앞에 선 순간, 감동으로 그만 목이 멨다. 먼 길을 왔다. 어쩌면 인생에서 가장 중요하다는 20대의 대부분을 바다에 바쳤지만 후회는 없다. 아마도 꿈을 이루었기 때문일 것이다. 불가능하다고 했던 꿈, 또 나 스스로도 성공을 장담할 수 없었던 그 꿈을 이루기 위해 차근차근 준비했고, 때론 목숨을 걸어가며 최선을 다했다.

이젠 자신 있게 말할 수 있을 것 같다. 꿈을 가지고 이를 실현하기 위해 하나하나 노력한다면 어느 누구라도 자신의 꿈을 이룰 수 있다는 말을. 이제 바다에서의 생활을 잠시 접고 육지로 돌아가야겠지만 두렵지는 않

세계 일주 도착 후 청와대에 초청받아 김영삼 대통령을 만났다.
대통령은 나에게 '신한국인'상을 주셨다.

다. 그 험한 바다를 나 혼자 헤쳐 나왔지 않은가.

　고국에 돌아온 뒤 난 따뜻한 환영을 받았다. 청와대에 초청되기도 하고, 해군에서 공로패를 받기도 했다. 또 정부와 민간단체에서 베푸는 여러 행사와 방송에 출연하여 항해 경험을 이야기하기도 하고, 신문 잡지 인터뷰 등으로 눈코 뜰 새 없이 바쁘게 지냈다. 기나긴 항해를 성공적으로 이끌어 준 진짜 공로자인 선구자 2호는 도전의 상징물로 부산 수영만 요트경기장 앞에서 전시되다가 바다의 상징인 국립해양박물관으로 이전되었다.

　무엇보다도 뜻깊은 것은 우리나라 청소년들을 위한 여러 행사였다. 그 첫 번째로 부산에서 전시회를 했다. 선구자 2호를 비롯하여 각종 통신 장비, 항해 장비, 취사도구 및 의류와 사진 등을 일반인들에게 처음으로

부산 국립해양박물관에 전시되어 있는 선구자 2호

공개했다. 이후 용인 에버랜드 전시관에서도 전시회를 했고, 한강 선착장에서는 전시회와 함께 선구자 2호를 직접 강에 띄워 청소년들에게 요트 항해를 경험하게 했다. 이 작고 낡은 배 한 척을 타고 대한민국 젊은이가 세계의 바다를 한 바퀴 돌아왔다는 걸 통해 우리 청소년들이 꿈과 용기를 얻을 수 있다는 것만으로도 내게는 보람된 일이었다. 나의 작은 성과가 자라나는 청소년들에게 조금이나마 꿈을 실어 줄 수 있다면 그것으로 더 이상 바랄 게 없었다.

"나도 이담에 크면 형처럼 배 타고 세계 일주 할 거예요!"

여의도 선착장에서 선구자 2호에 올라탄 초등학생 꼬마 하나가 고사리 같은 주먹을 불끈 쥐어 보였다. 그 아이는 맨 처음 엄마 손에 이끌려 배에 오를 때까지만 해도 무척 겁먹은 표정이었다.

"그것 봐라, 하나도 안 무섭지?"

내심 불안한 기색을 감추지 못하며 옆에 앉아 있던 아이의 어머니가 활짝 웃는 모습을 보며 내 마음도 흐뭇해졌다. 그 아이의 눈에 나타난 것은 바로 자기도 뭔가를 해냈다는, 할 수 있다는 자신감이었다. 어린아이들의 초롱초롱한 눈망울에서 빛나는 용기와 모험심이야말로 나 스스로 이번 항해의 가장 아름다운 보람으로 기록해야 할 항해 일지의 결말이었는지도 모른다.

제6부

슬픈
히말라야

01

세계 12봉
브로드피크

세계 일주 후, 모험에 대한 나의 열정은 지구 상에서 가장 위엄 있는 곳 중 하나인 히말라야로 향하게 했다. 처음 내게 솔깃한 제안을 해온 사람은 연세대학교 산악회의 전종주 대원이었다.

"이번에 히말라야 원정 간다는데, 같이 갈래?"

그 이야기를 듣는 순간 가슴 깊은 곳에서부터 떨림이 왔다.

"같이 갈 수 있을까? 내가 산을 잘 올라가는 것도 아닌데."

"이번 대원들 전부 다 히말라야는 처음 가는 거 같던데?"

그렇게 난 히말라야라는 유혹에 빠졌다. 당시 대학생이었던 나에겐 고민거리가 있었다. 태평양 횡단과 세계 일주 탐험으로 벌써 세 번이나 UCLA에 휴학을 한 상태였다. 아마 또 휴학을 한다고 하면 주변에서 반대할 게 뻔했다. 하지만 히말라야에 갈 기회는 또 언제 오겠는가? 한 학기 휴학 신청을 하러 가니 담당자가 날 알아보고 한마디 했다.

"너 또 휴학한다고? 이번 사유는 뭐냐?"

"아, 네. 히말라야에 좀 가보려고요."

"히말라야? 거긴 왜?"

"연세산악회가 히말라야에 도전한다네요. 저도 한번 해보려고요."

"멋지다. 그래, 무사히 다녀와."

어머니도 걱정이 되셨는지 꼬치꼬치 물으셨다.

"벌써 몇 번째야? 너 졸업은 할 거냐?"

"네, 3학년이니까 이번이 마지막 휴학이 될 거 같은데요. 돌아오면 졸업할 때까지 있을게요."

"히말라야에 가서 사람들 죽는다고 뉴스에 나오던데…"

걱정스러운 어머니의 말에 절대로 위험한 행동은 안 하겠다고 겨우 안

연세대 산악회 브로드피크 원정대와 선배님들은
김병수 연세대 총장님을 찾아 뵙고 기념사진을 찍었다.

심시켜 드렸다. 하지만 이번에 가는 연세산악회 대원들 모두 다 히말라야는 처음이라 한편으로는 걱정이 됐다.

"우리가 잘할 수 있을까?"

다행히 박영석 대장이 이끄는 동국대 산악부와 합동 등반을 할 거라고 했다. 박영석 대장은 그 당시 엄홍길 대장과 한국인 최초 8,000미터급 14좌 레이스를 하고 있었다. 에베레스트와 세계 고봉을 여러 번 오른 박영석 대장과 같이 등반을 하다니, 연세산악회 입장에서는 큰 행운이었다.

우리는 서울에 있는 전종주 대원의 아파트를 합동훈련소로 지정하고, 떠나기 두 달 전서부터 체력 단련에 힘썼다. 주로 20대 재학생으로 구성된 연세산악회 대원은 임공택, 전종주, 허승관, 홍종현, 현창길, 나까지 6명이었다. 재학생인 윤옥석, 배수연, 장정동은 트레킹 팀을 꾸려 베이스캠프까지 같이 가기로 했다. 우린 새벽마다 무거운 배낭을 짊어지고 가까운 관악산을 등산했다. 간단한 식사 후 달리기와 인공 암벽 등반 같은 운동을 하면서 만에 하나 정상에는 못 가더라도 최선을 다해 무사히 살아 돌아오자고 다짐했다.

박영석 대장이 브로드피크에 간다고 했을 때, 나를 포함한 대원들은 그 산의 이름이 생소하기만 했다. 에베레스트, K2, 낭가파르바트, 안나푸르나 같은 산은 많이 들어 봤지만 브로드피크라는 산은 처음 들어 봤다. 브로드피크는 8,047미터 높이로 K2 바로 옆에 위치한 세계에서 열두 번째로 높은 산이다. K2나 낭가파르바트처럼 악명 높지는 않지만, 몇 년 전 경희대 산악부 대원 세 명이 브로드피크에서 유명을 달리했을 만

세계에서 열두 번째로 높은 산, 브로드피크

큼 절대로 만만히 볼 산이 아니었다.

　원정 자금 조달은 선배들의 적극적인 도움으로 해결되었다. 그 당시 연세산악회 회장직을 맡았던 정인성 선배님, 정연규 지도교수님, 진세한, 김승진, 정갑수, 구태용, 우찬조, 이건섭 선배님, 동국대 이인정 선배님 등등 정말 많은 분이 도와주셨다. 특히 코오롱에 근무하던 정호진 선배님께서는 원정에 필요한 모든 등반 장비를 마련해 주셨다.

　1997년 6월, 온갖 준비 끝에 원정대는 태국을 경유해 파키스탄의 수도 이슬라마바드에 도착했다. 공항에서 원정 짐을 찾은 후, 세관 검사를 받기 위해 여행객과 함께 길게 줄을 섰다. 그때 황당한 일이 벌어졌다. 세관 절차가 늦어지면서 성질 급한 파키스탄인들이 난동을 일으키기 시작했다.

"뭐가 이렇게 오래 걸려요?"

"급한데 대충 하시죠!"

그들이 줄을 밀기 시작하면서 행렬은 모두 다 홍수처럼 앞으로 밀려 나갔다. 세관 직원들이 큰 고함을 지르면서 우릴 막으려 했다.

"그만해요! 그만 밀어요!"

하지만 아무 소용이 없었다. 우린 인파에 밀려 옆으로 빠질 수도 없는 와중에 극적으로 세관 출구까지 밀려 나왔다. 덕분에 까다롭다고 소문 난 파키스탄 세관 검색 없이 나올 수 있었지만 모두 다 놀란 기색이었다. 기다리고 있던 현지 가이드 굴람에게 이야기를 했더니 방긋 웃으면서 "웰 컴 투 파키스탄"이라며 자주 일어나는 일이라고 알려 줬다. 첫인상서부터 파키스탄은 특이한 나라였다.

현지 가이드인 굴람은 우릴 보자마자 큰일 났다고 했다. 굴람은 원정대 현지 행정 일을 보며 제일 중요한 등반 허가를 받아 놓기로 했다. 오랜 기간 수많은 원정대의 행정 일을 봐준 그가 아직 등반 허가가 나오지 않았다는 날벼락 같은 얘길 하는 게 아닌가!

"굴람 씨, 도대체 여태까지 뭘 하셨어요?"

원정대는 도착 즉시 관광청에 들러 등반 허가를 받고 바로 산으로 갈 계획이었다. 6월 말쯤 시작하는 장마철 전에 모든 등반을 마치기 위해서였다. 장마철이 시작되면 폭설로 등반을 포기해야 한다.

알고 보니 등반 허가가 안 나온 건 굴람의 실수가 아니었다. 당시 카슈미르 지역 영토 분쟁으로 이웃 나라인 파키스탄과 인도는 전쟁 직전까지 치달은 상태였다. 브로드피크가 위치한 카라코람산맥 지역이 카슈미르와 근접하다는 이유로 행정업무가 마비된 것이다.

최악의 경우, 등반 허가를 못 받으면 산에 가지도 못하고 돌아가야 한다. 등반 허가가 언제 나올지 몰라 굴람과 함께 보름 동안 관광청 사무실에 들러 등산 허가가 안 나왔다는 소식에 피가 마르고 맥이 빠졌다. "도대체 일을 왜 이따위로 하는 거야?"라고 불평해도 아무 소용이 없었다. 등반할 수 있는 기간이 줄어들면서 우리는 마음이 조급해졌고 일정에도 많은 차질이 생겼다.

이슬라마바드는 파키스탄의 수도에 걸맞게 깨끗하고 계획된 도시였다. 뜨거운 여름 날씨는 모든 대원을 지치게 했다. 우리는 시내 한가운데 위치한 현지인 민박집에 머물면서 등반 허가가 나오기만을 기다렸다. 민박집에서 제공하는 식사는 카레 종류의 인도 음식이 대부분이었고, 현지인들은 인도 TV 방송을 시청했다. 그 지역에 쓰이는 우루두 언어는 인도 지방에서도 많이 쓰이는 언어라고 했다. 1947년 영국 식민지였던 인도가 독립을 하면서 나라는 종교의 분쟁으로 인도와 파키스탄이란 두 나라로 분리되어 수많은 사람이 종교 학대와 학살을 피해 피난길에 나섰다고 한다.

카라코람산맥 지역은 군사 지역으로 원정대마다 파키스탄 육군 장교가 동행해야 한다. 관광청에서 우리 원정대에게 배정해 준 장교는 무아메드란 젊은 군인이었는데 원정 내내 우리와 함께 있었다. 파키스탄 엘

리트 군사학교 출신인 그는 군인이란 신분에 강한 자부심을 내비치곤 했다. 육군 장교가 사소한 시비로 원정에 많은 차질을 줄 수도 있다고 해서 임공택 대장은 영어가 통하는 나에게 특별한 지시를 내렸다. 원정에 차질이 없도록 무아메드와 친하게 지내라는 것이었다.

다행히 무아메드는 소탈했고 원정 내내 별 간섭을 안 했다. 독실한 이슬람 신교인 그는 이슬람 이야기를 많이 해주며 어떻게 해서든 나를 전도하려고 했다.

"동석, 코란을 읽어 봐. 그럼 세상이 보일 거야."

주님을 믿는 나로선 난처했지만, 그와 나눈 많은 대화 덕에 파키스탄

카라코람 고속도로에 잠시 멈춘 버스의 모습.
파키스탄 소년과 함께 있는 필자와 오른쪽에 있는 홍종현 대원.
오른쪽 멀리 세계 9봉인 낭가파르바트가 보인다.

정세와 이슬람에 대해 알게 된 건 나름의 소득이었다.

보름 후, 드디어 기다리던 등반 허가가 나왔다. 한시가 급한 우린 전용 버스를 타고 북부 마을 '스카르두(Skardu)'로 향했다. 24시간 동안 버스 기사 두 명이 인류 문명의 물줄기인 인더스강 절벽 위에 깎인 카라코람 고속도로를 아슬아슬하게 교대해 가며 달렸다. 카라코람 고속도로는 워낙 험난해 대부분 스카루드까지 비행기를 타고 가기를 원한다. 하지만 산악지대의 악천후로 항공편이 자주 취소돼, 울며 겨자 먹는 식으로 대부분의 원정대는 버스로 이동한다.

가는 길에 세계에서 아홉 번째로 높은 낭가파르바트가 선명하게 드러

발토로 빙하 콩코르디아에 도착한 연세대 동국대 합동 원정대

났다. 내 인생 처음 보는 8,000미터급 산이었는데 멀리서 봐도 어마어마한 규모에 놀랐다. 낭가파르바트는 워낙 많은 산악인이 살아 돌아오지 못한 곳이라고 해서 '킬러 마운틴(Killer Mountain)'이라는 별명이 붙은 고봉이다.

도로 곳곳엔 엽총을 차고 검문소를 지키고 있는 무장 군인들이 보였다. 휴게소는 전혀 없었고 볼일이 급할 땐 기사에게 알려 주면 아무 데서나 멈췄다.

이번 원정에 같이 따라온 연세대 트레킹 팀의 윤옥석, 배수연 대원은 버스에서 좀 떨어진 한적한 곳을 찾아서 볼일을 봤는데, 그걸 보고 버스 기사들이 벼락같이 화를 내면서 야단을 쳤다. 외진 곳에 있는 여자들을 납치해 가는 사례가 종종 있다면서 절대로 멀리 떨어지면 안 되고, 항상 지키고 있어야 한다고 당부했다. 그 이후로 윤옥석, 배수연 대원은 불편하더라도 가까운 데서 볼일을 봤다.

02

산은
험난하고
위험했다

스카르두에 도착한 원정대는 지프차 여러 대를 대여해 아스콜리(Askole)라는 마을로 향했다. 연결된 비포장도로는 길이라고 하기에는 너무 험난했다. 흐르는 강물 곁에 무너진 도로 구간에서는 사륜차로 강을 건널 수밖에 없었다. 정말 아찔했다. 사륜차는 마구 흔들렸고, 손에 식은땀이 흘렀다. 아스콜리에서부터는 도로가 완전히 무너져 더 이상 차로 이동할 수 없었다.

거기서부터는 원정대 짐과 식량을 운반해 줄 80명의 현지 짐꾼을 고용했다. 이들은 25킬로그램의 무게를 하루에 6시간 동안 운반하는 대가로 하루에 3,500원씩 받았다. 원정대는 그들이 필요한 옷과 신발을 준비해 왔고, 음식을 만들어 먹을 수 있는 취사도구 장비와 원료도 마련해 줬다. 짐꾼 중에 10대 아이들도 보였다. 하루에 3,500원을 받고 막노동을 하는 짐꾼들이 가엾어 보였지만, 그들에게는 큰 소득이라고 했다.

짐꾼들은 우리의 짐뿐만 아니라 아스콜리에서 구입한 소 한 마리, 염

일주일 동안 걸은 63킬로미터 길이의 발토로 빙하. 세계에서 제일 긴 빙하 중에 하나로서 K2, 브로드피크, 가셔브룸 같은 고봉으로 둘러싸여 있다. © [Druzhinin Alexey] / Adobe Stock

소 여러 마리와 닭 수십 마리도 운반해 줬다. 이 동물들은 산 채로 베이스캠프까지 데려가 잡을 예정이었다. 검은 소를 꼬시고 달래 험난한 발토로 빙하 길로 베이스캠프까지 끌고 갔다. 베이스캠프에 도착한 소는 바로 도살되어 원정 대원들에게 필요한 단백질과 영양을 제공해 줬다. 베이스캠프에는 냉동 시설이 없었기 때문에 고기는 베이스캠프 주변의 빙하에 묻어 놓았다. 빙하에 묻어 놓으면 괜찮을 거라고 생각했는데 그 높은 곳에도 파리가 살고 있었다. 2주 만에 발견된 고기는 구더기로 인해 전부 다 버려야 했다.

고산병이 얼마나 위험하고 치명적인지는 박영석 대장과 히말라야에 갔다 온 연세산악회 정호진, 정갑수 선배에게 자주 들었다. 우리는 세계에서 제일 긴 빙하 중의 하나인 발토로 빙하를 따라 베이스캠프로 걸어 갔다. 세계 최대라는 이름에 걸맞게, 발토로 빙하의 크기는 어마어마했으며, 나는 태어나서 이렇게 많은 얼음을 본 적이 없었다. 강처럼 천천히 움직이는 얼음덩어리가 사방을 둘러쌌다. 빙하가 계속 움직이면서, 등산로도 매년 조금씩 바뀐다고 했다.

충분한 고소 적응을 위해 일주일 동안 70킬로미터의 험난한 빙하길을 걸었다. 매일 6시간 정도 걸은 후 캠프를 설치해 충분한 휴식을 취하면서 고소 적응을 해나갔다. 가는 길엔 트랑고 타워와 마셔브룸 같은 세계적인 고봉과 마주쳤다. 일주일 후, 콩코르디아에 도착한 원정대는 주변의 풍경에 압도되었다. 세계에서 두 번째로 높은 K2와 열두 번째로 높은 브로드피크는 북쪽으로 그 위엄을 드러냈고, 완벽한 피라미드처럼 생긴 산 초고리사는 남쪽에서 그 아름다움을 내보였다.

히말라야가 처음인 연세대 산악부 대원들은 하늘로 깎아지른 듯한 고

발토로 빙하강을 건너는 임공택 대장과 배수연 대원

한 달 동안 머물렀던 브로드피크 베이스캠프의 모습

봉의 거대함에 입을 다물지 못했다. "대체 저 높은 산을 어떻게 오른단 말이야?"라고 누군가 중얼댔다. 지금까지 보아 왔던 산과는 완전히 다른 차원의 산이었다. 발토로 빙하의 중심지인 콩코르디아를 지나 북쪽으로 몇 시간 더 걸어 K2와 브로드피크 사이 해발 4,900미터 평지에 한 달 동안 머물 원정대 베이스캠프를 설치했다. 몇 달 동안의 준비 끝에, 드디어 히말라야 등반을 시작하는 순간이었다.

동국대 박영석 대장과 연세대 임공택 대장은 정상 등반을 위해 같이 호흡을 맞춰 갔다. 임 대장은 베이스캠프 첫날, 심한 두통과 무기력을 호소하며 괴로워했다. 강력한 체력 소유자인 임 대장의 이런 모습은 처음이라 걱정이 많이 됐다. 마침 옆에 있던 독일 상업 원정대 의사가 진단 후 고산병이니 바로 하산하도록 지시했다. 임 대장은 콩코르디아로 하산해 이틀 동안 고소 적응 후 다시 올라왔다. 내려가니 두통과 고산병이 거짓말처럼 사라졌다고 했다.

원정대는 박 대장의 지도하에 산 중간중간에 여러 개의 캠프를 구축하면서 등반에 필요한 음식과 장비를 올렸다. 우리가 도착할 때쯤 대부분의 원정대는 일정을 다 마치고 철수 중이었다. 오스트리아, 스위스, 독일, 칠레 팀은 정상까지 등정했다고 했다. 늦게나마 등반을 할 수 있게 되어 다행이었다. 먼저 도착한 등반대들이 브로드피크 곳곳에 고정 로프를 설치해 줘 늦은 시기에 도착한 좋은 점도 있었다. 베이스캠프 주변의 다국적 원정대와의 만남도 인상적이었다.

한 미국 팀은 우리가 도착했을 때 기상 악화로 정상 도전을 포기하고 철수 중이었다. 그들은 엉뚱하게도 원정대마다 다니면서 고정 로프를 설치한 대가를 받으려고 했다.

"얼마면 될까요?"

"한 200달러 정도는 받아야 할 거 같은데요?"

박 대장이 어이가 없다면서 한마디 했다.

"당신들이 필요해서 고정 로프를 깔아 놓고는 우리한테 그 대가를 내라는 건 말이 안 됩니다. 수많은 원정을 다니면서 이런 요구를 받는 것은 처음이네요."

하지만 그들은 정상까지 고정 로프를 거의 다 설치했다면서 배상받을 때까지 우리 베이스캠프를 떠나지 않겠다고 억지를 부렸다. 박 대장은 정 그러면 우리가 설치하려고 가지고 온 로프를 갖고 가라고 했고, 미국 팀은 우리 원정대의 고정 로프를 가지고 갔다.

원정대는 한국에서부터 매일 맞춤형 기상 정보를 받았다. 하지만 오보가 심한 탓에, 추가 기상 정보를 여러 곳에서 수집해 오는 것이 중요했다. 박 대장과 임 대장은 그 임무를 전종주 대원과 나에게 맡겼다. 우린 매일 주변 원정대 캠프를 다니며 그들이 본국에서 받은 기상 정보를 수집했다.

우리 베이스캠프 바로 옆에 위치한 스페인 팀은 굉장히 호의적이면서 정서가 우리와 가장 잘 맞는 거 같았다. 갈 때마다 음식과 와인을 대접해 줬고, 바짝 말린 여러 종류의 소시지를 텐트 여기저기에 걸어 놓고 큼직하게 잘라 주기도 했다. 프랑스 리옹대학 팀은 청소 팀으로 등반하면서 쓰레기를 회수하는 목적으로 왔다고 한다. 20대 초반인 그들은 같은 또래인 우리와 자주 어울려 술도 마시고 대화도 나눴다. 한국 문화에 관심이 많아서 서태지와 아이들 음악을 들려주자 무척 신기해하며 좋아했다.

브로드피크는 산악지역답게 한여름인데도 폭설이 많이 내리고 기후가 수시로 변했다. 브로드피크의 크기는 상상을 초월했다. 마치 하늘까지 치솟아 오른 거대한 바윗덩어리를 닮았다. 이렇게 높은 산은 평생 처음이었다. 한반도에서 제일 높은 백두산이 2,750미터라고 하는데, 브로드피크는 8,047미터로 거의 세 배다.

나는 베이스캠프에서 행정, 기상 정보 수집, 교신 등의 업무를 담당했다. 원정대는 한 달 동안 정상에 도전했지만 며칠 간격으로 내린 폭설이 걸림돌이 되었다. 걱정하던 장마철이 본격적으로 시작된 것 같았다.

도착한 지 보름 후, 원정대는 해발 7,300미터쯤에 캠프 3을 구축했다. 난 전진캠프까지만 올라갔다. 더 오르려고 했지만, 육체적인 한계에 부닥쳐 버렸다. 반나절 동안 심한 낙석 지대를 통과해 전진캠프까지 겨우 올

브로드피크 앞에 선 연세대 산악회 대원들

라갈 수 있었다. 낙석 지대에선 해빙설과 함께 작고 큰 돌덩어리들이 무섭게 떨어졌다. 이러다 커다란 바위에 정면으로 맞으면 바로 죽을 수도 있다는 생각이 들었다. 전진캠프에는 더 높은 캠프를 구축하기 위해 전 대원들이 다 와있었다. 연세대 대원들과 동국대의 이치상, 오은선, 한성수, 강성규, 김형우 대원 등이 있었다. 박 대장이 나에게 물었다.

"할 만해?"

나는 힘없이 대답했다.

"너무 힘든데요."

산 아래 풍경은 놀라웠다. 발토로 빙하가 긴 강처럼 놓여 있는 형상이 마치 얼음 혜성에 온 거 같았다. '이런 풍경을 보려고 기를 쓰고 높은 산

전진캠프에 모인 등반 대원들. 필자는 고산병으로 여기서 바로 하산했다.

에 오르는구나.'라는 생각이 저절로 들었다.

좀 쉬고 있는데 머리가 계속 아파 왔다. 고산병이 오는 것 같아 박 대장이 빨리 하산하라고 지시했다. 그런데 같이 가겠다는 사람이 없었다. 모두 다 좀 쉬었다 더 높은 캠프로 올라가겠다고 했다. 결국 나 혼자 내려오는데 와락 겁이 났다. '아무도 없는데 이러다 사고라도 나면 어떡하지?' 하는 걱정이 가득했다.

내려올 때도 위험한 낙석 구간을 통과해야 했다. 커다란 돌덩어리가 바로 옆을 스쳐 갈 때 아찔했지만 다행히 정면으로는 부딪치지 않았다. 해가 질 무렵 겨우 하산했지만, 베이스캠프까지는 빙하강을 건너야 했다. 금방 녹은 물로 빙하강의 물살은 아주 거셌다. 만약 여기서 미끄러지면 익사할 게 확실했다. 무사히 베이스캠프에 도착하니 박 대장과 임 대장의 무선을 받고 나온 요리사 푸르만이 저녁을 해놓고 기다리고 있었다. 말 그대로 십년감수했다.

캠프 2에 올라가 있던 후배 허승관과 현창길은 휴식을 취하기 위해 아래 캠프로 하산 중이었다. 해가 질 무렵, 갑자기 현창길 대원한테 무선이 왔다. 허승관 대원이 사라져 어디 있는지 모르겠다는 것이었다. 모두 다 당황할 수밖에 없었다. 알고 보니 지칠 줄 모르는 강력한 체력으로 캠프 2까지 올라간 허승관 대원은 급격히 체력이 떨어져 하산 중이었다. 우린 현창길 대원이 못 본 사이 허승관 대원이 아래 캠프로 내려가 쉬고 있다고 생각했다.

현창길 대원은 너무 지친 데다 해가 져 더 이상 못 내려가겠다며 산 한가운데서 비박을 하겠다고 했다. 대원들의 불안감은 커졌다. 텐트의 보호 없이 비박을 하다가는 얼어 죽을 수도 있기 때문이다. 그날 밤, 눈이 내리기 시작했을 때 대원들 전부 걱정으로 잠을 잘 수가 없었다. 천만다행으로 바람은 심하게 불지 않았지만, 날씨가 조금이라도 더 안 좋았으면 큰일 날 뻔했다.

다음 날 새벽, 현창길 대원에게서 비박을 탈 없이 잘했다는 연락이 왔다. 바로 하산해 텐트에 허승관 대원이 있는지 확인해 보겠다고 했다. 얼마 후 떨리는 목소리로 "승관이 형이 캠프 1 텐트에 없는데요."라는 내용의 교신이 왔다. 청천벽력 같은 소식에 모두 아연실색했다.

'승관이는 대체 어디 있는 걸까?'

우리는 혼자 하산 중일지도 모른다는 실낱같은 희망을 품었다. 애타는

브로드피크 서릉 초등루트의 낙석지대를 올라가고 있는 등반대

순간순간이 속절없이 흘러갔다. 고성능 망원경으로 산을 샅샅이 뒤져보니 빨간색 물체가 보였다. 승관이 같았다. 수색 작업에 나선 대원들이 등반 로프로 캠프 1 인근의 빨간 물체에 어렵게 접근했다.

허승관 대원의 우모 파카였다.

"옷은 있는데 승관이는 안 보입니다."라며 이치상 대원이 계속 수색 작업을 하겠다고 했다. 하지만 이때를 기다렸다는 듯 시작된 폭설과 기상악화로 우린 다시 절망에 빠졌다. 대원들은 체력 소모로 탈진한 상태였지만 허승관 대원은 어디에도 보이지 않았다. 어쩔 수 없이 수색 작업을 중단하고 모두 베이스캠프로 내려왔을 땐 천지가 폭설로 뒤덮였다. 끝내 허승관 대원은 우리에게 돌아오지 않았다. 설사면의 녹는 눈과 함께 크레바스에 빠졌을 거라 추측할 뿐, 브로드피크는 아무런 설명도 내놓지 않았다.

03

고 허승관 대원을
기리며

너무나 슬프고 안타까웠다. 26세의 젊은 청년 허승관 대원은 특유의 미소로 사람들과 잘 어울렸다. 장난기가 많았던 승관이는 나와 같은 사학과로 함께 진로에 관한 이야기를 많이 나눴다. 그는 나에게 역사학 전공으로 어떤 직업을 찾을 수 있는지, 미국에선 역사학 출신을 알아주는지 물어봤었다.

배낭여행을 해보니 미국 생활이 적성에 맞는 거 같다며 기회가 되면 미국에서 살고 싶다고 했던 승관이. 부산 사투리가 유독 정겨웠던 승관이.

"형, 제가 미국 가면 모른 척하는 거 아니죠?"

나는 "당연히 도와줄 수 있는 건 다 도와줘야지, 언제든지 와."라고 했지만, 약속을 지킬 기회는 오지 않았고 우리는 그를 집으로 데려올 수 없었다.

동국대 강성규 대원이 피켈과 등산 장비로 만들어 준 추모패를 K2 메모리얼에 설치하러 가는 길은 뿌연 안개로 앞이 안 보였고 하늘도 슬펐는지 가랑비가 하염없이 흩날렸다. 추모패를 설치하면서 대원들은 흐느끼며 울기 시작했다. 그렇게 우리의 히말라야 원정은 비극으로 끝났다.

서울로 돌아와 연세대학교에서 허승관 대원의 장례식을 치렀다. 우리만 살아 돌아와서 오열하는 가족들을 뵐 면목이 없었다. 2남 1녀 중 막내였던 승관이는 시신도 없이 영결식을 치른 후 그로부터 22년이 지난 2021년 7월, 홀연 우리 앞에 다시 나타났다. 외국인 등반대가 브로드피크 베이스캠프 근처 녹아내린 눈 사이에서 시신을 찾아낸 것이었다. 시신과 함께 연세대 산악회 재킷과 깃발 등도 오롯이 남아 있었다.

히말라야에서 실종된 이들 대부분은 흔적도 없이 사라진다. 당시 원정을 함께했던 연세산악회 대원들은 우리가 그를 잊지 않는 한 언젠가는 찾을 거라는 절실한 소망으로 22년을 기다렸다. 막상 그 소망이 이루어지자 그리움으로 가슴이 먹먹할 뿐이었다.

고 허승관 대원(오른쪽)과 함께 파키스탄 관광청 앞에서

브로드피크 옆에 위치한 세계 2봉인 K2을 배경으로 있는 원정대

코로나바이러스 시국인지라 시신 수습은 쉽지 않았다. 허승관 대원과 같이 하산했던 현창길 대원이 연세산악회를 대표해 파키스탄으로 출국했다. 유족의 뜻에 따라 시신은 K2 메모리얼 인근 양지바른 곳에 안장되었다. 승관이는 그토록 좋아했던 산에서 히말라야의 맑은 영혼으로 영원히 잠들었다.

자연은 너그러움이 없다. 그냥 거기 있을 뿐이고, 그날그날 지나가는

"그대 더 높은 눈으로,
더 높은 산을 산 위에서 바라보기 위해 함께 왔던 악우 박영도, 허승관.
여기 히말라야의 하늘에 맑은 영혼으로 남다."

박영석 대장이
허승관 대원과 2001년 K2에서 죽은 박영도 대원을 기리며
설치한 추모패에 새겨진 글

날씨에 따라 매번 다른 모습을 보인다. 산에서 친한 친구를 잃은 건 브로드피크가 처음이었다. 어떤 산이든 위험은 따른다. 심지어 가벼운 등산을 하다가도 변을 당할 수 있다. 히말라야에 도전하는 것은 새로운 영역에 도전하는 것과 같다. 우리는 브로드피크에 가기 전 위험을 제대로 알고 있었는지, 아니면 젊은 패기로 겁 없이 나섰던 건 아니었는지 생각하고 또 생각했다. 위험하다는 건 알았어도 죽음으로 대가를 치를 수도

있다는 생각은 하지 않았다. 준비 과정에서도 죽을 수는 있지만, 설마라는 생각을 했다.

사람들은 자주 이런 질문을 한다. 바다와 산 중 어떤 게 더 무섭고 위험하냐고 묻는다. 나는 둘 다 무섭고 위험하다고 대답한다. 나는 바다에서 죽을 수도 있었지만 어떻게 살아남을 수 있었고 산에서는 사랑하는 후배를 잃었다. 박영석 대장은 승관이가 체력이 아주 좋아서 다음 히말라야 원정에도 데려가겠다고 여러 번 이야기했었는데, 그가 우릴 떠났다는 게 지금도 믿기지 않는다. 너무나 슬프고 허탈했다. 하늘은 다른 계획을 가지고 그를 먼저 데려간 것일까.

사랑하는 승관아. 부디 그곳 날씨는 평안하길.
다시 만나는 날까지 잘 지내라, 아카라카(연세대학교 구호)!

제7부

북극점
탐험

01

최소한 육지는
흔들리지 않았다

긴 바다와의 사투와 험난한 히말라야 원정을
마친 다음, 딜로이트 회계법인에서 재무 감사관으로 3년 동안 근무했다.
국제 대형 회계법인은 극심한 스트레스와 살인적인 업무량으로 유명하
다. 그래도 난 행복했다. 감사 업무는 나름대로 많은 어려움이 있었지만
적어도 생명에 위협은 없었다.

육지는 요트처럼 마구 흔들리지 않았고, 히말라야 절벽에서처럼 떨어
질 걱정도 없었다. 사람을 상대하는 것이 가장 큰 도전이었으나, 다행히
대부분 좋은 관계를 유지할 수 있었다. 내가 맡은 업무는 기업 재정표의
재무 정보를 확인하는 감사 일이었는데, 고객으로는 미주 중앙일보 및
수많은 부동산 회사, 대기업과 중소기업 등이 있었다.

많은 사람이 궁금해한다. 자유롭게 바다와 산을 떠돌아다니던 내가
어떻게 하루 종일 의자에 앉아 고리타분한 감사일을 할 수 있냐고 물어
본다. 난 일반인처럼 회사 생활을 해보고 싶어서 대학에서 회계를 공부

했고, 그게 내 적성에 맞는 것에 놀랐었다. 물론 업무 스트레스가 많았지만 어떻게 잘 견뎌 내 직장인들의 일상과 고민거리도 알게 됐다.

그 당시 가깝게 지내던 한국대학 산악부 친구들과 같이 주말마다 암벽 등반과 야영을 즐겼다. 특히 LA 인근에 있는 '바위의 천국'이라고 불리는 조슈아 트리 국립공원에 자주 갔었다. 수천 개의 바위로 장관을 이루는 조슈아 트리는 바위의 천국이라는 이름에 걸맞게 암벽 등반가들의 메카로 통한다. 그때 같이 다닌 심정섭, 형명우, 김기범, 전종주, 허정연, 정정현, 전정호와 어울려 여가를 보내는 게 당시 내 유일한 즐거움이었다.

그렇게 회사에 3년째 잘 다니고 있었는데, 2004년 9월에 박영석 대장

대학 산악부 친구들과 암벽 등반을 자주 했다(왼쪽에서부터 전정호, 필자, 형명우, 전종주, 김기범).

으로부터 전화가 왔다. 박 대장은 내가 전화를 받자마자 대뜸 물었다.

"너 북극에 같이 갈래?"

갑작스러운 말에 난 깜짝 놀라 되물었다.

"네? 북극이요?"

박 대장은 북극점 탐험에 나설 예정이라면서 날 원정 매니저로 데려가고 싶다고 했다. 같이 갈 거면 바로 원정대와 합류해 준비해야 하는데 준비 과정서부터 뒤처리까지 약 7개월 정도 걸릴 거라고 했다. 박 대장은 "생각해 보고 나한테 알려 줘. 같이 갔으면 좋겠다."라고 말하고 통화를 끝냈다.

박 대장은 예전에 히말라야 브로드피크 원정을 같이하면서 내 행정 능력이 마음에 들었다고 했다. 영어 대화가 원활하고, 대학 산악부 출신이라 산악부 정서도 잘 알아서 북극점 원정 매니저로서 적합하다고 판단했다는 거다.

'갈까, 말까? 북극에 대해서는 아는 게 별로 없는데 어떻게 일 처리를 하지?'

그날 밤늦게까지 많은 고민을 했다. 간신히 딜로이트에 들어와 열심히 일하고 있는데, 그걸 다 포기해 버리기가 쉽지 않았다. 회계법인에 들어오기는 엄청 힘들지만, 입사해 평균 고용 기간은 약 3년 정도다. 많은 업무량과 스트레스에 시달려 3년 만에 그만두는 경우가 대부분인 것이다. 대형 회계법인 경력을 쌓기 위해 전략적으로 단기간 일하는 친구들도 있는데, 퇴사 후 경영학 대학원이나 대기업 회계 재무 부서 쪽으로 이직하는 게 대부분이다. 대형 회계법인 경력이면 평생 일자리 걱정을 안 해도 된다는 말이 있다. 그만큼 많은 회사가 선호한다는 뜻이다. 물론 대형 회계법인에 계속 남아 승진해 임원이나 파트너가 되면 돈방석에 앉게 되지만, 10년 이상 치열한 경쟁을 한다 해도 임원이 된다는 보장은 없었다.

결국 난 딜로이트를 퇴사하기로 결심했다. 내가 북극엔 또 언제 가겠나? 남들이 부러워하는 직장을 버려서라도 놓치고 싶지 않은 기회였다. 원정이 끝난 후 딜로이트처럼 날 고용해 줄 회사가 있을 거라고 믿었다. 그다음 날 바로 사표를 냈다. 인사부에서 퇴사 사유를 물었을 때, "북극점 원정에 참여하러 갑니다."라고 하니까 어이가 없다는 표정이었다.

"뭐라고요? 북극점 원정이요?"

그런 퇴사 사유는 처음이라고 했다. 같은 프로젝트에 일하던 임원이 직접 만나자고 했다. 그는 내 퇴사 사유를 아직 못 들었는지 연봉을 올려 줄 테니 남아 있어 달라고 부탁했다. 어디로 이직할 건지, 거기만큼 연봉을 올릴 수도 있다고 했다.

북극점 원정에 간다고 하니까 깜짝 놀라면서 "어쩔 수 없네요. 그런 기회와 연봉을 맞바꿀 수는 없으니까요."라고 말했다. 딜로이트에서는 내 퇴사 사유가 화젯거리가 되었다. 그날 박 대장에게 전화를 했다.

"형, 북극에 갈게요. 한국에 언제 가면 되죠?"

"회사는?"

"오늘 사표 신청했어요."

"뭐? 그렇게 빨리?"라고 놀라면서도 한편으로는 흐뭇해하며 바로 한국으로 오라고 했다. 난 2004년 11월에 원정대와 합류해 2005년 5월까지 북극 원정 준비를 함께했다.

02

빨리 안 오면
모두 다
얼어 죽는다

총 여섯 명의 대원이 북극 원정대에 참여했다.

박영석 원정대장을 필두로 홍성택, 오희준, 정찬일, 전창 그리고 나. 홍성택, 오희준, 정찬일 대원은 히말라야에서 수많은 경험을 쌓은 세계적인 수준의 등반가였고, 전창은 원정에 동행하며 기사를 보도할 동아일보 기자였다. 원정 대원들과 초면인데 편히 소통하며 잘 어울릴 수 있을까 하는 걱정이 됐지만, 산이라는 자연의 언어가 우릴 하나 된 열정으로 묶어 주기에는 늘 그래왔듯이 달리 시간이 필요하지 않았다. 첫 만남서부터 삼겹살과 소주로 친해진 원정 대원들은 나를 편하게 대해 줬다.

우리는 서울 원정대 합숙훈련소인 박 대장의 하월곡동아파트에 머물면서 인생 철학을 가진 형제들처럼 잘 어울렸다. 오희준 대원과 나는 거실을 같이 쓰고, 박 대장과 남극에 같이 갔었던 이현조 대원은 각방을 썼다. 제주도 출신인 오희준 대원은 대단한 애주가였으며, 나는 그와 3개월 동안 거실에서 생활하면서 함께 즐거운 시간을 보냈다. 그는 성격도 활달한 편이고 재미있는 에피소드가 무궁무진했다. 뒤돌아보면 그때가 아주 행복한 때였다. 가진 건 없었지만 걱정할 것도 별로 없던 청춘의 한때, 젊음과 패기만으로 세상 두려울 것 없는 시기였다.

북극점에 도착하면 박 대장은 산악 그랜드슬램을 세계 최초로 달성한 영웅이 된다. 산악 그랜드슬램은 8,000미터 이상 되는 세계에서 가장 높은 14개의 산들을 오르고, 각 대륙의 가장 높은 산을 정복하고, 걸어서 북극점과 남극점에 도달하는 자에게만 주어지는 최고의 영예를 상징한다. 이 때문에 우리의 북극점 탐험에 많은 사람의 관심이 쏠려 있었다.

박 대장이 북극점 원정대 메인 스폰서로 대기업인 엔씨소프트와 엘지화재의 협찬을 받아와, 대원들은 비교적 풍요롭게 원정 준비를 할 수 있

소공동 롯데호텔에서 열린 북극점 원정대 발대식 때
사회를 본 가수 유열 씨가 대원들을 소개하고 있다.

북극 원정의 베이스캠프인 레졸루트 원주민 마을.
여기서 3개월을 보냈다.

었다. 떠나기 전엔 많은 사람이 지구에서 제일 추운 곳에 가는 대원들의
체력 보충을 위해 맛있는 음식을 많이 대접해 주었다. 무궁무진한 박 대
장의 인맥 덕분에 허영만 화백, 김동건 앵커, 배우 송강호, 유지태, 가수
유열 등 각층의 많은 유명 인사도 만날 수 있었다. 그러는 동안 우리는
철저한 준비를 했다. 노르웨이에서 썰매를 주문했고, 도보 대원들이 필
요한 장비, 건조 음식, 북극 바다에 빠질 경우에 대비한 특수 방수복 등
챙겨야 할 것들이 계속 나왔다.

　원정대는 강릉에 체력 훈련을 하러 자주 갔다. 박 대장은 나를 도보 대
원 중 누군가 다치면 대신 투입할 대비 도보 대원으로 생각하고 있었다.

그런 이유로 나보고 트럭 타이어를 끌어 보라고 시켰지만 타이어는 꼼짝도 안 했다. 아니, 이 무거운 걸 끌고 하루에 10시간씩 어떻게 걷는지 이해도 되지 않았다. 앞에서 번갈아 가며 타이어를 끌고 걷는 대원들은 엄청난 괴력의 소유자들이었다. 우리는 마지막 점검으로 한겨울에 오희준 대원의 고향인 제주도로 가서 혹독한 훈련을 했다. 눈에 가득 쌓인 한라산 정상까지 썰매를 끌고 올라갈 때 등산길에서 마주친 등반객들이 옆으로 비켜 주면서 박수와 환호로 응원해 주었다.

"꼭 성공하고 오세요."

"박 대장님 파이팅! 북극 원정대 파이팅!"

2005년 2월 초, 수개월 동안의 준비를 끝내고 원정대는 북극점 탐험을 위해 캐나다로 떠났다. 수도인 오타와를 경유해 캐나다 최단 북부 영토 누나부트 준주(Nunavut territory)에 위치한 이누이트 마을, 레졸루트(Resolute)에 도착했다.

원정대는 탄자니아 출신인 아지즈 카라지가 소유하고 있는 '사우스 캠프라'는 민박 시설에 3개월 동안 머물 베이스캠프를 차렸다. 아지즈는 민박 시설 외 레졸루트에서 많은 사업을 하는 동네 갑부였다. 대부분의 이누이트족은 정부 보조금에 의지해 살면서 북극곰 사냥으로 부족한 생활비를 보충했다. 알코올 중독 문제가 심각한 이누이트를 보호하는 차원으로 술 판매는 마을 전체에서 금지되어 있었다.

도착 후 이어진 악천후로 인해 도보 대원들은 며칠 동안 탐험 출발지점까지 갈 수가 없었다. 극지 전문 항공사인 켄보렉사의 트윈오터(Twin Otter) 프로펠러 비행기가 안 좋은 기상으로 비행을 할 수 없어서였다.

80킬로그램의 썰매를 끌고 갈라진 리드(얼음이 갈라지면서 드러난 바다)를 건너는 대원

당일 아침 기상 정보에 따라 출발 여부가 결정되기 때문에 새벽부터 일어나 모든 준비를 했지만, 비행기가 취소되었다는 소식에 모두 맥이 빠졌다. 전창 기자가 짜증이 섞인 어조로 한마디 했다.

"예전 남극점 때도 일주일 동안 새벽마다 일어나 준비했었는데, 이번에도 그렇게 되는 거 아냐?"

다행히 며칠 후 기상이 좋아졌다. 비행기는 캐나다 최대 북부에 위치한 워드헌트섬(Ward Hunt Island)이라는 작은 무인도에 도보 대원들을 내려줬다. 박 대장이 이끄는 도보 대원들은 그곳에서 출발해 영하 40도, 최감 온도 영하 70도라는 극심한 날씨 속에서 54일 동안 800킬로미터를 걸었다. 그들은 지구에서 제일 추운 얼음 냉장고 같은 데서 두 달을 보낸 것이다.

나의 역할 중 하나는 기상 정보를 수집해 분석한 후, 대원들에게 맞춤형 기상 정보를 알려 주는 것이었다. 요트 세계 일주 때 배운 기상 정보 지식이 이때 많은 도움이 되었다. 요트 탐험을 위해 항해법과 기상학 등을 대학에서 수강했고 따로 공부도 했었다. 가장 중요한 건 경험이다. 고기압 저기압 전선이 어떻게 형성되는지, 그에 따라 기상이 어떻게 바뀌는지를 경험을 통해 체득했다.

도보 대원들은 기상 정보를 듣고 그날 행동을 결정했다. 만약 오후에 폭풍주의보가 있을 거라고 하면, 오후에 올 폭풍을 대비해 반나절 걷다가 미리 텐트를 쳤다. 나의 기상 예측이 정확하다고 박 대장이 매우 신기

북극점 탐험 베이스캠프에서 기상 정보 수집과 중간 보급 준비를 하고 있다.

해했다. 나는 일기예보에 의존할 수밖에 없는 대원들을 위해 기상 정보 수집과 분석에 많은 신경을 써야 했다.

긴급상황을 대비해 전창 기자와 나는 교대로 24시간 내내 전화 옆을 지켜야만 했다. 매일마다 일기예보를 알려 주고 대원들의 위치와 날씨 정보 및 기타 사항을 받았다. 베이스캠프에서의 시간은 무척 더디게 흘러갔다. 200명이 사는 조그만 마을 레졸루트에서 할 수 있는 거라곤 산책과 사우스 캠프에서 제공하는 무제한 스노모빌을 즐기는 것뿐이었다. 나는 지루함을 달래려 스노모빌로 여러 번 레졸루트 주변을 돌아다녔다.

한 번은 폭설이 내리기 시작해 캠프로 돌아가는 도중 내 쪽으로 오는 다른 스노모빌 한 대를 발견했다. 40대 이누이트 여성이 타고 있었는데,

레졸루트 설원에서 스노모빌을 타고 있는 모습

중간 보급 때
박영석 대장과 함께

자꾸 내게 손짓을 하며 같은 말을 여러 번 외쳤다.

"따라와."

나는 어안이 벙벙했다.

'왜 이 여자가 따라오라고 하는 거야? 어디로 가자는 거지?'

그녀에게 물었다.

"어디 가요?"

그녀는 미소를 지으며 대답했다.

"그냥 따라와."

바로 그때, 그녀가 거대한 사냥용 소총을 매고 있는 걸 보았다. 더럭 겁이 났다.

'여기서 총 맞아 죽으면 증인도 없고 아무도 없는데, 어떡하지? 뭐라고 하고 도망가지?'

"지금 연료가 거의 바닥이 났어요."라고 급히 둘러대고 스노모빌을 최

중간 보급 때 만난 도보 대원들(오른쪽서부터 박영석, 정찬일, 오희준, 홍성택).
극심한 고생을 한 모습이 역력하다.

대 속도를 내며 베이스캠프 쪽으로 돌렸다. 뒤돌아보니 그녀가 얼굴을
찡그리며 나에게 계속 손짓하며 "날 따라와."라고 외치고 있었다. 혹시
날 쏘는 게 아닐까? 총을 가진 그녀가 쫓아올까 봐 가슴이 조마조마했
다. 다시 한번 그녀에게 큰 목소리로 이야기했다.

"연료가 부족해서 지금 가야 합니다. 죄송하지만 다음에…."

다행히 그녀는 더 이상 따라오지 않았다. 전창 기자에게 설원에서 마
주친 이누이트 여인 이야기를 했더니 거기서 '사고'가 안 난 게 천만다행
이라고 했다.

원정 매니저로서 또 다른 중요한 역할은 원정 대원들이 필요한 식량과
물품을 경비행기로 중간 보급하는 것이었다. 하루는 중간 보급을 위해
트윈오터 비행기를 타고 세계 최단 북부 기상관측소인 유레카 기상관측

소에서 하룻밤을 보냈다. 이곳에서는 이 관측소가 유일한 숙소였다.

다음 날, 경비행기는 도보 대원들을 만나기로 한 위치 북위 85도 지점을 향해 하루 종일 날아갔다. 켄보렉사 조종사는 대원들에게 경비행기가 순조롭게 착륙할 수 있도록 평평한 빙판 활주로를 만들어 달라고 부탁했다. 그러나 조종사는 임시 활주로가 평평하지 않다고 보고 약 500미터 정도 떨어진 곳에 착륙했다. 박 대장과 다른 대원들은 우리 쪽으로 달려와 반가움의 포옹을 했다.

우리는 연료, 음식 및 장비를 보급해 주고 한 시간 동안 대원들과 있었는데, 가만히 보니 대원 모두 다 제정신이 아니었다. 홍성택 대원이 제일 먼저 비행기로 뛰어가 우리가 가지고 온 새 옷으로 바로 바꿔 입었다. 3주 동안 같은 옷을 입고 추위 때문에 세수도 못 해서 그런지 그는 새 옷을 입고 너무 좋아했다. 그들은 극한의 추위 속에서 엄청난 고통을 겪어서 그런지 혼란스러워 보였다. 원정대 막내인 정찬일 대원이 솔직하게 이야기했다.

"형, 너무 춥고 힘드네요. 형하고 같이 가고 싶어요."

앞으로 30일을 더 걸어야 하는 대원들은 비행기를 타고 문명 세계로 돌아갈 날 부러운 눈빛으로 쳐다봤다. 그 와중에도 힘차게 손을 흔드는 대원들을 두고 떠나자니 마음이 무거웠다.

돌아오는 도중, 우리는 악천후로 3일 동안 그리즈베이(Grise Bay)라는 조그마한 이누이트 마을에 머물러야 했다. 그리즈베이는 지구 최북단에 위치한 마을이다. 나는 설원과 얼음으로 둘러싸인 이런 불모지 같은 곳에 사람이 살고 있다는 것이 놀라웠다.

북극점 도착 일주일을 앞두고 켄보렉 항공사에서 연락이 왔다. 북극점에 도착한 영국 탐험대를 데리러 가는데, 공중에서 간단한 보급을 해줄 수 있다는 것이었다. 박영석 대장은 양주 한 병과 삼겹살을 부탁했다. 대원들은 주식인 건조 음식에 질릴 대로 질려 있었다.

"아니, 술도 안 파는 마을에서 양주를 어떻게 구하지?"

전창 기자가 물었다. 우리에게는 양주는커녕 소주 한 병도 없었다. 수소문 끝에 귀한 양주 한 병을 구할 수 있었다. 켄보렉 항공사 직원에게 혹시나 하고 물어보니 그가 갖고 있던 캐나다 위스키 한 병을 선뜻 내준 것이었다. 나중에 한국에서 취재진이 갖고 온 발렌타인 21년산을 답례로 줬더니 너무 좋아했다. 삼겹살은 도저히 구할 수가 없어 베이컨을 대신 보내 줬다. 어렵게 구한 양주와 베이컨을 전달받은 박 대장과 통화했더니 술과 베이컨으로 포식한 덕분에 대원들의 사기도 많이 올랐다고 했다. 나는 그들을 대신해 켄보렉 항공사에게 감사 인사를 전해 줬다.

도보 대원들이 북극에 도착하기 일주일 전서부터 베이스캠프는 매우 바빠졌다. 박 대장이 북극점 원정에 성공한다면 산악 그랜드슬램을 달성하는 것이기 때문이었다. 북극 원정대 뉴스가 매일 언론에 보도되었고 국민적인 관심도 커졌다. 밤낮을 가리지 않고 진행 상황을 묻는 수많은 전화와 이메일로 전창 기자와 나는 몸살을 앓을 정도였다. 그리고 얼마 후 박 대장의 북극점 도착을 축하해 주기 위해 한국에서 환영 인파들이 도착하기 시작했다. 허영만 화백, 정상욱 노스페이스 상무, 신언운 SBS 감독, 박영석 대장의 부인 홍경희와 그의 둘째 아들 박성민이 한국에서 도착했다. 그들은 한국과 경유지인 캐나다에서 많은 양의 토종음식과 회,

북극점에 도착한 후 기뻐하는 도보 대원들

술 등을 가져왔다. 썰렁했던 베이스캠프가 그들 덕분에 활기를 찾았다.

2005년 5월 1일, 박 대장에게서 위성 전화가 걸려 왔다.

"90도 북극점에 도착했다! 더 이상 갈 곳이 없다. 북극점을 땄다!"

베이스캠프에 있던 모든 사람이 얼싸안고 환호했다. 하지만 축제도 잠시뿐, 이제 마지막으로 그들을 경비행기로 안전하고 빠르게 데려와야 했다.

식량과 연료가 떨어지고 있던 대원들을 가능한 한 빨리 데려오려고 했지만 날씨가 좋지 않아 켄보렉사는 비행기를 띄울 수 없다고 했다. 전화로 박 대장에게 이 사실을 알렸더니 한숨을 쉬었다.

"어쩔 수 없지. 언제 날씨가 좋아진다고 하던?"

켄보렉사는 며칠 동안 못 뜰 수도 있다고 겁을 줬다. 박 대장에게 다시 알렸더니 난리가 났다.

"우리 보고 여기서 얼어 굶어 죽으라는 거야? 지금 원료고 뭐고 거의

트윈오터 경비행기에 짐을 싣고 있는 북극 원정대

다 떨어졌어! 사람이 죽고 있으니 빨리 보내라고 해!”

　대원들의 생사가 날씨와 켄보렉사에 달려 있던 그 며칠은 다시 생각해
도 정말 아찔한 기간이었다. 나는 켄보렉사를 찾아가 대원들이 죽을 수
있다고 애걸하다시피 했다. 하지만 악천후에 경비행기를 띄울 수 없다는
켄보렉사의 입장은 완고했다. 최악의 경우 한국 정부의 도움을 요청하는
대안도 검토해 봤다. 며칠 후, 켄보렉사에서 비행기가 뜰 수 있다고 알려
왔다. 그런데 대원들을 무사히 데려올 성공률이 50%라면서 만약 실패
하더라도 1억 원에 달하는 경비를 지불해야 한다는 조건이 붙었다. 나는
박 대장에게 즉시 전화를 걸어 허락을 받았다.

　“지금 안 오면 우리 정말로 죽어. 돈은 둘째치고, 목숨이 왔다 갔다 하
고 있어. 빨리 와!”

박 대장의 다급한 외침이었다.

도보 대원들을 데려오려면 경비행기 두 대가 움직여야 했다. 비행기 한 대는 연료통만 싣고, 다른 비행기는 연료통과 도보 대원들을 함께 싣고 오기로 했다. 레졸루트에서부터 꼬박 1박 2일을 날아가 대원들을 극적으로 데려올 수 있었다. 1,000킬로미터나 되는 거리를 중간 보급 때 들린 유레카 기상 관측소를 경유해 북극점으로 갔다. 경비행기가 북극점에 착륙할 때 센 강풍이 불고 있었다. '이러다가 착륙도 못 하고 다시 돌아가는 거 아니야?'라는 불안한 생각도 들었지만, 조종사들의 날렵한 조종으로 헬기처럼 빙판 위에 착륙할 수가 있었다. 도보 대원들과 환영 인사들은 서로 껴안으며 감격의 눈물을 흘렸다.

북극점에서 돌아오는 도중 경비행기 안에서 크다면 크고 작다면 작은 사고가 발생했다. 두 달 만에 김치와 회를 먹은 도보 대원들이 배탈이 나 화장실이 없는 경비행기 안에서 볼일을 본 것이다. 경비행기 전체에 오물 냄새가 진동했으니 캔보렉사 직원들과 비행기에 탑승한 모든 사람이 너나없이 코를 막아야 하는 웃지 못할 상황이 되었다.

석 달 동안 함께한 레졸루트 베이스캠프와 작별한 후, 원정대는 오타와를 거쳐 토론토에 도착했다. 캐나다 주재 한국 대사관이 많은 교민을 초청해 성대한 축하 파티를 열어 주었다. 한국으로 돌아왔을 땐 공항에 많은 분이 마중을 나와 우리를 환영해 주셨다. 원정대가 방송 출연과 언론 인터뷰로 바쁜 나날을 보내는 동안 내게는 결혼이라는 또 다른 인생의 터닝 포인트가 기다리고 있었다.

03

해군사관학교
결혼식

2005년 5월 북극점 원정을 다녀온 후, 약혼자와 나는 결혼할 장소를 찾아야 했다. 결혼 날짜가 6월 19일로 잡혀서 빠른 시일 내에 예식장 예약을 해야 했는데, 결혼식 장소는 예비 처갓집과 내 친척이 많은 사는 부산으로 생각하고 있었다.

그러나 배성한 이사님은 뜻밖의 제안을 하셨다.

"해군사관학교는 어때?"

"거기서 어떻게 결혼이 가능해요?"

배성한 이사님은 선구자 1호가 해군사관학교에 전시되어 있고 해군은 나에게 명예해군 1호라는 칭호를 줬으니 가능할 거라고 하셨다. 나로선 짜여진 틀 안에서 치러지는 결혼식보다 청춘의 뜨거운 한때를 떠올리게 하는 해군사관학교 결혼식에 자꾸만 마음이 갔다.

이왕이면 의미 있는 곳에서 결혼식을 치르고 싶은 욕심이 생겼다. 용기를 내서 해군사관학교 권영준 교장님을 찾아갔더니 흔쾌히 결혼식을

요트를 타고 해군사관학교 결혼식장에 입장하는 모습

허락해 주셨다. 그렇게 멋진 곳을 결혼식 장소로 제시해 주시고, 결혼식의 모든 준비를 도와주신 배성한 이사님께 너무 큰 은혜를 입었다. 예비 처갓집에서는 왜 하필이면 아무 연고지도 없는 진해에서 결혼을 하냐면서 부산에 있는 많은 손님이 찾아가기 불편하다고 반대하셨지만, 해군사관학교에서 결혼하는 건 엄청난 특혜라고 설득하여 허락받을 수 있었다. 대신 처갓집에서는 부산에 있는 처가집 손님들의 편의를 위해 관광버스 두 대를 대여해 줬다.

2005년 6월 19일, 권영준 중장님과 해군사관학교 덕분에 하객 300명의 축하를 받으며 해군사관학교에서 결혼식을 올렸다. 해군은 편의 시설

선착장에서 환영해 준 해군사관학교 생도들

북극점 탐험대 대원들이 결혼식에 참석해 축하해 줬다.

과 밴드, 안내원들을 포함한 모든 지원을 아끼지 않았다. 사회는 연세산악회 후배 김경식이, 신랑 들러리는 후배 김형준이 멋있게 해줬다. 해군사관학교에서 결혼식을 치른 민간인은 우리가 유일하다고 들었다. 나로서는 평생 잊지 못할 영광스러운 일이 아닐 수 없었다.

　박영석 대장은 결혼 선물로 신혼 여행비를 지불해 줬다. 신혼여행지로 나는 유럽을 원했고, 아내는 호주와 뉴질랜드를 원했다. 나는 인종 차별 경험이 있는 호주가 가기 꺼려졌지만, 아내가 원했기 때문에 의견에 따라주었다. 신혼여행 후, 우리는 아내가 직장을 구한 샌프란시스코에 정착했다.

04

영원한 거인
박영석 대장

2011년 10월, 안나푸르나 남벽에 신루트를 개척하러 갔던 박영석 대장의 비보를 듣고 한동안 가슴이 먹먹했다. 언제나 후배들에겐 산처럼 거대하고 듬직하셨던 분, 탐험 계획을 세우면 늘 내게 먼저 연락을 해주셨던 분, 그리고 결혼 선물로 호주와 뉴질랜드 신혼여행을 선사하셨던 분···. 그는 산처럼 거대한 사람이었고 그가 나타나면 누가 대장인지 모두 알 수 있었으나, 늘 겸손한 자세로 사람들을 대했고 자신을 과시하지 않았다. 그는 인생의 모든 것을 모험에 걸었으며, 세계에서 가장 높은 산, 북극점과 남극점과 같은 외진 곳을 찾아다녔다.

히말라야와 북극 탐험에서 그와 많은 시간을 함께 보낸 건 행운이었다. 박 대장 곁에 있으면서 원정 관리에 대해 많이 배울 수 있었다. 그의 대인관계는 엄청났고, 그를 아는 사람들은 누구나 그와 어울리고 싶어 했다. 그의 좌우명은 '탐험가들은 계속 탐험을 해야 한다.'는 것이었다. 1%의 가능성만 있어도 도전하고, 세상은 도전하는 자의 것이라고 말했

북극 원정 중인 고 박영석 대장.
혹독한 추위와 싸운 모습이 선명히 보인다.

던 박 대장은 진정한 '도전 전도사'였다. 나이를 먹어도 식지 않는 열정은 그를 지구 구석구석에 있는 오지로 계속 가게 했다. 박 대장은 북극 탐험을 마치고 난 다음 해, 러시아와 알래스카 사이에 있는 베링해협 도보 횡단에 나섰다. 남극점과 히말라야 고봉에도 끊임없이 도전했던 박 대장은 에베레스트에서 '코리아 루트'라는 신루트를 개척하고 난 후, 안나푸르나에서 또 다른 신루트 개척 중 실종됐다.

북극점 원정 후, 내가 회사에 이렇게 오랫동안 근무할 거라곤 생각지 못했다. 몇 년 있다 다시 먼바다나 극지로 갈 거라고 생각했다. 입사 4년째인 2009년에 박영석 대장에게 연락이 왔었다. 풍력과 태양력으로만 움직이는 친환경 스노모빌을 개발해 시험차 남극점까지 간다면서 그가 넌지시 의향을 물었다.

"같이 갈래?"

나는 너무 고민이 됐다. 내 생애에 언제 또 남극에 가보겠는가?

"생각해 보고 연락 줘."

나는 고민 끝에 박 대장에게 전화했다.

"형, 미안해요. 애들도 너무 어리고, 직장 그만두기도 그렇네요. 대신 이메일과 전화로 도울 수 있는 건 다 도울게요."

"괜찮아. 못 갈 것 같았는데 혹시나 해서 연락했어."

나는 멀리서나마 행정, 번역, 계약, 수송 등의 일을 도와줬다. 남극점 그린 원정대가 친환경 스노모빌을 타고 41일 동안 1,200킬로미터를 달려 남극점에 무사히 도착했다는 소식을 듣고는 내 일처럼 기뻤다.

2011년 10월, 박 대장은 안나푸르나 남벽에 신루트를 개척하러 갔다. 후배 신동민, 강기석와 함께 베이스캠프를 떠난 직후 심각한 산사태를 만나 후퇴한다는 교신 연락이 왔었다고 한다. 하지만 그들은 다시 돌아오지 못했다. 수많은 수색 작업이 있었지만, 그들의 흔적은 발견되지 않았다. 거대한 바위나 눈사태가 그들을 휩쓸어 크레바스에 묻어 버렸다고 추정할 뿐이다.

박영석 대장의 죽음은 많은 이에게 도저히 받아들일 수 없는 충격으로 다가왔다. 수많은 탐험을 하고 살아남은 것처럼, 우리는 그가 불사조처럼 항상 살아 돌아올 거라 믿었다. 멈출 수 있을 때 멈췄으면 좋았겠지만, 산은 그것을 허락하지 않았던 걸까. 어쩌면 그것이 산 사나이들의 숙명인지 모른다.

북극점 원정 당시 고 오희준 대원의 모습

난 나보다 한 살 어린 오희준 대원과 아주 가깝게 지냈다. 낙천적인 성격의 희준이와 많은 이야기를 하며, 삶에 대한 포부와 의미에 대해 진지한 이야기를 나눴다. 그는 박영석 대장과 함께 계속해서 산을 오르고 싶어 했다. 형제처럼 가까워진 오희준 대원은 북극점 원정이 끝난 후 나에게 같이 에베레스트에 가자고 제의했다. 하지만 난 결혼을 앞둔 시기여서 갈 수가 없었다. 돌이켜 생각해 보면, 그들과 더 많은 탐험을 못 한 게 아쉽다.

오희준 대원은 2007년 5월에 박 대장과 함께 에베레스트에서 '코리아 루트'라는 신루트를 개척하다 사망했다. 그는 북극점 원정 당시 아파트 룸메이트였던 이현조 대원과 함께 에베레스트 높은 곳에서 쉬고 있다가 갑작스러운 눈사태로 인해 변을 당했다. 당시 그는 36세였고, 이현조 대원은 35세였다.

"동석아, 나 말도 안 통하는데 너만 믿고 간다. 모른 척하는 건 아니지?"

에베레스트 원정이 끝나면 미국 우리 집에 머물면서 영어를 배우겠다고 했는데… 아직도 그 기대에 찬 음성이 생생하다. 그들의 죽음은 모든 이에게 너무나 큰 슬픔을 안겨 주었다. 에베레스트 원정 대장이었던 박영석 대장은 그 당시 충격으로 그만 쓰러지고 말았다.

2007년 가을, 박영석 대장은 샌프란시스코를 방문했는데 그제야 서서히 충격에서 회복하고 있었다. 우리는 늦은 밤까지 술잔을 기울이면서 많은 이야기를 나눴다. "이제 좀 괜찮아졌어요?"라고 그에게 물었는데, 그는 먼저 보낸 후배들에게 너무 많은 죄를 지었다며 "그 이야기는 그만하자."라고 했다. 박 대장은 아직 상처에서 벗어나지 못한 듯했다.

그것이 우리의 마지막 만남이었다.

박영석, 오희준, 이현조. 나는 그들과 많은 즐거운 추억과 특별한 순간을 함께했다. 우리는 많이 웃었고, 많은 특별한 순간을 함께했었다. 비록 이 땅에서 다시 만나지 못하더라도, 다음 세상에 우리가 함께한다면 다시금 그 산에 오르고 싶다.

인생은

내 안의 모험 유전자를 깨워라

탐험이다

오늘날 사회에서 도전이 갖는 의미를 좀 더 부각시킬 필요가 있을 것 같다. 꼭 요트 횡단, 북극점 탐험, 히말라야 등반이 아니더라도 주어진 환경을 넘어서는 새로운 '도전'이 중요하다. 대단한 것이 아니더라도, 나름의 목표를 세우고 도전하는 것이 중요하지 않을까? 내가 정말 하고 싶은 일을 하는 것, 자신만의 꿈을 개척해 가는 것 말이다.

한 살이라도 젊을 때 온전히 꿈을 향해 달릴 기회를 스스로 만들어 보라고 조언하고 싶다. 누구나 갈 수 있는 길보다 힘들고 험한 길의 끝에서 얻은 경험이야말로 후회 없는 삶의 원동력이 될 수 있다는 이유에서다.

세계 일주나 북극점 같은 거창한 탐험은 아니더라도 나의 도전은 계속되고 있다. 2011년 여름, 연세대 산악부 대원들과 세계 거벽 중 하나인 요세미티 국립공원의 하프돔을 'Snake Dyke(뱀의 비늘이라는 뜻)'이라는 클래식 등반 루트로 암벽 등반해 올라갔다. 하루 종일 걸린 거벽 암벽 등반이라 식은땀이 났지만 노련한 대원들의 도움으로 정상에 오를 수 있었다.

요세미티 하프돔을 암벽 등반 중인 연세산악회

요세미티 하프돔에 오른 뒤 기뻐하는 연세산악회 대원들.
왼쪽에서부터 박종한, 이동도, 최세훈, 김응찬, 전종주, 김찬구, 이건섭, 우찬조, 임공택, 필자.

2019년 8월에는 연세산악회 대원들과 함께 요세미티 국립공원 인근의 세계 3대 트레일 중 하나인 존뮤어트레일(John Muir Trail, 이하 JMT)을 5일간 식량을 지고 90킬로미터 구간을 트레킹했다. 몇 달 전부터 체력단련으로 트레킹을 준비했던 연세산악회 대원들에게 우리 아이들을 데려가겠다니까 다들 깜짝 놀라 물었다.

"13살, 11살 아이들이 하루에 20킬로미터씩 걸을 수 있을까? 체력 좋은 어른도 힘든데…"

사실 딸, 아들이 험난한 JMT을 걸을 수 있을지 우리 부부도 걱정을 많이 했다. 여러 번 고비를 넘기며 중간에 포기할 생각도 했지만 아이들은 꿋꿋하게 끝까지 잘 걸어 줬다.

정호진, 조봉섭 선배는 "우리도 힘들어서 우찬조 대장에게 천천히 가자고 한마디 하려고 했는데 아이들이 한마디 불평도 안 하고 걷는 걸 보고 이야기를 못 하겠더라고."라며 웃으셨다. 대원들은 아이들을 데려온 내 아내가 대단하다고 했다. 아내는 부산 지역 대학 산악부 출신으로서 암벽 등반과 야영도 많이 해봤다. 생각과 취미가 비슷한 배우자를 만난 건 행운이다. 아내는 노스페이스 디자이너로 5년간 근무하다 육아를 위해 그만두고 지금은 살림을 하고 있다.

학부모들을 상대로 강연할 때 아이들 양육 방식에 대해 많이들 물어본다. 나는 아이들이 스스로 할 수 있게 부모로서 인내심을 갖는 게 중요하다고 생각한다. 성질 급한 부모는 아이가 신발 끈을 묶고 있을 때 대신 묶어 주고, 지각한다고 밥 먹으라고 공부하라고 소리를 지르면서 밥까지 먹여 준다. 우리 부부도 많이 해본 일들이다. 하지만 이제는 가급적 아이들 스스로 할 때까지 기다린다. 그러다 지각하면 학교에서 야단맞으니 다음엔 스스로 일찍 준비해 간다. 안 좋은 성적을 받아 기분이 상했는지 시키지 않아도 스스로 공부한다. 아이들에게 학교 공부만 중요한 게 아니다. 나중에 자립하면 스스로 돌볼 수 있도록 빨래, 설거지, 청소도 참여시킨다.

세계 일주 중 가족이 요트 여행하는 걸 보면 많이 부러웠다. 하지만 막

연세대 산악회와 세계 3대 트레일 JMT를 트레킹 중.
왼쪽에서부터 우찬조, 필자, 딸 강수림, 아내 김남희, 아들 강제구, 이건섭.

상 우리 아이들이 "나도 요트 세계 일주 할래요."라고 하면 고민이 될 것
같다. 딸은 뱃멀미를 심하게 해서 힘들 것 같은데 만약 아들이 하겠다면
걱정은 되겠지만, 일단 아빠랑 같이 한번 바다에 나가 보자고 하겠다. 물
론 많은 위험이 있겠지만, 인생은 스스로 도전하며 찾아 가는 길이다. 도
전하겠다는 자식을 말리기는 쉽지 않을 것이다. 그 옛날 내 아버지가 그
랬던 것처럼.

현재 나는 연준에서 내부 감사관으로 17년째 일하고 있다. 내부 감사

어머니와 미국 서부 여행 때 들른 그랜드캐니언에서

일은 부서마다 특징이 달라 반복되는 일이 거의 없어 생각보다 흥미로운 직업이다. 내부 감사는 부서가 업무 규정을 잘 따르고 있는지 확인해 주는 일이다. 다만 남의 잘못을 지적하는 일인 만큼 올바른 판단력과 원활한 소통 같은 역량이 매우 중요하다.

회사에서 어려운 고비도 여러 번 있었지만 그때마다 폭풍과 무풍지대를 견뎌낸 것처럼 잘 견뎌 내 순풍을 만날 수 있었다. 최소한 바다나 산에서처럼 죽을 수 있다는 걱정은 없었다. 자연과의 싸움에서 살아남으려 자연의 눈치를 보는 것처럼 사회에서는 사람들의 눈치를 봐야 한다. 때로는 그것이 태풍 한가운데를 뚫고 지나가는 것과 마찬가지로 엄청난 중압감을 안겨 주기도 한다.

그럴 땐 불쑥불쑥 탐험을 꿈꾼다. 북극점 원정에 함께 갔던 홍성택 대원이 원정을 같이 가자고 가끔씩 연락을 해온다. 홍 대원은 북극점 원정 후, 베링해협을 건너고 그린란드 대륙횡단을 했다. 그리고 히말라야 로체 북벽을 세계 최초로 등정하려 여러 번 도전했다. 가고 싶은 마음이야 굴뚝 같지만 가장으로서 오랫동안 자리를 비우기가 쉽지가 않았다. 아이들이 큰 다음이야 할 수 있겠지만 그때는 젊었을 때와 몸과 마음이 다를 것이다.

에베레스트는 가본 적이 없어 나중에 한번 가보고 싶기는 하다. 요트는 혼자 너무 오래 타서 지긋지긋하지만 좋은 사람들과 함께라면 어디로든 또 가고 싶다. 그리고 '강동석과 함께하는 요트교실' 같은 걸 열어서 내 노하우를 전수해 주고 싶기도 하다. 박영석 대장이 묻혀 있는 안나푸르나와 허승관 대원이 있는 브로드피크도 갈 계획이다.

어머니는 오랜 투병 끝에 2014년 6월에 돌아가셨다. 어머니는 아버지

LA 로즈힐에 있는 부모님 묘지 비석

를 먼저 보내시고 20년 동안 홀로 꿋꿋하게 사셨다. LA 한인타운에 있던 어머니의 아파트에 동생 애리선이 두 아들을 데리고 자주 찾아갔었다. 1남 6녀 형제 중 유일하게 외국으로 이민 오신 어머니는 사교적이라 아파트 주변 교회에 다니며 친구들과 항상 바쁘게 지내셨다.

하지만 아버지의 공백은 채울 수 없는 큰 아쉬움으로 남았다. 어머니가 살아계실 때 잘해 드려야겠다는 생각으로 서울-부산 거리인 샌프란시스코에서 LA까지 자주 찾아뵈었는데, 어머니는 갈 때마다 직접 담근 김치와 음식을 잔뜩 챙겨 주셨다.

2001년 9월 회계법인 딜로이트 입사 전, 시간을 내서 어머니와 단둘이서 승용차로 서부 여행을 한 적이 있다. 열흘 동안 옐로스톤, 그랜드캐니언, 브라이스 국립공원 등을 다니며 텐트 생활을 했었다. 제일 좋았던 건 삼시 세끼 어머니께서 손수 해주신 음식을 먹는 것이었다. 보통 야영하러 가면 라면 같은 인스턴트 음식을 많이 먹는데, 어머니는 집에 있던 온갖 반찬거리를 바리바리 싸 들고 오셨다. "왜 이렇게 많이 갖고 왔어요?"라고 짜증을 내도 못 들은 척하셨던 어머니가 보고 싶다.

돌아가신 후 어머니의 소원대로 화장해 드렸다. "알아서 좋은 데에 뿌려라."라고 하신 어머니. 그 재는 어머니께서 평소 좋아하셨던 여러 국립공원에 뿌리고 일부는 아버지 묘 옆에 뿌려 드렸다.

영화 〈트루먼쇼〉는 주어진 삶의 울타리를 벗어나 진정한 나를 찾기 위해 항해를 떠나는 트루먼의 이야기를 다루고 있다. 아기 때부터 리얼리티쇼 프로그램 세트장에서 살아온 트루먼은 자신이 처한 상황을 깨닫고 당당히 세트장 밖으로 걸어 나간다. '트루먼쇼'가 끝났음에도 불구하고 전 세계의 시청자들이 트루먼의 선택에 박수를 보내는 이유는 그가 세트장 속 배우가 아닌 진정한 자신의 삶을 찾아 모험을 떠났기 때문일 것이다. 하지만 세트장 밖 현실을 선택한 트루먼은 과연 행복할 수 있을까?

어쩌면 지금까지 나의 모험은 트루먼이 그랬듯 세트장 밖 진짜 세상을 알기 위해서였을지 모른다. 나는 진짜 세상을 만나고 싶었고, 한 인간으로서의 존재 가치를 증명하고 싶었다. 위대한 자연 속에서 나는 겸손을 배웠고, 생명의 소중함을 깨달았다. 또한 모험을 통해 만났던 수많은 사람을 통해 이 세상이 얼마나 따뜻한지를 알게 되었다. 이제 나는 다시 일상으로 돌아왔다. 하지만 아직도 나는 하고 싶은 게 너무나 많다. 나는 지금도 나를 살아 숨 쉬게 하는 새로운 모험을 찾고 있다. 그것이 꼭 거창한 것이 아니어도 좋다. 나의 도전은 영원히 계속될 것이다.

인생은 탐험이다

내 안의 모험 유전자를 깨워라

© 강동석, 2022

1판 1쇄 인쇄__2022년 07월 05일
1판 1쇄 발행__2022년 07월 15일

지은이__강동석
펴낸이__홍정표

펴낸곳__작가와비평
　　　　등록__제2018-000059호

공급처__(주)글로벌콘텐츠출판그룹
　　　　대표__홍정표 이사__김미미 편집__하선연 이정선 권군오 문방희 기획·마케팅__김수경 이종훈 홍민지
　　　　주소__서울특별시 강동구 풍성로 87-6 전화__02-488-3280 팩스__02-488-3281
　　　　홈페이지__www.gcbook.co.kr 메일__edit@gcbook.co.kr

값 15,000원
ISBN 979-11-5592-119-7 03810